清心为治本

清心为治本

大宋名臣

包拯

马丽春·著

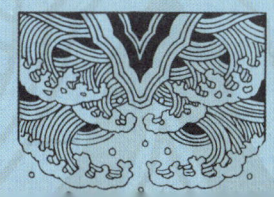
时代出版传媒股份有限公司
安徽少年儿童出版社

图书在版编目(CIP)数据

清心为治本：大宋名臣包拯/马丽春著.—合肥：
安徽少年儿童出版社，2021.7（2022.1重印）
ISBN 978-7-5707-0887-1

Ⅰ.①清… Ⅱ.①马… Ⅲ.①长篇历史小说-中国-
当代 Ⅳ.①I247.5

中国版本图书馆 CIP 数据核字(2020)第 194092 号

QINGXIN WEI ZHIBEN DASONG MINGCHEN BAO ZHENG

清心为治本·大宋名臣包拯　　　　　　　　　　　　　马丽春　著

出版人：张　堃　　策　划：张　怡　　责任编辑：高　静　陈明敏　张　怡
责任校对：江　伟　　责任印制：朱一之　　装帧设计：于　青　绘　图：喵9
出版发行：时代出版传媒股份有限公司　　http://www.press-mart.com
　　　　　安徽少年儿童出版社　E-mail：ahse1984@163.com
　　　　　新浪官方微博：http://weibo.com/ahsecbs
　　　　　(安徽省合肥市翡翠路1118号出版传媒广场　　邮政编码：230071)
　　　　　出版部电话：(0551) 63533536(办公室) 63533533(传真)
　　　　　(如发现印装质量问题，影响阅读，请与本社出版部联系调换)
印　制：阳谷毕升印务有限公司
开　本：710mm×900mm　1/16　　印张：17　　插页：4　　字数：250千字
版　次：2021年7月第1版　　2022年1月第2次印刷

ISBN 978-7-5707-0887-1　　　　　　　　　　　　　　　　定价：58.00元

版权所有，侵权必究

目录

引子 ··· 1

第一章　也是"宦游"一族 ·· 3

第二章　偶像和恩师 ·· 13

第三章　为何同年胜同学 ··· 37

第四章　解官归养的背后 ··· 51

第五章　端州大变局 ·· 71

第六章　御史台小试锋芒 ··· 89

第七章　有格调的外交使臣 ·· 109

第八章　盐法改革大推手 …………………………………… 123

第九章　"包弹"大名传天下 ………………………………… 161

第十章　为何七求外任 ………………………………………… 189

第十一章　学习范仲淹 ………………………………………… 205

第十二章　皇上诡异的疾病 …………………………………… 221

第十三章　治理天府第一人 …………………………………… 229

第十四章　欧阳修为何弹包拯 ………………………………… 247

第十五章　三司使的那些事 …………………………………… 257

引　子

公元 999 年农历二月二十五日,一位孩童呱呱坠地。他就是本书的主人公包拯。他后来当了几年官,还没当上大官,年龄也不算太大,却已被人喊作"包公"——这也是蛮奇怪的事。

在南宋时期,"包拯"这个名字就出了名,出现在小说、唱本、戏剧中,而后又漂洋过海出了国。

这样的官员中国历史上还有没有呢?我们数来数去也数不出几个。也就是说,这是中国极其特别的一位另类官员。威风凛凛、一身正气的"黑脸包拯",甚至成了京剧中的一个著名脸谱。关于包拯的故事,连大字不识一个的乡村老头儿、老太太都能说出个一二来。不过,那样的包拯已经离事实很遥远了。

包拯是 1062 年去世的,时为北宋仁宗(赵祯)执政期间。宋仁宗 12 岁就当皇帝了,一直当了四十一年。他比包拯晚一年去世,在位时间比宋太祖、宋太宗在位的时间加起来还长;与他父亲宋真宗相比,更是甩出其一条街;至于他之后的宋朝皇帝,执政时间也全都没有他长。而他本人的故事比电视剧更好看。包拯一辈子就在这位皇帝手下当官,从小税务官一直做到枢密副使,也就用了二十五年。他的升官速度在官场堪称奇迹。他出来做官时已是大龄青年了——考上进士时 29 岁,

十年后才出来做官。在古代,他这个年纪已属中老年了;放到现在,也是大叔级别的官员。包拯和宋仁宗算是"死磕"了一辈子,套用苏东坡的一句诗——"也无风雨也无晴"——包拯也算碰对人了。

包拯去世后,皇帝亲自跑到他家去悼念,还为他辍朝一天。其实,那个时候仁宗自己的身体状况也不是太好。他以这种方式悼念一位官员,也算是位有人情味的皇帝了。宋仁宗在包拯死后还追封他为"礼部尚书"——这是二品官位。包拯生前只是三品官,死后皇帝给他升了一级,还追赠官职给他的父亲、祖父,并照顾他的后代及家属。包拯死后,朝廷给他的谥号为"孝肃"。有意思的是,包拯的父亲包令仪,字肃之。可见,包拯的严肃是有遗传的。有种人天生就不苟言笑,包氏父子大约就是这一种。

兴许他们看起来都比较严肃,不太爱开玩笑,做事认真、不苟且,也只有这样的人才配称"肃"。但包拯给自己取的字是"希仁"。这也体现了他的理想和追求。他表面看起来很严肃,做人却是非常厚道的。

谥号和字,恰恰反映了包拯个性的两个层面:表面严肃,内里却温暖如春,对工作始终充满热情,这就是包拯。

1973年,他的墓被发现。通过多方面研究,使得包拯从传说中回到人间,变得有血有肉、可亲可爱起来。

本书以历史上真实的史料做支撑,讲述了生动可感的包拯的故事。一切演绎的、包装的、编排的、夸张的包拯故事,都非本书讲述内容。

真实性——真事,真人,是本书的典型特征。

第一章 也是『宦游』一族

不丑也不穷的柴山子弟

公元999年的春天,一个乍暖还寒的日子里,包拯出生在合肥东乡一个名叫小李蛮的村庄里,这是他的外公家。

包拯出生的这个小李蛮村,现在改名叫"小包村"。随着包拯的出名,小包村里留下一系列有关包拯的传说,以及与之相关的遗迹,如"久留十三包""荷花塘""花园井"等。柴山后来被叫作"凤凰山",当然也是因为这个地方出了一个包拯——一个千年一遇的奇人。这不就是凤凰落下来的象征吗?那座柴山安葬着包拯的很多祖先。在包拯出名后,其祖先的坟墓一个个被重新高高垒起。在村庄的附近,有一块方方正正的农田,被称作"衣胞田",传说包拯刚出生时的衣胞就埋在这块田里。

小包村后头有一口水井叫"花园井",保存得非常好。这口井就是包拯外公家的水井。传说包拯就是喝这口井里的井水长大的。

根据各种资料推算,包拯出生时,其父包令仪大约41岁。

在很多话本小说里,包拯出身穷苦,从小要放牛;而他父亲是个胆小怕事、吝啬小气的"包十万""包百万"。1967年,上海嘉定县一位农民在平整土地时,发掘了一座明代的董姓墓。这座墓里居然保存着16种明代成化年间刊印的说唱词话刊本,其中一本是《新刊全相说唱包待制出身传》。①

这本词话是这样说包拯身世的——

包拯生于庐州城外十八里凤凰桥畔小包村,父名"包十万",广有田产钱财。包拯排行第三,生下来时"八分像鬼二分人,面生三拳三角眼"。包十万即叫家人将他抱去淹死,幸赖长嫂救下。包拯长到十岁,包十万便让他去放牛;十五岁那年大年三十,还被差去耕田。南方太白金星化为算命先生,告知他是文曲星,将来必定做官荣贵。包拯十分欢喜,回家后就求嫂嫂让他读书。三年后包拯进京赴考,无处安身,被烟花巷中张行首收留,与他结为兄妹,攻习书文。包拯二十九岁考中状元,授定远知县。他微服回家,父亲不相信他已得官,仍差他到南庄割麦,直到定远县公差来迎接新县令,包拯才亮出真情。赴任定远后,他弹劾了贪财爱宝的张转运使,被王丞相保荐为开封府尹。

各位看官,哪怕是小朋友,看了这段词话,估计都要笑得喷出口水来。

我们先不予置评。这本词话肯定是要唱出来、演出来的,相当于我们现在的话剧和舞台剧,但那时只有戏剧和说唱。舞台不大,布景简单,要吸引人看戏,全靠唱和动作,只有编得极其夸张才会有人看啊!

包拯的父亲如果活过来,看到这本词话,不气得头上冒烟才怪。而丑模丑样的包拯,形象也好不到哪里去。15岁才读书,居然还能考中状元。状元就那么好考?全国三千举子三年考一回,头名才叫状元。过去有几个人15岁读书然后考中状元的?

这本词话里只有两处是真实的:包拯的确是家里的老三,他也的

---

①朱万曙.包拯故事源流考述.合肥:安徽文艺出版社,1995:64.

确是在29岁那年考中进士的。

但这本离奇的词话居然在民间很受欢迎。后来那些关于包拯身世的故事都源于此,如《龙图公案》卷首的《包待制出身源流》和清代的《龙图耳录》,都是在此基础上再创作的结果。这些小说中的包拯基本上有三个共同点:一是长得丑,二是从小在家里被虐待,三是有个对他很好的嫂子。

千百年来人们乐此不疲地拿包拯来说事,反映出老百姓内心对这个人物强烈的兴趣。有需求,便有产品应运而生,所以写包拯的戏剧、写包拯判案的故事便成了广受欢迎的大众文学作品。

单说包拯的身世吧,他父亲在他出生前十六年就中了进士。进士比现在的博士还难考。三年考一次,年龄不受限制,有从十几岁一路考下来,老了还在考的。仿佛一旦考上,便什么都有了:铁饭碗、官阶、福利、免税指标、政治地位,等等。那些十年寒窗苦苦读书的学子,人生最大的梦想就是金榜题名、出人头地。而包氏父子都有幸实现了。在大宋时期的庐州府,三百多年间,也只有三十几人考中进士,合肥总计二十二人。①

包拯的祖父名叫包士通,是位乡村塾师。包拯的父亲包令仪,少年时随父亲读私塾,是太平兴国八年(983)进士。包拯出生时,其父亲大约41岁,是位标准的中年大叔,且有官职在身。包令仪一生共育有三子,但二子早逝,只有包拯活到成年,并留下后代。所以包拯不是贫家子,而是正宗的官家子弟。

①张金铣主编.合肥通史.隋唐五代宋元卷.合肥:安徽人民出版社,2017:273.

启蒙老师会是谁

包拯少年老成,不油腔滑调,不轻薄。这和后来包拯给人的印象是没有多大差别的。

《朱子语类·卷一百二十九》记载了包拯少时读书的故事,后来人们写包拯,几乎都拿这个故事来说事。这也是关于包拯读书最著名的一个故事。

> (朱熹)泛言交际之道云,先人曾有杂录册子,记李仲和之祖,同包孝肃同读书一僧舍,每出入,必经由一富人门,二公未尝往见之。一日富人俟其过门,邀之坐,二公托以它事不入,它日复召饭,意谨甚,李欲往,包拯正色与语曰:"彼富人也,吾徒异日或守乡郡,今安与之交,岂不为它日累乎?"竟不往,后十年,二公果相继典乡郡。先生因嗟叹前辈立己之严,盖如此。①

这段话里说,朱熹在跟弟子说交际之道时,说他的先人曾有本杂录册子,里面有一则记载了李仲和的祖父和包拯是同学,他们当时在一座僧舍里读书,上学必经一个富人家门口,天天经过,但俩人都没拜访过这个富人。有一天,富人等他们走到他家门口时,便客气地邀他们

---

① 宋.包拯撰,杨国宜校注.包拯集校注.合肥:黄山书社,1999:291.

进去坐坐,这次俩人都找了个借口,没进去。

过了两天,当他们走到富人家门口时,富人又一次邀请他们进去吃饭,态度十分热情,李同学禁不住三请四邀就想进去,包拯却非常认真地说:"他是富人,有朝一日我们也许还要在郡里做事,现在就随便和他交往,不是给以后带来麻烦吗?"

包拯坚决不去,李同学也只好不去。后来十年,二公果然都相继回到老家当了朝廷官员。

朱熹先生因此感叹道,前辈们对自己要求之高之严格,值得我们好好学习。

包拯出生时,包令仪在庐州城(今安徽合肥)已非常有声望了。虽然朝廷的差遣还没有下来,包令仪是闲人一个,但他走到哪都受欢迎,还有闲工夫好好读自己想读的书,做自己想做的学问,这是他人生中最美好的时光。像他这样的进士,如果开课收学生,那肯定是非常受欢迎的。事实上,当时也不可能什么差使都没有。从别的进士的履历上看,差使应该还是有的,无非很小而已。比如包拯后来的同事欧阳修,他父亲欧阳观年近50才考中进士,考上后的第一个差使是道州(今湖南道县)判官,后调任安徽泗县做推官。而那个写《资治通鉴》的司马光,他父亲司马池27岁考中进士,得到的第一个差使是河南永宁县的主簿。司马池在基层官位上原地踏步了十七年。到司马光出生时,他父亲才当上县令。这说明在宋朝,官位升迁是有制度的,考中进士却一点差使都没有,的确罕见。

司马光6岁开蒙,司马池为儿子选的启蒙教材居然是很难懂的《尚书》。①

《尚书》是上古的书,成书很早,后来秦始皇统一中原后焚书坑儒,《尚书》抄本几乎全部被焚毁,直到汉时才有新版本。关于这本书的来龙去脉,故事层出不穷,反正这是关于上古文献的一本很古奥的书,现

---

①赵冬梅.司马光和他的时代.北京:生活书店出版有限公司,2012:54.

在的人很难看懂。至于司马池为什么会选择这么难懂的书给儿子做启蒙教材,谁也不知道。司马光当然也不懂,他只能硬背。7岁时他听老师在给别的学生讲《左传》,他觉得《左传》中有故事,比《尚书》好懂多了,一下子爱上了《左传》。回家后,他还把听到的故事讲给家人听。他后来发愤研究历史,便和《左传》的影响有关。

司马光和包拯都属进士二代。他们早年受到的教育应该有相似之处。司马光虽然有父亲做启蒙老师,但还是入了塾馆,否则怎么能听到别的老师在讲解《左传》呢?毕竟他父亲有差使在身,不可能一天到晚在家教他。

包拯是不是他父亲启蒙的呢?这完全有可能。至少他父亲会给他选定教材。他父亲如果那阵子有差遣在身,那么跟司马池一样,他也会把儿子送到一家塾馆,或请塾师到家里来,就像包拯对儿子包绶一样,腾出家里的房子当塾馆,请老师上门教学。他会亲自选定教材,也会辅导儿子的学习。

包拯的童年很幸福。他父母双全,少时启蒙有进士老爹做指导,家里不缺书读。十岁时,为锻炼包拯独立生活的能力,父亲让他去僧舍寄读。这僧舍,离他城里的家不远,他来来回回都经过富人家门口。那位富人肯定知道他是谁。他是包进士的公子啊,读书又很好,富人自然想与他结交。可包拯不愿意。他对自己非常有信心,心想自己以后肯定会考中进士,还要回乡服务,做州长、郡长之类的,所以从小就要学会约束自己——这肯定也源自他父亲的教导。

包拯成熟的社交观,也折射出包令仪当时是有官职在身的。他对儿子输出的观点,也正是他自己的为官做派。

有什么样的家庭,便会有什么样的家教。

也是"宦游"一族

1012年,宋真宗大中祥符五年,包令仪被任命为福建惠安知县。13岁的包拯有没有跟着去呢?

在包拯自己的文字里,没有留下只言片语说他小时候去过南方。所有包拯的研究者,也就不敢明确说他去过惠安,这就导致他的青少年时期留下一段长长的空白,让后人无法得知事情的真相。

但包拯极有可能是跟着父亲去了惠安的。理由有三点。

第一点,宋朝的差遣通常都是三年。包令仪时年50余岁,他不可能不带家属,只身上任。

第二点,包令仪只有包拯一个儿子,时年13岁,是青少年成长最关键的时期,做父亲的不可能放任儿子的教育不管。尤其是在科举社会里,全家的目标就是让包拯考中进士。包令仪必然把儿子带在身边严格管教。

第三点,宋朝官吏都有带家属赴任的习惯,而且朝廷也是支持的。交通补助有没有不知道,但一路都会有相应的服务站,比如驿站和沿途官府,碰到问题去找他们,是绝对能够得到解决的。

比包拯小3岁的安徽宣城人梅尧臣,出生时其父亲已经43岁,他是家中的长子。因为家里困难,所以他12岁时便跟着在襄州(今湖北襄阳)当通判的叔叔梅询走出家门,当然也是因为他那时候的诗已写得相当好,很讨叔叔喜欢。梅询觉得这孩子特别聪明,孺子可教,窝在乡下可惜了,所以后来每到一地做官都带着他。

而那个曾经吃粥三年、读书精神被广为传颂的范仲淹,其实年少时也一直跟着当官的继父朱文翰,辗转各地读书。

范仲淹比包拯大整整10岁,他是989年出生的。他继父一辈子做的官也不大,和包拯父亲的差不多,但范仲淹始终跟着他继父。

至于欧阳修,他就出生在父亲的工作地。他父亲欧阳观当时在四川绵州(今四川绵阳)担任军事推官,虽然是名进士,却当了很小的官。欧阳修3岁时,他父亲被调到泰州当军事判官。从四川到江苏,千里迢迢,这个调动的距离也够远的,路上估计要折腾几个月。可调到泰州才一年多,他父亲就死了。护送父亲的灵柩返回庐陵(今江西吉安)故里后,欧阳修和母亲没有了生活来源,只好跟着叔叔欧阳晔远赴湖北随州。

至于司马光,从小搬家经验也是很丰富的。司马光出生在光州(今河南光山),所以取名"光"。他7岁便跟着父亲司马池开始"宦游"。从7岁到12岁,他去过洛阳,又去过开封,后来还去过安徽的寿县,以及遂州(今四川遂宁)、耀州、利州、凤翔等地。

就眼界而言,宋朝那些大人物,很少有比得过司马光的。后来司马光成了一位历史学家,专门研究各个朝代史,这和他少年时期的经历是有关系的。不只是《左传》启发了他,"行万里路"也启发了他。

理论上,包拯的父亲在出任惠安县令之前,不可能没有官职在身,他应该在基层政府做过比县令更小的官员,比如判官什么的;积攒了经验,有了一定履历和业绩后,逐级升职,才做上县令。所以包拯从小搬家经验也是很丰富的,他跟着父亲辗转各地,对政府工作并不陌生。对包令仪而言,惠安县令是他一生中做过的比较像样的官,这才有记录留下来。

所以包拯有可能从小便跟着父亲"宦游"。

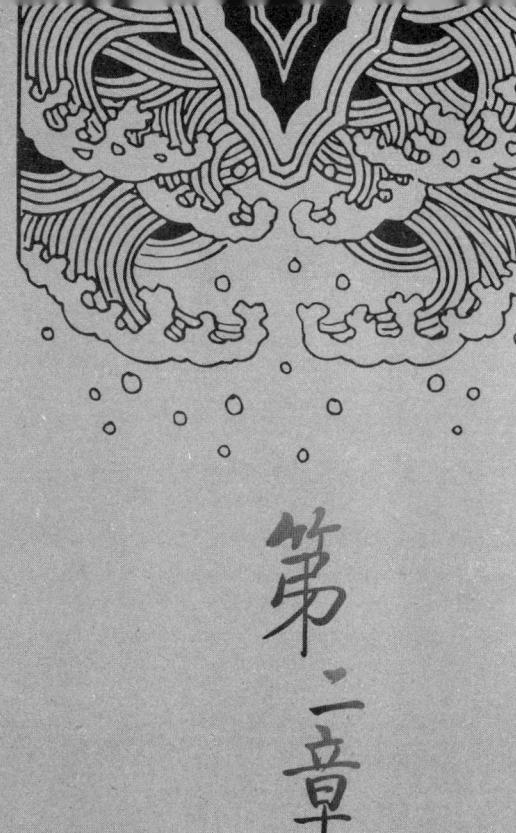

第二章 偶像和恩师

文坛大佬来了

1021年,包拯22岁,已经结婚了,还没取得功名。这一年是宋真宗天禧五年。皇帝身体很不好,时常生病不上朝,国家开始进入多事之秋。

这一年的庐州府又换了知府。走了马亮,来了刘筠。

刘筠是影响包拯未来的一位重要人物。如果说包拯有恩师,给他的人生做过规划,那么刘筠应该是其中一位。刘筠甚至影响了包拯的人生方向和做事风格。

刘筠虽然也在地方上做过官,但更多的时间是在京城里,而且他这官做得还不太一样。很长一段时间,他就在皇家图书馆里编书。这是一项很寂寞的工作,多数时间都默默无闻,偶尔才能露一下峥嵘。但他一露就露大了,居然成为文坛红人。那一年,他才40来岁。

他是河北大名(冀鲁豫交界处的一个地方)人。这大名府,是北宋时的陪都。宋朝共有四座都城,河南开封是首都,称为东京。西边距开封约130里处的洛阳为西京。东南边约80里处的商丘,则是南京。在这个南京,包拯跟着父亲待了几年,这在后面要说到。

刘筠,字子仪,因他在皇家图书馆,也就是宋人所说的"秘阁"工作,做过"校理",所以又被人称为"刘校理"。此外,他还有一个名号叫"刘中山"。这个名号是怎么得来的,现在已无从知晓。他父亲名叫刘继隆,家境应该不太富裕。

刘筠28岁那年考中进士,他的第一份差使,是在老家边上的一个县做县尉。县尉做满三年时,机会来了。

1005年9月,真宗皇帝令资政殿学士王钦若、知制诰杨亿同修《历代君臣事迹》一书。因馆阁人手不够,真宗命吏部侍郎陈恕、知制诰杨亿,向外征召部分编修人员。刚好这一年刘筠县尉任期已满,便赴京参加此次考试。这次选中的人员共有7人,刘筠被杨亿推为第一,授"秘阁校理"一职,正式成为秘阁编修人员。

杨亿是个有脾气、有个性的文人。神童出身,小小年纪就在宋太宗身边当秘书了。他是福建浦城人,比刘筠还小4岁,但他那时候已经参与过《太宗实录》的编修,是一位非常有经验的修史专家。

说到神童,北宋时期有三个著名的神童,第一个就是杨亿,他是太宗朝的神童;真宗朝还有两个,一个是晏殊,另一个叫蔡伯希。晏殊后来官居宰相,名气很大;但蔡神童做的官却很一般,在历史上的名气也没有杨亿和晏殊大。

杨亿是后面两位神童的前辈,他是在宋太宗时期出名的。杨亿是两代帝王的恩师、大藏书家杨徽之的侄孙。

这个人的大脑堪比电子计算机,且记忆力惊人。也正因为他,才有了刘筠后来的命运。

参加这套书编修的馆阁成员共有18人,但和杨亿处得最好的却是刘筠,后来俩人成为齐名的文坛大佬。

编书生涯实在有点枯燥。编书之余,这帮文人便在一起喝点小酒,写点诗。风雅点说,这叫"诗酒唱和"。由杨亿带头,刘筠、钱惟演均是主力成员,外加社会上的部分诗人加盟,慢慢地,这便成了他们的一项固定的娱乐活动。而且诗酒唱和的地点,就在他们修书的秘阁里。三年后,杨亿把这些诗结集出了一本书,叫《西昆酬唱集》,他亲自编辑出版。

没想到这本书出版后立即在文坛蹿红。这些诗也被叫作"西昆体"诗,杨亿、刘筠、钱惟演便成为"西昆体"领袖。诗人纷纷向他们看齐,写

的诗也以"西昆体"为榜样,一时间,"西昆体"风靡文坛。

刘筠唯一存世的著作只有一本薄薄的《肥川小集》,收录于《两宋名贤小集》中。这个"肥",指的是合肥。他后来又参与《国史》一书的编写,还修订过《起居注》。

作为一位修史专家,刘筠有机会接触大量国史档案和资料,他的见识应该是远胜他人的。他写过《刑法叙略》,是对刑法颇有研究的学者。他最著名的还是后期的"三典贡部"。贡部是负责科举考试的最高机构。能够三次主持贡部工作,不仅要有学识,还要有相当高的声望,否则凭什么去做考试院院长呢?

当包拯还在埋头苦读时,未来的考试院大考官刘筠来到庐州做地方长官,他有什么政绩现在已无人知晓,只知道他"政尚简严"——这还是明代一个名叫杨循吉的人在《庐阳客记》中提到的。写到刘筠,就这四个字。包拯后来的做派也可以用"简严"这两个字来形容,做事风格简明、不复杂、明明白白,但要求严格。

刘筠先后两次来到庐州。第一次来只待了一年多,就被调回京师。他在这里发现了一个人才——包拯。后来包拯还是在刘筠最后一次主持贡部工作时考中进士的。

刘筠来庐州应该是1021年春天的事了。这一年他已经52岁,满头青丝已半白。他的任命是天禧五年正月初一下来的。从京城出来时,他郁郁寡欢,但离开是非之地,心情又慢慢好了起来。

活了大半辈子,刘筠的生活差不多都跟书本打交道,除在老家河北大名外,三年外放河南邓州,剩下的二十来年光阴他都在京城开封度过。他生活的这些地方,有一个共同的名字叫"中原"。南方是什么样子呢?他从没有去过,当然向往。这种陌生化体验,估计人人都喜欢。

被深深影响的包拯

过去的庐州城，地就那么一点大，忽然来了一位翰林学士、文坛领袖，还做过考试院考官，自然会让很多士人为之兴奋。那些辛苦备考的，尤其是偏远地方的士人，他们的指导老师最多是举人，连省试（由尚书省礼部主持举行考试）都没参加过；而现在，刘筠来了，这是他们眼中的权威人物，他们自然会奔走相告。

每三年一次的进士考试，第一关是在州里考。上面给的名额叫"解额"。州有大有小，人口基数也不一样，分到的解额指标自然也有区别。这种考试又叫"解试"，通常在八月举行。因为是在秋天，所以这种考试又叫"秋试"。

虽然刘筠来的那一年不是考试年，但是他做过一次省试考官。因此，能够当面向他请教，那是多么难得的机会啊！合肥城里除了一所府学，还有各种私立学校、塾馆和乡校。名称不一样，但都是私人办的。老师们呢，中过举人的就算不错了，而且这些举人也都在"磨刀霍霍"准备考进士。书院是个比较好听的名称，但那个时候在合肥，这个名称还没出现，可在南京应天府已经有了应天书院，真宗还赐过匾额给这所学校。范仲淹便是应天书院毕业的。应天书院是北宋四大书院之一，历年科考中举率都很高。后来包拯有机会去了应天府，也去了应天书院

学习,他和范仲淹算是校友。

在宋朝,有几千人户聚居的地方便算是都会。如果有十万人,那就是大都会了。合肥城那个时候只有几千户,以户均三四人计算,也就一两万人口。商业已经比较发达,此外还有"两多",一是书店多,二是学校多。这是科举制社会的主要特点。在北宋开国后的五十年间,这两大特点已在合肥城渐渐显现,但还没有后来在南宋时期那么明显,比如书铺可能只有两三家,各式学校只有数所或数十所,但至少办在城里的学校已开始多起来。

都会有聚集效应,这是乡村远不能比的。包拯家有个门生很多的叔叔,可能也在合肥城里上课或者开办学校。至于包拯的父亲包令仪,倘若一时半会儿没有差使下来,他很有可能也会被名校聘请过去当老师。即便不开课做老师,他门下的学生应该也有不少。毕竟他做过县令,还是位进士,算是科考成功的一位人物。在合肥城,这样的人物还很少,除一个马亮外,就是包令仪了。而马亮四处做官,很少回老家。

刘筠来了,他这个知府也得拜访地方上的知名人士,寻求他们的建议和支持。这是每个地方官初到一个地方必然要做的事情。刘筠在合肥人生地不熟,工作该如何开展,他必须听听地方上这些知名人士的声音。他必然要去拜访包令仪。他认识包拯,也是必然的。

《宋史·刘筠传》中这样说:"包拯少时,颇为筠所知。"也就是说,包拯年轻时便被刘筠知道了。这里用了一个"颇"字,就是说,刘筠不是一般地知道他,而是非常了解他。这说明什么呢?说明俩人不是一次两次见面,而是多次见面。为什么见面次数那么多?这不仅仅是因为他是包令仪的儿子,更重要的是,包拯是合肥青年学生中最优秀的一个。

那个时候的包拯已经22岁,是蛮成熟的一个人了。他已经娶了一位张氏姑娘,成了家。这位张氏是不是他母亲张氏娘家的侄女呢?当然有可能。但这位妻子死得早,没有留下太多的资料。

刘筠在宋朝科举史上最著名的一个贡献,便是写了一篇奏文,以他对科举考试试卷的精确分析,提出一个鲜明的观点:以往的进士考试"以诗赋定去留,学者或病声律而不得骋其才,其以策论兼考之"。他的这个观点最终被皇上采纳。那时候已经是真宗的儿子仁宗的时代,在包拯考进士那年开始增考策论,包拯以进士甲科(前三十名为甲科)的好成绩被录取。不能不说,刘筠深深地影响了包拯。

第二章 偶像和恩师

刘筠的藏书阁

自从认识包拯,刘筠便向包拯敞开了大门。

刘筠家有很多藏书,有不少还是真宗赏赐给他的,他都拿出来给包拯看。后来包拯建议他盖座藏书阁,刘筠说这主意很好,可以考虑。

没过多久,刘筠就下定决心,要在合肥安居乐业。安居乐业的主要标志,便是要在这里盖上一栋自己的房子,还要有一座藏书阁,专门收藏真宗赐给他的那些书,也让他的学生们有机会看一看,摸一摸。他甚至还想过,一旦知府任期届满,他就干脆在此地办所书院,教教学生,写写东西,聊以打发晚年的光阴。这个想法他跟几个学生沟通过,他们都高兴极了。

刘筠在合肥城里买了一小块地,开始盖房子。藏书阁是他自己设计的。他在东京时,经常和杨亿一起出入宋家(即杨徽之的女婿家,杨亿和宋绶是表兄弟)。这宋家以藏书著称。自从见过宋家的藏书后,刘筠就在心里做着一个藏书梦:什么时候他也能够有座藏书阁呢?

宋家住在东京春明坊,那里是整个东京最有人文气息的地方。杨徽之只有一个独生女,他死后,全部藏书都被女婿宋皋、外孙宋绶所继承。宋皋父子都在馆阁里工作,每次皇上赐书,他们家必得两本。经过几代积累,他们家的藏书已达30000卷规模,成为东京名副其实的第一大藏书人家。①王安石在馆阁任职时,特意租住在宋家边上。他常到宋家借书,借阅唐人诗集时,他边读边做读书笔记,后来,他把这些读书笔记整理出来印成书,名为《百家诗选》。

因为春明坊住着这么一户藏书人家,所以吸引了很多读书人在此买房。他们都想像王安石一样,到宋家借书读,成为学问家。而宋家呢,也并非藏而不借的抠门藏书家,只要有借有还,都会再借不难。也因此,春明坊周边宅子的房价普遍要比别处贵一倍。房价的这一表现,也正反映出藏书家对士人构成的巨大的磁吸效应。

对宋家来说,他们的娱乐方式是每天召集子孙,分享每人的读书心得,切磋学问,讨论怎么写书,怎么翻译。这简直是古代版的读书会,每天都有,而且品位很高。

这个家族先后出过三位宰相。宋绶的儿子宋敏求在丁忧(就是家里父母去世,不能出来做官,要在家守孝)时,皇帝特批他可以在家修书。因为他们家书多啊,所以哪需要出门去上班呢。

刘筠的这座藏书阁当然不能和宋家的比,宋家藏书阁是几代人持续收藏的结果。但二十年的馆阁生涯,使得刘筠的藏书规模也已经相当大了。在他这里,包拯大开眼界,不但每天有书读,而且刘筠还特别开明,常在自己家举办小型读书会,让这些读书人分享读书心得,交流文章和诗赋,他还会在最后做总结性发言。这也是包拯最快乐的时候。

这段时间,重病中的真宗收到刘筠的来信,恳求他为藏书阁题字。真宗二话不说,身体略一好转,就给刘筠写了几个大字:真宗圣文秘奉之阁。他写的是飞白体。

飞白体,是汉末著名书法家蔡邕首创的。这种字体有什么特点呢?就是写字时要有一定的速度,这样行笔过程中便会露出白来,像枯笔写出来的。会写毛笔字的人都知道,黑白相间,是一种境界。当然也要掌握得好,如果飞白过多,显得很浮躁,也是很难看的。宋朝的太宗、真

---

① 梁建国.朝堂之外:北宋东京士人交游.北京:中国社会科学出版社,2016:240.

宗、仁宗，这三位皇帝都喜欢写飞白体，并且写得都相当有水平。

幸亏刘筠提前请真宗给藏书阁题了字，因为刘筠的藏书阁还没建成，真宗就去世了。刘筠本来想在合肥城安享晚年的计划也被打乱。真宗是乾兴元年（1022）二月去世的。他去世半年后，刘筠就被朝廷紧急召回，复任翰林学士。

真宗去世，12岁的仁宗继位。仁宗当然还没有能力执政，便由刘太后垂帘听政。真宗一去世，奸相丁谓就被太后贬官去了海南。刘筠回来时，朝廷已经天翻地覆，气象完全不一样了。

东京的繁华

刘筠的新宅还没完全建成,藏书阁也还只是个雏形,他便离开了。他这一走,让包拯有点失魂落魄。包拯在这期间跑前跑后,帮了老师不少忙。也因为跟在刘筠身边,所以他的学问大长,学到很多东西。刘筠的文学思想和个人修养,深深影响了包拯。

不过,包拯很快又见到了刘筠。这次是在刘筠在东京的宅子里。他父亲包令仪到东京等候朝廷差遣。这是天圣元年(1023)二月份的事。

对包令仪来说,这当然不是他第一次来东京,他前前后后已经来过多次;但对包拯来说,这是人生中的第一次。他们一路坐船,沿汴河北行。

当时的汴河是一条非常壮阔的河流,也是宋朝最著名的一条南北运输大动脉。从长江入淮河,由泗水入汴河。春秋以前,这是一条天然河流。公元前361年,魏惠王为加强与东部地区的联系,又命人开挖了一条人工运河,北接黄河,南接淮河以北的几条支流。

汴河一路都流经哪些地方呢?从河南开封,向东南流经陈留、杞县、民权、宁陵,然后是商丘、虞城、永城,再到安徽的萧县。

汴河作为宋朝当时的运输大动脉,繁忙成什么样呢?说一个数据,我们脑中就有概念了。每年不仅有6000艘漕船往来于江淮与东京之

间运输粮食,还有不计其数的客船,那些华丽的客船上有贵宾室、餐厅,还有观景区。现在的大客船,无非就是再加上显示屏吧!

我们不知道包拯和他的父亲当时坐的是什么样的船,但当时一路所见,汴河里百舸争流,汴河两岸郁郁葱葱的景象,肯定给包拯带来很大震撼。他又是个观察力极强的人,他从这里发现了王朝运转的一些奥秘。当时宋朝的航运水平已是全球老大,随着定向舵、指南针和新航帆的发明和推广,北宋的海上贸易量已妥妥地雄居世界第一。

包拯他们到了东京肯定要去拜见刘筠。此时刘筠已复出做翰林学士。朝代翻了新篇章,进入仁宗时代,精明的刘太后掌握着国家军政大权,但她也希望前朝大臣能够给她出谋划策。刘筠很快又被任命为权知贡院。他做了考试院的大考官,投奔到他门下的都是那些即将参加进士考试的举子。那时在东京滞留的各地举子有几千人,数量极其壮观。他们除了修进士业外,就是拿着文章诗赋出入名公巨卿的家门,希望得到赏识和指导。

在东京滞留等待吏部差遣的十多天时间里,包氏父子差不多把京城逛了个遍。东京经济之繁荣,让包拯印象深刻。

当时东京有100多万人口,整个城市呈方形结构,里外三重。最里面的当然是皇宫,然后是政府机构、学校、大的寺庙。有高档住宅小区,那是名公巨卿们居住的地方。商业网点密密麻麻,成为这座城市的大小"血管",给这座城市带来巨大的生机和活力。各种各样的人物穿梭其间,有波斯人,有道士,有僧侣,有挑着担子进城买卖的农民,有走街串巷的货郎,有官人,有各式消费者,当然也有"巡警"和"街道管理人员",还有各种收税点。商业会带来生机。这是包拯得出的结论之一。

游学南京

父子俩在东京等了十多天,包令仪终于等来吏部的新差遣。这是1023年的春天,宋仁宗天圣元年,包令仪已经是65岁的老人家了。

这么老了还没退休,甚至还有差遣,这也是蛮奇怪的事。但宋朝就是这样。

这一次,包令仪不但在吏部有了一份新差使,还被授予"朝散大夫"。他的实际差使,是去南京做虞部员外郎。

朝散大夫官阶不高,为从五品下,属文官第十三阶。当年白居易听说有朋友被赐予这个品阶的官衔后,便高兴地给朋友写了一首祝贺长诗,开头几句是这样的:

吾年五十加朝散,尔亦今年赐服章。
齿发恰同知命岁,官衔俱是客曹郎。

意思是说,我是50岁那年才做朝散大夫的,你今年被赐予这个品阶,也到了五十知天命的年龄。我俩穿的官服也都一个样⋯⋯

拿到朝服时,包令仪便和儿子包拯说到白居易的这首诗,然后感叹道:"白居易50岁时做朝散大夫,还要感叹再三,而我65岁了也才

只是一个朝散大夫……不过,人是没法比的,我也挺知足了。品阶高低无所谓,各人尽忠职守而已。"

包拯安慰父亲说:"这就对了。你只管做事,不必在乎官阶的高低。"

虞部,属于尚书省工部下面的一个部门。其掌管什么呢?掌山泽、苑囿、草木、薪炭、供顿等事。别看这个部门的名称不显山不露水,但管理的范围可大了,什么工矿、药物、后勤采购、林业、园林等,全归它管。

虞部设有郎中、员外郎的职位,相当于现在的部委正副司长。按现在的话说,包令仪属于副厅级干部。

别看大宋时的地盘只有大唐的二分之一大,可它是当时世界的第一大贸易国,是新经济和货币经济型国家的代表,GDP占全球GDP总额的十分之二以上。老牌资本主义国家大英帝国,此时的经济实力远远落在我们大宋的后面。而包令仪掌管的这些部门的事务,正是新经济的重要组成部分。从这个时候开始,包拯便接触了宋朝新经济强劲跳动的大动脉。

南京是宋朝的四座都城之一,就在东京的东南边约80里处,现在叫商丘,更早之前叫宋州。959年,宋太祖赵匡胤任后周殿前都点检兼宋州归德军节度使。次年正月,他在这里发动兵变"黄袍加身";因发迹于宋州,便改国号为"宋"。这就是大宋朝名称的由来。

1006年2月,大宋已开国四十六年。宋真宗感念于这个地方是大宋帝业的"龙兴之地",便下诏把宋州升格为应天府。1014年正月,真宗为表示他不忘本,又下诏把应天府升格为南京,并在这里规划建设都城和宫城,基本仿照东京的格局来建,只是规模小一点。这里建有归德殿、鸿庆宫,还有神御殿,是供奉太祖、太宗和真宗三代帝像的。各类宫殿建好后,南京初具规模,也就顺理成章地成了皇帝的行宫所在地。真宗数次来这里,也短暂居住过。真宗住这里时,当然也要有办事机构来处理朝政事宜,所以,当时南京的地位仅次于东京。

1023年,应天府改名南京已快十年。包拯见到的大宋发迹之地南

京,虽然不如东京那么上档次、有规模,但城市已建设得相当壮观了。包拯已在第一次去东京的路上和父亲一起上岸参观过那些宫殿,但这次要到南京来安家,心情又大不一样。

一家人先在旅馆住下,等包令仪去报到后,在同僚的推荐下,他们在离包令仪办公地点不远处租了一处院子住下。

那院子很小,只有三间房子,但有一丛高大的竹子、一株海棠,海棠下还有一张小石桌、三个小石凳,这是包令仪一眼看中这所房子的原因。其实比它大、比它便宜的农家小院还有一些,但包令仪看过这院子后就不想走了。房东出价后,他也不杀价,就付了定金。他说这房子让他想起老家,感觉很亲切。见父亲那么喜欢,包拯自然也喜欢。

张氏喜欢侍花种草,没几天,就从外面弄来几只花盆,种上了菊花、桂花,还有两株月季。包令仪见后便笑了,说:"咱们在这里也就待三年,你以为要住上五年八年?"张氏反驳道:"住一年也要种啊,你看它们多美,多漂亮啊!天天看着它们,这南京,也就变成自己的家了。"

看着父母一头花白的头发,却还如此恩爱,包拯心里暖洋洋的。对他来说,不管走到哪里,有父母在,就是家。

包拯在东京向恩师辞别时,刘筠听说他要去南京,就建议他一定要进应天府书院,好好读几年书。其实,包拯自己也是这样打算的。他跟父亲第一次到南京时,第一眼看到应天府书院,就喜欢上了那里。

应天府书院,历史上叫睢阳书院、应天书院,后来又叫南京书院、南都书院、南京国子监、应天府学,学校地址就在商丘古城南湖畔。这所学校在历史上大名鼎鼎,前身是五代时期名儒杨悫创办的一个教馆。宋初时为戚同文的讲学所。这戚同文出身贫寒,但他很喜欢读书,后来做了杨悫的学生兼女婿。老师去世后,戚同文在这里继续办学。他这个人境界高远,是位大教育家,自己没有私产,但他的讲学所闻名天下,光他培养出来的进士就有几十人。最著名的就是范仲淹。戚同文去世后,书院一度停办。1008年,由当地富商曹诚资助,书院恢复招生,并扩大规模,造学舍百余区,聚书15000余卷。这个藏书量,可以和北

宋第一藏书家杨徽之的比美。论办学规模，在私人学校中，它是国内第一。可见，这位曹富商相当有眼光，一出手就是大手笔。学校建成后，请来戚同文的孙子戚舜宾主持校务工作。这所书院投入使用后，在京师引起巨大轰动，无数学子从天南地北飞奔而来。

　　真宗听说后也很感慨。1009年2月，他正式赐额给应天府书院。皇帝给一所民间书院赐额，这是重大事件，标志着宋朝开始鼓励各地政府兴办州学。各地有州学，实始于应天府书院。三十四年后，也就是庆历三年（1043）十二月，宋仁宗正式下诏，赐该校名为"南京国子监"。这是全国所有书院中唯一升格为"国子监"的书院。国子监，就相当于公办大学。除东京有一所外，南京再添一所。当时的应天府书院，相当于我们现在的清华和北大。

　　这就是包拯即将就读的学校。

青年偶像范仲淹

1014年,宋真宗到南京朝拜祖宗。一听说皇帝来了,应天府书院的学生就都跑出去看,希望能见皇帝一面。只有范仲淹,独自一人留在教室里静静地读书。有人问他为什么不出去,他淡定地说:"皇帝嘛,总是会见到的,将来见也不晚。"

这位淡定的范仲淹,十一年后做了母校应天府书院的校长。这是晏殊做应天府知府时的事。1026年,朝廷罢免晏殊的枢密副使职务,而让其出任应天府知府。

刚好范仲淹丁忧居住在南京。碰上丁忧这事,官是绝对不能做的,做了就是大不孝,但办学还是可以的。

晏殊去应天府时心情本是抑郁的,但是看到应天府书院已经办得那么成规模、有影响,他还是不禁心痒痒。读书人嘛,总是有一个梦想——当教育家,培养万千学子。晏殊也一样,他一来应天府,便开始大办教育。邀请名师,扩大办学规模,这就是他这位知府眼下要做的事,也是最出政绩的一件事。那么,请谁来执掌应天府书院呢?他想到了同在南京的范仲淹。

范仲淹正丁忧在家,潜心做学问,晏殊上门游说他,一次不成又来一次,次数多了,他不胜其烦,只好答应。范仲淹办学特别认真,还充满

激情。他一旦答应,便把铺盖直接搬到学校里,吃住都在学校。学校的规章制度在他手里得到完善,然后张榜公布,他自己带头执行,率先垂范。他一有空就去教室、宿舍里检查学生们的执行情况。

有一次,范校长到宿舍里检查,看到有学生已经睡觉了,他非常生气,责问该学生:"为什么这么早就睡觉?"

学生回答:"我没有睡觉啊,只是看书看累了,在枕头上靠一下。"

"那你睡前看的是什么书?"范校长盯着他继续发问。

学生一听就慌了,赶紧起来,胡扯了一本书名,算是回答。

没想到范校长很认真,马上从他枕头下取出书来,然后开始提问,结果几个问题扔过来,学生的回答全部错误。这个贪睡的学生便被公示,严肃处分。从此,应天府书院的学生,没人敢随便早睡了。

如果范校长给学生出题作赋,那这个题目他自己肯定第一个做,他做过后再讲解。如此教学,那效果肯定是不一样的。我们现在有这样带头写作文的语文老师吗?如果有,肯定也是位了不起的老师。[1]

北宋著名学者孙复,后来成为一位大教育家。这个人学问做得很不错,但考试运气很背。他当时也在南京,教几个学生,看应天府书院教学条件那么好,藏书规模那么大,是做学问的理想场所,便找到范仲淹。范仲淹给他提供了勤工俭学的机会,也给过他不少资助。

范仲淹执掌应天府书院时名气很大,全国各地不断有人跑过来要上他的课,他也因此培养出很多著名的学子。后来应天府书院改成南京书院,范仲淹还为南京书院题名,并写了一篇《题名记》盛赞该书院,其文洋洋洒洒,深情大气。

> 由是风乎四方,士也如狂;望兮梁园,归欤鲁堂……若夫廊庙其器,有忧天下之心,进可为卿大夫者,天人其学;能乐

---

[1]范仲淹.范仲淹全集.南京:凤凰出版社,2004:791.

古人之道,退可为乡先生者,亦不无矣。①

"风乎四方,士也如狂",说明应天府书院牛人很多,影响极大。"有忧天下之心",进可为卿大夫,退可为乡先生,这正是范仲淹一贯的政治理念。

那时候包拯在不在应天府书院读书呢?可以推理一下。他是1023年去的南京,父亲的任期要满三年,也就是说,到1026年春天,包令仪才能卸任。包拯是1027年3月考中进士的。1026年的春夏,他可能还在南京。毕竟这里的学习条件比老家合肥要好太多。1024年那一次科考,朝廷在原有的解额之外,特意给应天府书院增加了三个指标。科举指标直接下达给书院,恐怕也是破天荒的事。这给无数考生以极大鼓舞。作为优秀的学生,包拯因父亲的关系留在应天府书院参加解额考试,也是有可能的。但他回原籍考试的可能性也很大。到八月份秋试时,他有可能就从南京回到合肥老家了。大清名臣、桐城人张廷玉从小跟着父亲张英待在京城,但他后来每次考试都是回到原籍去考,考完再回京城。以此类推,包拯也完全有可能这样做。

但在1026年的春天,包拯应该还留在南京。范校长的课他可能去听过。至少范仲淹在南京期间,他和包拯是有可能认识的。包拯后来为官,风格和范仲淹也有几分相像。《宋史翼·毕从古传》中有这么一段话提到他们俩,书中说这位毕从古个性很直,是个直男,不喜欢对贵人阿谀奉承;贵人不知者,唯杜衍、范仲淹、包拯、田况、刘湜五人,未曾因私事拜访过。

毕家是北宋时的著名家族,毕从古的父亲曾经做过真宗朝的宰相,他自己则官至贺部郎中。这么著名的家族子弟,一般人恐怕都会认识,但只有范仲淹、包拯等五人不认识他,因为他"未曾有私谒也"。也就是说,这五个人是不会和任何人有利益输送行为的,也没人敢送礼

第二章 偶像和恩师

①诸葛忆兵.范仲淹传.北京:中华书局,2012:30—31.

给他们。

  包拯和范仲淹此时可能没有私交，但包拯对范仲淹是非常敬重的。他后来做上御史时，范仲淹正在引爆政坛革命。包拯奏议中的每一条，都在呼应着范仲淹庆历新政的观点和主张，这便是明证。

新同学文彦博

包拯去应天府书院读书,认识了一个比他小 7 岁的同学文彦博。

四朝元老、任两朝宰相,活到 92 岁的文彦博,是 11 世纪的著名人物。他的地位之高,活的时间之长,拥有的声望之大,在北宋一百多年间里,几乎没人可以和他比肩。他早年还是个神童式的人物。他和包拯同年考中进士,在省试时成绩和省元不相上下。80 多岁时他还退不了休,年轻的皇帝希望老人家留在朝廷,继续帮助他掌舵。宋哲宗批准 92 岁的文彦博正式退休后三个月,文彦博就去世了。他死之前其实很寂寞,因为那些和他同龄的老朋友全都走光了。连年轻的王安石、司马光、沈括,也都走在了他的前面。

元祐年间(1086—1094),苏东坡陪契丹使臣入朝拜见皇帝,望见一位老先生站在殿门外等着他们。苏东坡立即脸色一变,他问老先生:"您是潞公吗?"老先生点点头,说他正是文彦博。苏东坡很好奇,看老先生这么精神,便询问他的年龄。这本来是不应该打听的,可苏东坡实在忍不住好奇心。当听说潞公已经 80 多岁时,苏东坡不禁感叹:"何壮也!"真年轻啊,老人家整整比他大 31 岁呢,却还如此精神。

轼曰:"使者见其容,未闻其语。其综理庶务,虽精练少年

有不如;其贯穿古今,虽专门名家有不逮。"①

这句话的意思是,这老先生处理起工作来比年轻人还高效,而他学问之广博,就是那些专业人士和所谓名家也都比不上。文章的最后一句话是:"使者拱手曰,'天下异人也'。"

这段记载见于《宋史》中的《文彦博传》。

就是这位老先生,和包拯做过同学,也做过同僚,后来则做了儿女亲家。老先生83岁时,包拯已经去世26年了,他还向朝廷奏举包绶。包绶是包拯的小儿子。包拯去世时包绶才5岁。包绶长大后,娶了妻;妻死后,文彦博把自己的小女儿嫁给包绶做续妻,所以包拯的后裔不光姓包,还有一部分姓文呢,他们是这两家优秀基因的结合。这文彦博作为朋友很够处吧?

他们俩的关系怎么会好到这个地步?包拯生前一个字都没有透露。这个一生没有私交的人,并不是没有朋友,他只是觉得没必要去表达,更不需要对外宣布。心里有,就行了。

文彦博写给包拯的唯一一首诗见于《文潞公文集·卷三》中。这是一首七言律诗,诗名《寄友包兼济拯》,内容如下:

　　缔交何止号如龙,发箧畴年绛帐同。
　　方领聚游多雅致,幅巾嘉论有清风。
　　名高阙里二三子,学继台城百六公。　每策事,则生之条疏常多。
　　别后愈知琨气大,可能持久在江东。②

这首诗的大致意思是,我俩已交往多年,又是同年中进士。当年一起上学时我们曾一起出游,正是"恰同学少年"。你我风华正茂,书生意

---

①侯小宝.文彦博评传.成都:四川大学出版社,2010:243.
②侯小宝.文彦博评传.成都:四川大学出版社,2010:55.

气,指点江山,激扬文字,你的言论滔滔,我印象深刻。那段岁月是何等的美好啊!你我都不曾忘怀。"名高阙里二三子"意指你在老家时便已相当出名,后来你学业有成,你我做了同僚。每次策事,你的条疏是最多的。分别后你的水平肯定越来越高,你还能在江东久待吗?

这首诗大约写于包拯任池州知府时。1055年12月,包拯因为担保失误,被降为兵部员外郎、池州知府。文彦博时为宰相。包拯在池州写信给文彦博汇报工作,信中还赋诗一首。文彦博便回了这首诗给他,也是在安慰他,意思是,你不会在江东久待的。

"包兼济",是指包拯兼济天下,这也的确是包拯的情怀。

"方领聚游多雅致,幅巾嘉论有清风。"文彦博这两句诗,让我们知道包拯年轻时还有这么雅致、激情、诗意、风流的一面。

不过,想想这也正常。天天在文字堆里打转,跟记忆力和理解力做殊死搏斗,也是很枯燥的。虽然有范校长的眼睛始终在背后盯着你,让你连早睡一会儿都不可能,可学生们毕竟大都是年轻人啊,总还是喜欢聚会游乐的。聚游时,这两位高才生恐怕是活动中的主角,至少言论滔滔、谈诗论赋不成问题。如果那时候便有大学生辩论赛,包拯和文彦博一定都会拿到好名次。

宋人书《闻见近录》记载,文彦博中进士前,曾师从孙复,"时文洎倅南京"[①]。文洎是文彦博的父亲,那时他刚好在南京做官。

孙复是孙武的第四十九代孙,出身贫寒,但他从小发愤读书,学识很渊博。他曾经四次参加进士考试,但全部失败;灰心之余,只好退居泰山,专事讲学,以当教育家为人生目标。他的门生很多,后人称他为"泰山先生",其影响很大。1042年,泰山先生被范仲淹推荐,正式做了国子监直讲,成为著名的"宋初三先生"之一。

孙复这么有学问的人,当时已经35岁了,为什么还要去应天府书院任职?他不是为了长学问,也不仅仅是为了活下去,而是为了参加第

①侯小宝.文彦博评传.成都:四川大学出版社,2010:5.

二年的科考。

　　书院里有两个著名的学生,和包拯、文彦博一起参加进士考试。他们其中一个拿到了殿试第一名,一个拿到了第三名,就是我们所说的状元和探花。他们便是王尧臣和赵槩。这几个优秀的学生都聚集在这里,应天府书院的江湖地位可想而知。

　　1027年那场科考,王尧臣、赵槩、文彦博、包拯都考上了,还都冲到了进士甲科——甲科只有三十个人,他们是所有进士中的种子选手,22岁的文彦博甚至考取了省试第二名。可悲惨的是,参加了四次科考的孙复先生被远远甩到后面,连进士入围的资格都没有。是可忍,孰不可忍。自此,孙复先生果断斩断考试念头,挥挥手含泪去泰山,果然成就了人生的另一番伟业。

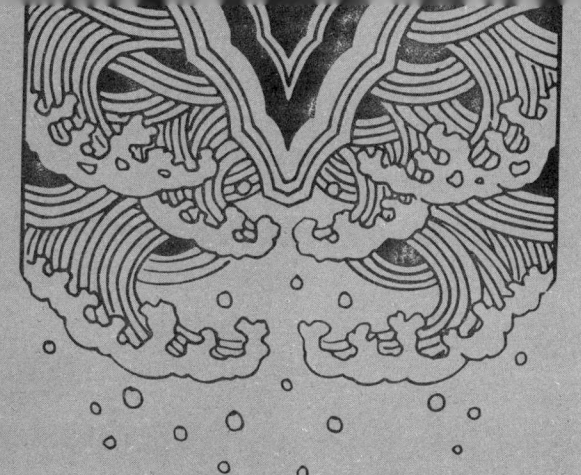

第三章

为何同年胜同学

宋人怎么考试

北宋天圣四年(1026)九月,包拯终于迎来盼望已久的秋考。

秋考叫解试,在州里举行。天圣四年(1026)之前,解试是在八月举行;天圣四年(1026)之后,改为九月举行。

考虑到各地考生距离京师远近不同,距离远的像四川、广东、广西,解试得提前到六月举行,那就不是秋试而是夏试了;福建则提前到七月举行。至于江淮地区,则在正常时间的九月举行。

秋考是有录取指标的,根据各地具体情况,会有不同数额的指标,发到各州、郡。这叫解额。这也是宋朝科举考试力求公平的一大体现。即使是教育不发达的地方,朝廷也会给指标。这种区域性照顾,和现在的高考政策差不多。举个例子,假如庐州府有50个解额,那么参加考试的考生不管有多少,500也好,5000也好,都只录取前50名。

参加考试的人,第一步要报名。报名时,要在籍贯所在地递交三样东西。哪三样呢?

一是家庭资料,古时叫"家状"。要填写姓名、年龄、祖三代、婚否、第几次考试和籍贯等信息。

举例来说明。

文天祥,是南宋朝极著名的人物,最后为南宋慷慨赴死。他的诗句

"人生自古谁无死,留取丹心照汗青"谁都知道;但少有人知道的是,他是1256年的进士第一甲第一名,20岁就考上了,成绩耀眼,直取状元之位。他的录取档案上的家状是这样写的:

文天祥第一名
字宋瑞小名云孙小字从龙
年二十五月二日丑时生外氏曾
治赋一举兄弟璧同奏名天麟娶
曾祖安世祖时用父仪
本贯吉州庐陵县父为户①

另一位南宋大名人朱熹,是著名理学家,他是1148年的进士第五甲第九十名,他的家状是这样写的:

第九十人朱熹
字元晦小名沈郎小字季延
年十九九月十五日生外氏祝
兄弟无人一举娶刘氏
曾祖绚故不仕祖森故赠承事郎父松故任左承议郎
本贯建州建阳县群玉乡三桂里父为户②

看到了吗?那时候的家状详细到三代祖,还有外祖。小名、大名,包括字,统统都要写。文天祥的生日信息甚至精确到时辰。他没有结婚,所以"娶"字后面没填。兄弟的名字也要写。他们都是第一次参加考试,所以写"一举"。曾祖、祖父和父亲的名字都要写。被授予或担任过的官

---

① 梁庚尧.宋代科举社会.上海:东方出版中心,2017:16.
② 梁庚尧.宋代科举社会.上海:东方出版中心,2017:15.

职,也要如实填报。户籍所在地更要写,还要填户主是谁。文天祥的上三代,都无官无职。朱熹的祖父和父亲都有官职。

二是保纸,就是保证书。填写的资料是否属实,要有人证明,通常都是几个考生互相证明。如果证明出了问题,那么保人是要负法律责任的。

三是试纸,就是考试用纸。考试用纸官府不提供,要考生自己准备,而且要提前准备好,交给官府盖过印后,再发还给考生,考试时就用试纸做题。

试纸要备不少张,因为要考好多门。考试的主要内容是诗、赋、策论、帖经和墨义。

什么叫帖经?相当于我们现在的填空题。把经文前后盖起来,中间只露出一行,这一行中要填写几个字。这主要考背诵经文的功夫。对记忆力好、熟悉经文的人,帖经是小菜一碟,等于是送分题。对不熟悉的人来说,必然失分。连蒙带猜,恐怕是糊弄不过去的。

墨义呢,有点像问答题。有人看到吕夷简应解试的试卷,里面有这样一道试题:

问:"作者七人矣,请以七人之名对。"
回答:"七人某某某某也,谨对。"①

这像不像我们现在的问答题呢?其实只是换了一种形式,考的仍然是对经文的熟悉程度。这种考试就是检测考生死记硬背的能力,对有的考生来说就是送分题。

至于写诗作赋,看起来简单,但陷阱很多,一不小心就会犯错误。

诗赋讲究对偶、音律、韵脚、字数等。尤其是对韵脚的规定,特别严格,一旦出了韵,便会惨遭淘汰。欧阳修第一次参加秋试,就是在韵脚上

---

① 梁庚尧.宋代科举社会.上海:东方出版中心,2017:18.

出了问题。考官说他出了韵,将其淘汰。而苏东坡的老爹苏洵,写诗作赋自由发挥惯了,也是在这个问题上屡屡犯错,以致终身与进士无缘。

至于策论,有点像作文考试,给一个题目,让考生自由发挥。策论是最能看出一个考生的综合水平和能力的,所以包拯的老师刘筠一直在呼吁,要提高策论在科举考试中的地位,而不能仅仅考诗赋。

宋人考试采取自愿报名制度,但有以下几种情况,是不能报名的:曾犯过罪、接受过处罚的,假冒户口的,祖、父两代有过犯罪史的,不孝不悌、品德不好、口碑很差的。还有,服丧期间不许应考;工商杂类及曾做过僧人、道士的,也不能应考。

这就是说,有劣迹的、有丧事的、祖上犯过罪的、名声不好的、做过僧人或道人的、做生意的,都不能报名。

这一招有点厉害啊。这就要求你必须好好做人。就算你自己不考试,也得留机会给后代。宋代的整个科举制度设计是让所有人从良。每个人都不能犯罪,因为犯罪成本很高,划不来。

当然了,如果考生和主考官、政府主要官员之间有血缘关系或亲戚关系,则必须打报告,如实说明,朝廷会给这类考生安排一场特殊的考试,叫"别头试"。

像包拯和文彦博这样跟着父亲在外面宦游,不回老家而留在南京考试也是可以的,但必须先经过审核,且须参加专场考试。这种考试又叫"类试"。参加者主要是不在原籍考试的举人,京城官员的随侍、门客、亲戚等人。考虑到考生不方便千里迢迢回原籍参加考试,所以朝廷也会有灵活的政策。比如司马光,就是在东京开封参加考试的,因为他父亲当时在京城做官,也因为东京的解额指标比他陕西老家的要多得多,而且他在东京复习,接触的名师多,获取的考试信息量也大。所以官员子弟很少选择回本籍参加科考。

那包拯是在哪里参加考试的呢?有两种可能,一种是回老家。他父亲刚好任期已满,可以回老家了。另一种是留在南京,但南京生源好,竞争激烈;而回原籍考试,对包拯来说,更容易冲到第一名。

厉害的天子门生

975年，宋太祖亲自主持落榜举人的复试，这成为后来殿试的开端。省试是由尚书省礼部主持的，所以简称"省试"。而殿试是由皇帝本人亲自主持的，意义大不一样，考的内容也略有区别。省试第一名，未必就是殿试第一名。比如包拯那一科，省试第一名是吴育，但殿试第一名就变成王尧臣了。

因为殿试是由皇帝本人亲自主持，所以这样一来，所有录取的进士，就成了"天子门生"。

宋朝考试制度虽然很严格，但也有温情的一面。有的人几次秋试都过了，但临门一脚总是失败，比如孙复，考过三次后，第四次再参加秋试就可以免考，直接被纳入解额指标中。一般都是三举以上才有此等福利。当然了，年龄到了六七十岁还在考试的，秋试也可以免考。

至于包拯究竟是在哪里参加秋试的，其实已经不重要，反正秋试时他顺利通过，拿到了赴京考试的解额指标。

这次在东京，包拯见到了合肥人马仲甫，彼此一见面，心里就热乎乎的。当然他也见到了文彦博和欧阳修。这是欧阳修第二次来参加考试，虽然熟门熟路，但心里还是有些不舒服。福建惠安是包拯待过的地方，那里也有几个考生来，有一个还认识包拯，和他一起上过几年学。

彼此一介绍，也就认识了。这个人后来还考中了进士。

包拯和马仲甫一起去拜访刘筠。刘筠家里可热闹了，大家听说他这次可能会做贡院大考官，都快把他家的门槛踏破了。

虽然皇帝不允许考生称考官为"恩师"，可传统力量还是很强大，挡不住考生想认识考官的热情；更何况刘筠是文坛大咖。粉丝见偶像，不需要任何理由。

包拯在南京时曾给老师写过几封信。每有信来，刘筠必会给他回信，还细心提醒他要注意的事项。有一次，刘筠在信中介绍他去某地拜访一位先生。那位先生姓周，是刘筠的同年同科进士，在南京做官，学识非常渊博。包拯自己去过一次，后来又带文彦博去拜访过一次。这在他写给刘筠的信中都曾说到。

刘筠此前已做过两次贡院考官，第一次是在1015年，范仲淹那一科；第二次是在1024年，"二宋"那一科。第二次省元是宋祁，第三名是宋庠，宋祁和宋庠是兄弟。当时还是刘太后当家。刘太后认为这兄弟俩排名不能弟先兄后。宋祁虽然考第一，但不能排在哥哥宋庠的前面。于是殿试时宋仁宗大笔一挥，改宋庠为第一，宋祁被降到第十名。

宋氏兄弟后来都很厉害，宋庠做上宰相，宋祁是翰林学士。"二宋"中，小宋和刘筠交往更密切。宋氏兄弟私底下都把刘筠当恩师。

刘筠在合肥盖房子、建藏书阁时，宋祁还曾献诗一首，名为《闻中山公淝上家园新成秘奉阁辄抒拙诗寄献》。刘筠死时，宋祁写了首悼亡诗，可见俩人感情之深。

包拯进入刘筠的书斋，恐怕会看到各种新奇的玩意。那时候文化人的审美趣味和审美水平都很高，像刘筠这种大师级别的文化人，不光写诗做学问，字画、古琴、鉴赏，他都涉足。他家的收藏应该不少。

说到即将到来的考试，刘筠鼓励学生们，别害怕，正常发挥就行了。他也介绍了考试时的注意事项，让他们心中有数；还说马上会有新差使等着他，考试结束后彼此再见面。

包拯打量刘筠家里，除了书还是书，有很多包裹还没打开就堆在

房间里,可见刘筠的确刚从外地回来。

几天后,传言得到证实,刘筠被诏"权知贡院",主持贡院考试。这是他第三次主持贡院考试,也是最后一次。

宋仁宗天圣五年(1027)的省试和殿试,在考试内容上有了革命性的变化。唐以来进士考试,以诗赋定去留。刘筠认为国家取士,是为了选拔优秀人才,进士考试不应过分偏重文学诗赋,而应增加"策论"的比重,因为策论更能反映一个考生多方面的能力。经过一番讨论,最后朝廷采纳了刘筠的建议,在1027年的进士考试中,策论部分的分值大大增加。对包拯来说,这是个重大的好消息。他受刘筠影响多年,早就在策论方面做好了充分准备。

包拯果真在这次考试中考了个好成绩,在两千多名省试考生中冲到了前三十名,进入进士一甲榜单。

素风泊然董氏妻

这里补充说一下包拯的新夫人。古时女子其实也是有名字的,但嫁人后就改了姓氏。后人只知包拯的这位新夫人姓董,是个读书识字的女子,比包拯小两岁,还是位名门闺秀。

董氏是家里的定海神针,包拯不管官做多大,官阶多高,一下班必然回家,然后再也不出门,不社交。包拯喜欢待在家里。他所有的绵密心事,只有董氏最懂。他们是对恩爱夫妻。

董氏的曾祖董希颜起兵于洛阳,官至宁州刺史,是跟着宋太祖出生入死的一员战将。祖父是武将出身,官至内殿崇班,是在宫廷里做皇帝保卫工作的侍卫官。父亲董浩则做过鄂州武昌令。这个官阶和包令仪的差不多,甚至比包令仪还高一点。董浩很可能也是进士出身,因为能做上武昌令,通常必须是进士出身。以上介绍,出自1973年被挖掘出来的董氏墓志铭,是包拯的门生张田写的。她的家庭和包拯家是完全匹配的,堪称"门当户对"。

董氏是何时嫁给包拯的,还不能完全确定,但大致时间应该是在包拯考中进士前两三年。因为董氏墓志铭中有这么一句话:

夫人佐公,承颜主馈,内克尽妇道,外不失族人欢心者,

盖十三年。孝肃渐贵，夫人与公终日相对，亡声伎珍怪之玩，素风泊然。①

意思是说，董氏嫁过来后，在家里安心做贤妻良母，照顾家里的老人和孩子，把各项家务处理得井井有条；对外她很大气，举止落落大方，族人都非常喜欢她。包拯当了大官后，她对那些珍奇贵重的玩意一概不感兴趣，是个很安静、很朴素的人，且不向往奢侈生活。

包拯真正出来做官，是在考中进士十年后。从上面那段话里说的"十三年"，可以推测董氏嫁到包家正是在包拯去陪都南京读书的这段时间。董家当时很可能也在南京居住，她父亲有可能就在南京做官，两家大人彼此认识，刚好双方儿女年龄相当，董氏当时已24岁。在宋代，24岁还不嫁人的女子，算是"剩女"一名了。她父亲应该很着急。当时包拯26岁，已有过婚史。经人介绍或者双方父亲一拍即合，便成就了这桩婚姻大事，而且还是闪婚。

董氏父亲是官三代，所以他们家的背景比包家的还要厉害些。祖父就在宫廷里当侍卫官，她小时候听过的宫廷故事很多。再加上董氏从小便跟着父亲走南闯北，见识只会比包拯多。她信佛，喜欢读佛书。那时候读佛书很流行，上至皇帝，中至各位大人先生，下至平民百姓，只要识字的都喜欢研读佛书。佛书传播时，碰上第一次印刷革命，自然很快流行开来，成为大宋朝的大众文化读物。

包拯后来有过机会可以再娶，但他内心更愿意跟董氏长相厮守，俩人很默契。董氏不奢华，很朴素，做人很低调，举止却很有气度，把家里上上下下打理得很好。包拯对她非常满意。

---

① 宋.包拯撰,杨国宜校注.包拯集校注.合肥：黄山书社,1999:281.

同年胜同学

天圣五年(1027)共取进士 377 人,诸科 698 人,特奏名 343 人。这些人来自五湖四海,但都有一个共同的名字叫"同年"。不过"同年"也常特指进士同科。诸科和特奏名,虽然也是同年,但他们非正规军,考的内容也不一样,所以这种同年,关系又不一样。

富弼是这一年经过制科考试选拔出来的,他是其中的翘楚。而进士科中优秀人物更多,可以拎出一串来:王尧臣、韩琦、文彦博、赵槩、吴育、包拯、吴奎。他们后来都成为北宋政治舞台上熠熠生辉的人物。这一串人物中,探花赵槩居长,中进士时已 32 岁;接下来包拯 29 岁,状元王尧臣 25 岁,省元吴育、和制科第一人富弼 24 岁,省试第二名、殿试第六名的文彦博 22 岁,榜眼韩琦 20 岁,吴奎 17 岁。

这些人以后关系都非常好,原因就是他们都是同年,有很多共同语言。他们曾经一起考试,做过一样的试卷,面对一样的考官,一起参加闻喜宴,所有这些,都成了他们日后最美好的回忆。

发榜之后,接下来的二十天时间里,是东京最热闹的日子,属于进士们的自由活动时间。这也是同年们相互认识、增进感情的好机会。他们在这段时间里频繁聚会,常常三五成群一起出游,彼此结下深厚友谊。

殿试唱名和闻喜宴,通常是认识彼此的开始。但在这样隆重的场

合,互相也只能认个脸熟而已。进士一甲只有区区三十人,最容易被人记住;而后面的那些进士,除非长相特别,否则不太容易一下子被记住。

这都没关系,同年之间很快还有各种聚会,这种聚会叫"期集"。期集后,他们还有《同年小录》这样的期刊方便彼此认识。这跟现在的同学会有点像吧?

第一次聚会是在闻喜宴后。新科进士择日集中去贡院,然后搞一个仪式叫"拜黄门,序同年",非常庄严盛大。

进士们先把皇帝赏赐每人科举考试的身份标签,如一甲进士第一名(即状元)、二甲进士第十八名、三甲进士第二十三名之类,在黄纸上写好,供在香案上,然后行礼、排队。这次排队是按年龄大小排的,共分两列,以40岁为分界线,上下各一列。一列向东,一列向西。每一列各推一个人出来,必须是年纪最大的和年纪最小的。他们出来升堂,年纪大的面朝南,年纪小的面朝北。

整个仪式由礼部官员春秋吏主持。春秋吏这样的官名现在很少有人听过,其实就是主持进士拜同年典礼的官员。40岁以下的年轻一列先拜年纪大的老进士,然后老进士再回拜年轻进士。

这个仪式看起来很有人情味。以年龄排序,而不是按等第排序。这样一来,老的少的都认识了。至少在这个仪式上,年纪最小的那个和最大的那个,是目标人物。他们也都被人牢牢记住了。17岁的吴奎可能就是当年年纪最小的那个。

仪式结束后,进士们便前往期集院聚会。期集院是官方专为新科进士提供的聚会场所,大约在贡院附近的某一处宫殿内。期集时,状元首先出来与同年相见,然后请一人出来做记录,其余的人有"主宴、主酒、主乐"的,探花则负责"主茶"。进士们在一起聊天,互相介绍,彼此认识,现场气氛十分活跃。当然也会赋诗、吟酒,如此一来,喝醉是难免的事。

包拯便是在这次期集上认识了来自惠安的那位进士。他们聊得十分痛快,一聊天,发现彼此还在同一所学校里上过学,算是校友。从应天府书院出来的进士更多。在此次期集上,状元王尧臣便和包拯聊了不少。

期集上,状元提议,要集资出个《同年小录》。这《同年小录》相当于我们现在的"同学录",但他们那个年代的应该比我们现在的雅致多了。《同年小录》的作用除记录大家的联系方式外,主要是收录诗词歌赋。

《同年小录》要集资付印,出资额以名次高低来定。状元出得最多,其次是榜眼、探花。考最后一名的,就算富有,也无法多出。即便真想赞助,也会被拒绝。同年聚会的各项开支,也以集资的形式支付。状元同样出得最多。这也公平。因为他最风光,升官速度也会最快。

同年聚会不实行 AA 制,而是以名次高低决定出资额,颇有些喜感。

哪怕这些同年以后各自远走高飞,天高地远,但只要回到京师,小型同年聚会仍会不时举行。而《同年小录》也会不定期推出,发布同年们的最新消息,这成为同年之间相互沟通最好的桥梁和纽带。

天圣五年(1027)的这帮同年,日后都成为朝廷的中坚力量,开创了历史上著名的"嘉祐盛世"。

第四章

解官归养的背后

父母为何不欲行？

包拯考上进士一甲后，被授江西建昌县令一职。他对县令工作并不陌生，十几岁时就跟着父亲在惠安县府实习过。他回家后准备老老实实向父亲请教："做一个县令，您有什么经验和教训值得传授的？"

包拯到家才发现，父亲的脸瘦了一圈，头上的黑发变少，整个人看起来像一个老头儿了。一问，原来老人家生病了。包拯看了很心疼。

包拯本来马上要去建昌的，可父亲这个样子，他还能走吗？一家人坐在一起商量再商量。父亲首先提出来，他和母亲没办法跟着包拯去建昌，身体明显不允许了。

包拯是个孝子，家里没有别的兄弟，有一个姐姐早就嫁出去了，古时候都是靠儿子顶门头的，女婿没有义务为岳父岳母养老。那时候养老体制又不健全，没有养老院。

那怎么办呢？再聪明的人碰到这样的事情也没招啊。自己带着媳妇去建昌做县令，把父母丢在老家？这明显不是包拯的想法，他也不会这样做。

思前想后，他只得给朝廷打一个报告，请求朝廷给他重新派遣一个离家近、方便照顾父母、哪怕官阶往下降一降的工作。报告打上去后，包拯在家等啊等，终于等来了吏部新派遣：和州税务官。

和州就是今天的安徽和县，是长江边上的一个县，距江宁（今江苏南京)甚近,隔江面对江宁、芜湖、马鞍山三市。在历史上著名的楚汉之争中,西楚霸王项羽兵败垓下,被刘邦部队一路追杀,最后就在和州附近的乌江自杀。和州也因此闻名。

说起来,和州离合肥并不远,算是合肥的芳邻,两地距离也就区区100多公里而已,比江西建昌离合肥近多了。朝廷算是很照顾包拯了。估计那个时候周边也没有合适的县令空缺可以给他,改"监和州税",官阶是降了一级,但工作地点离家近了。

拿到这个新派遣令,包拯仍然很犯难。100多公里,现在开车1小时就到了,可那个时候是宋朝啊,虽然可以坐船或坐骡车、驴车什么的,甚至可以骑马或坐轿,可毕竟是一大段距离啊! 此时他的父母还是不愿意出门,连100公里外的和州他们也不愿意去。

包拯的父亲做了一辈子基层官吏,他不是不懂事,故意跟朝廷过不去,他非常理解儿子想去新岗位一展才华的心理,可两位老人毕竟都年近70岁了,身体在跟他们提抗议:你们路上一折腾,估计小命就没有了。

最后,还是媳妇董氏拍板:包拯去和州上任,家里的事由她来操持。那时候董氏已怀了孩子,可她很理智,她在家庭会议的最后做了总结性发言:朝廷的差遣不能一改再改了,包拯必须去上任。

这个过程,《宋史·包拯传》是这样记载的:

> 始举进士,出知建昌县,以父母年老,辞不就,得监和州税,父母又不欲行,包拯即解官归养。①

而《仁宗实录》说到包拯,是这样写的:

> 知建昌县,父母春秋高,辞不赴,得监和州税。和与庐虽邻,而其亲不欲去乡里,遂解官归养。②

---

① 孔繁敏编.包拯年谱.合肥:黄山书社,1986:11.
② 宋.包拯撰,杨国宜校注.包拯集校注.合肥:黄山书社,1999:267.

仔细看看,这两本书的记载大致是相同的,后一本书说得更详细些。包拯第一次辞官是因为父母年龄大,第二次解官归养,是因为其父母不愿意去乡下。这个理由说明什么呢?反复揣摩,这句话至少透露出两个非常重要的信息:第一个信息,包拯全家当时就住在合肥城里,而不是乡下老家。第二个信息,他父母中肯定有人有病在身。城里医疗条件好,合肥城里肯定有各种医馆,还不止一两家;父母年纪大了,病恹恹的,找人上门看病,扎针,都很方便,当然不愿去乡下。

包拯十年守孝是一个著名的谜团。一个年轻人,读了二十多年书,好不容易才在29岁那年考中进士,成为整个庐州府最著名的青年才俊,但他却因为父母不欲远行而做不了官,不得不守在父母身边。父母去世后他又必须按规定丁忧,守在父母的庐墓旁边,这一晃,就是十年。从29岁到39岁,正是人生中最好的年华——包拯这一尽孝就是整整十年。虽然他尽孝了,而且尽得非常彻底,美名传天下,可他心里会不会还是有些郁闷呢?

郁闷之说,当然是我们的推测。包拯未必觉得郁闷。他觉得尽孝是完全应该的,而且也不必去宣传。这只是身为人子该做的事而已。

不过,我们也可以看看包拯的老前辈,27岁考中进士的范仲淹校长,他当年是怎么尽的孝。

范仲淹生来孤苦,2岁时父亲去世。因"贫而无依",母亲只好改嫁到朱家。范仲淹在养父家长大,他对母亲的感情十分深厚。1015年,范仲淹考上进士后去安徽的广德任参军,到广德后,范仲淹便将母亲接到身边。母亲因为思念他而经常哭泣,眼睛已近乎失明。当时范仲淹的工资不高,吃饭和用度他尽量先就着母亲,自己一家过得很节俭。在他出任第二个职务时,穷得连出行的车马费都凑不出来,只能卖掉他唯一的坐骑来凑行资。马在北宋时很少有,这匹马是范仲淹出门时唯一的交通工具,也是他家最值钱的家当。进士出身的参军,居然穷到家徒四壁、要靠卖马来凑行资的地步,不得不让人感慨。

那时候,范仲淹已结婚,有了家小,要靠俸禄养活几口人,的确很

艰难。其实大宋朝公务员的工资还算高的，有人说，比明朝的要高三倍。是不是真的高三倍，计算有没有问题，暂且不议，但事实上小官吏的生活还是非常艰难的。何况那时候家里的孩子比现在要多得多。

范仲淹辗转各地任职，老母亲一直跟在他身边，一直到十年后，老人家在南京去世。然后范仲淹为她守孝。

那么包拯的父母为什么就不愿像范仲淹的母亲一样跟在儿子身边去乡里呢？原因肯定也是有的，但到目前为止无从查考。最合理的解释是，包拯的家境并没有穷到揭不开锅的地步，他们家在老家应该有些土地，足以维持一家老小的生活。虽不富贵，但吃饭也不必太犯愁，父亲退休了也还有俸禄可领；何况老人家走南闯北一辈子，该见的也见了，该经历的也都经历了，他对跟着儿子的仕途走了无兴致。人老了思家。在家乡的怀抱里终老，是老人们最大的心愿。既如此，他们不欲行、不乐行，也就变成很正常的事了。

包拯当然很理解父母。既然老人们不欲远游，做儿子的，成全父母便是最大的孝顺。他后来"解官归养"，也就是情理之中的事了。

至于和州税官，包拯还是去赴任了。但父母在家里思前想后，还是不想去。于是，包拯在做了一阵子税务官后，找了个理由跟朝廷解释，说他父母年事已高，身体不好，请求解官回家侍候父母。朝廷同意了，包拯便回家来安心奉养父母，并为他们一一送终，再在他们的庐墓前丁忧守制。这一晃，十年过去，他的儿子包繶都已十岁了，他的两个女儿也都出生了。

守孝十年，在包拯那一批同年中，是很少见的。他再出来做官已是39岁的中年大叔了。

苦兮兮的税务官

和州税官是包拯接受的第一份差使,虽然时间不长,可能只有半年左右,但这份差使对包拯财政理念的形成,却是有重要意义的。

和州,地理位置非常重要:西控合肥,北接濠滁,东南临大江。和州,古称历阳。虽在长江之北,但如果从淮河去南方,和州是必经之地。

宋朝航运业发达,长江上每天舟楫往返,货运客旅十分繁忙。地理位置这么重要的一个地方,当时人口有多少呢?北宋时,整个和州有三万四千多户居民,人口有六万六千多。在这三万多户中,户主不到五千人。可见,不是每一户都有户主,六七户人家才有一个户主,这户主可能是祖父,也可能是父亲或曾祖父,这跟我们现在的户籍管理制度有点区别。此外,和州还有"客"五千左右。这"客",相当于流动人口或暂住户口,属于非常住户口。到和州来做生意的、打零工的、当官的、做先生的,这些外来人口都属于"客"。

宋代是商业非常发达的朝代,新经济已经出现。国家为了稳定起见,养了很多冗官和冗兵,财政负担十分沉重;每到年底统计时,便会发现,财政收支要做到平衡,真是件比提高智商还困难的事。能不出现财政赤字,已经很不容易了。到了南宋,经济还要走低。包拯所处的时代,算是宋朝最好的时期,所以税务官是一个非常重要的岗位,是观察宋朝经济的一个小窗口。要做一位一流的经济学者,最好先做一做税务官。那真是宋朝经济的最前哨啊,一有风吹草动,就能看得一清二楚。

包拯的第一份工作就是当和州税务所所长。这个所长,不是每个县都设置。只有经贸活跃的州县,每年税收达到一定规模,朝廷才委派专职税务官过去"监税"。那些经济欠发达的地方,不必派监税官,由当地县佐乃至县令直接负责征收事宜即可。在宋仁宗时,只有在税收超过3000贯地方,朝廷才单独设置税务监官。所以,包拯的第一份工作,接触的是宋朝经济大动脉的神经末梢。

监税官说起来很光荣,做起来却很苦,而且很枯燥、很无奈。因为那时候百姓缴税观念不强,谁愿意将辛辛苦苦挣来的一点小钱上缴呢?

苏轼的弟弟苏辙受哥哥牵连被贬筠州,做盐酒税官,到那里后发现,这里的盐酒税务所破败不堪,根本没办法住人。白天他就在集市里卖盐、卖酒、卖鸡鱼的地方收税,和那些做买卖的人为了一点小钱吵吵闹闹;晚上回来累得身子都要垮了,倒头便睡,一觉醒来已天明。第二天早上起来又开始重复头一天做过的事,这样的生活苦兮兮啊苦兮兮,哪里能安静下来写文章做学问呢?

苏辙这个税务官做得苦兮兮,和筠州经济不发达有关。和州经济水平明显比筠州高不少,包拯的工作不至于像苏辙那么辛苦,但税务官总是和小商小贩打交道,做起来并不是那么容易。在富裕的和州,包拯恐怕会经历另一种严峻的考验——那就是大商人会千方百计地贿赂他,以逃税或减税。

包拯在做和州税务官时会有什么故事呢?历史上没有留下记载。毕竟他在那里的时间很短暂。但以包拯的个性,应该也有故事。

解官归养整十年

包拯在做了短暂的税务官后，最终向朝廷打了报告，说他要回家为父母养老送终，朝廷同意了。于是他"解官归养"。

包拯是独子，他在赴任和尽孝中，选择了留在父母身边尽孝。这一回家，到重新出仕，过了整整十年。

这十年中，包拯的儿女慢慢长大，父母相继去世，包拯为父母一一守丧。这期间，包拯可有什么故事留下来呢？有一点，但不多。

丁忧期通常是两到三年。这段时间可以在家教子，也可以做做学问，甚至可以出去游历。比如苏轼、苏辙兄弟，在为母亲守丧期间曾外出游历，并留下各种诗赋。毕竟丁忧时间太长了，很难什么事都不做。只在庐墓边待着，不出去做官，已经体现对先人的重视和怀念了。

范仲淹在丁忧期间，被晏殊说服，出任应天府书院主管，开启一段辉煌的教育家生涯。范仲淹本人喜欢写文章，他执掌应天府书院时逸事不少。作为一代名相，范仲淹留下的文字算是比较多的。他的家书、与友人帖，宋时便已传播开来。《范仲淹言行拾遗事录》是南宋著名学者朱熹整理出来的，书中有记录："公丁母忧，寓居南都，晏丞相殊请掌府学。"①

---

① 诸葛忆兵.范仲淹传.北京：中华书局，2012：29.

也就是说，即使在丁忧期间，真有需要，也还是可以出来做点事的。

那么，包拯有没有出来做事呢？这方面资料空白。但可以想象一下，一个著名的进士，考得那么好，因为父母的关系而守在家里，合肥那些儒生应该经常上门向他请教吧？至于拜他为师的学生，也可能会有很多。

中国属于人情社会，宋时和现在，在这方面变化不大。合肥当时没有一个人考得比包拯好，包拯势必成为合肥所有儒生的取经对象和学习榜样。何况，包拯十年不出来做官，在家除了照顾父母、教育子女，他也有大把的时间可以用来读书、思考、做学问。

天圣六年八月，即1028年8月，包拯的老师刘筠以龙图阁学士再任庐州知府。当时他已59岁，身体多病，他把庐州当成他的终老之地，也把全部家当都从京城搬到合肥，做好了老死合肥的准备。两年后，61岁的刘筠"卒于书阁"。这书阁，就是他在合肥新筑房子里的藏书阁，里面放着真宗皇帝十多年来赐给他的各种书。这座藏书阁的建成，是合肥的一件年度文化盛事，他的学生、同僚、朋友都陆续写诗来祝贺。合肥无数文人墨客都想去这座藏书阁看一看，过把瘾。毕竟是被皇帝赐书，有几人有这样的幸运啊！没这样的幸运，看看也是好的。

这座藏书阁，包拯应该经常出入。这里面还包括刘筠馆阁生涯二十多年的所有藏书，藏书量巨大。包拯出没于此，得益之大，是可以想象的。在知识的大海里航行，人生快乐莫过于此。回家来又可以和父母、妻子交流此中真谛，一家人其乐融融，安逸且闲适。

刘筠第二次任庐州知府是在包拯离开京师一年多后，包拯也在这期间辞掉和州税务官，"解官归田"。他的解官归田，和刘筠的到来可能也有点关系。

刘筠一来，包拯无比快乐。那段时间包拯的老父亲还没去世，刘筠应该也来拜访过包老先生。包拯家的老房子离庐州府很近，走十几分钟就能到，刘太守应该是经常上包家门的。而包拯呢，在解官归田后没什么事，也会经常去刘筠家闲聊并请教，顺便帮老师做点事。这时候，刘筠夫妇唯一的儿子已经去世,再无儿女,包拯是刘筠最能依靠的学生,他们把身后事都托付给了包拯。此时刘筠不仅有病,还病得不轻。看来包拯解官归田不仅仅是为父母,也是为老师啊!

包拯的十年守孝,留给世人无数的谜团。这里面还有什么故事没被发现呢?至少刘筠再到合肥及刘筠建藏书阁,都和包拯有关。包拯的老朋友吴奎在墓志铭中说包拯"(喜读)书,无所不览"。可见包拯是个典型的书痴。

包拯在给父母守孝结束后,还在家里待了两年,经人反复动员才出来做官。那么,在这两年里,他又在做什么?为什么不肯出来呢?

说刘筠的藏书是吸引包拯留在家里做学问的原因之一,似乎也不算太荒唐。

刘筠再任庐州知府时,为自己选了墓地,打了棺材,还提前刻好了墓志铭。做这些事时,他显得既哀伤又从容。

所有这些事,包拯再熟悉不过。他既是目击者,也是观察者。这期间他为父母做了同样的事。父亲包令仪的墓一直保存到20世纪50年代初期。1953年,包令仪的墓地附近要建一座纺织厂,所以他的墓便被迁回老家龙山。包令仪墓前有神道碑,上面写着"宋故赠刑部侍郎包公神道碑"。包令仪生前做的官是虞部员外郎,这是一个正七品官。包拯后来当上三品官枢密副使,包令仪也因此被追赠"刑部侍郎"。刑部侍郎属于正四品,包令仪一下子被擢升三级。这是宋朝的一项特殊福利。包令仪被赠四品官后,按规定,他的墓园规格可以提升,墓道两侧可以有石人、石羊和石虎各一。

因为包拯是著名的清官,受历朝历代政府尊敬和保护,所以他老爹的墓九百多年来一直保存完好。除"太平天国"时期,两只石虎遭到破坏外,别的都还在。包令仪墓碑上的字,有人认为是包拯自己手书的。这个可能性很大,包拯的书法是很好的,给父亲的墓碑写字完全可以。但也未必是他写的。刘筠的墓志铭就是他自己一手书写的,不假他人之手。但刘筠的葬身之处没有任何遗迹留下来,这是很可惜的。

刘筠生前著作很多，有《册府应言》《荣遇》《禁林》《肥川集》《中司》《汝阴》《三入玉堂》《中山刀笔集》《表奏》《钟山杂述》《肥川小集》《刑法谥册》《太宗谥册》等。其中《肥川集》共有四卷，《肥川小集》有一卷。作为一位当之无愧的文坛领袖，刘筠的作品在体量上是巨大的，在种类上也非常多，可见他的学术功底之深厚。包拯和他在一起，应该学到不少。

但遗憾的是，刘筠的多数著作都已遗失，现仅存《肥川小集》一卷，还是因为收录在《两宋名贤小集》中才保留下来。而仅存的《肥川小集》，也只剩下作品12首，且全部为诗词。

《肥川集》和《肥川小集》，顾名思义，应该都是刘筠在庐州期间所作。可见刘筠有多热爱合肥，真应该称之为"刘合肥"。

天圣八年（1030），刘筠病故于合肥。因为刘筠无儿无女，所以他们夫妇去世后，当地政府居然把刘筠的"田庐没官"——所有财产，包括田地和房子都被官府收了。这可刺激了包拯，这是他绝对不能接受的。

话说刘筠死后，他的学生宋祁写了不少诗歌纪念恩师。他写过《哭中山公三十韵》。在刘筠生病期间他也曾写诗安慰。他的哥哥宋庠后来也写过怀念文章。包拯有没有写诗纪念恩师呢？历史上没有记载，但他后来帮老师做了一件大实事——"为奏其族子为后，而请还其所没田庐"。这是皇祐元年（1049）的事。这一年包拯出使河北，为老师在老家找到族子，奏请朝廷同意立族子为其后，并还其被没收的田庐。可见，刘筠先生的事，包拯始终未曾忘怀。

这样的事，可能比写诗、写纪念文章更有价值。包拯不是理论家，而是行动派。从这件事的处理中便可知他的作风——泼辣高效，雷厉风行。

这一作风，在他即将展开的政治生涯中会呈现得更鲜明，以至刮起一股强劲的"包旋风"。

那些著名同年

1037年春天,居家整整十年的"进士哥"——39岁的包拯,终于下定决心要出来做官了。

《宋史》里说,这是经"里人"反复劝说的结果。"里人",指他的那些邻居和乡亲。《国史本传》这样记载:

> 后数年,亲继亡,墓下终丧,犹不思去,里人数劝勉之,出知扬州天长县。①

意思是说,包拯在父母双亡又守过孝后,还不想出来做官,后经邻居和乡亲反复动员,他才肯出来。"里人数劝勉之"应该是有的,但也未必就是包拯出仕的真正原因。

守孝结束后,包拯还在家中待了两年。那些乡亲看一个进士整天呆头呆脑地待在家里,总要上门来劝说。这是中国社会很常见的情形。但包拯未必会听他们的,他在继续思考。以包拯深沉的个性、缜密的思维和雷厉风行的做事风格,他的思考过程可以很快结束,何至于要两

---

① 孔繁敏编.包拯年谱.合肥:黄山书社,1986:12.

年？难道那些"里人"比他本人对时局的观察和分析更到位吗？

当时肯定还有一些事情在羁绊着他，促使他最终做出决定的，应该还有别的因素。比如，那些同年有没有私下劝说呢？在十年的时间里，同年们都在各地埋头工作，有些已做出相当好的成绩，只有一位同年还守在家里，更何况"包同年"又是一甲黄榜里的进士，智商和能力都不是问题。

同年们来信催促，应该比里人的话更有用，这是促使包拯出山的重要原因。无非那些私信不足为外人道也。因为同年结为同党，是皇帝最不喜欢看见的，他怕这些人联合起来背着他做什么坏事。皇帝虽然高高在上，但毕竟是孤家寡人。包拯做事极其小心谨慎，关于这些，他一个字都没留下来。

那时包拯虽然闲在家里，但他在刘筠的指导下读了很多书。有关法律的、制度的、经济的、文化的、思想的书，他都读。而且刘筠的藏书对他是全面开放的。刘筠去世前，甚至赠送了不少书给包拯。包拯边读书边研究，其乐融融。十年守孝、十年读书之后，包拯已经做好了充分的出仕准备。

1037年，包拯的那些著名同年，都在做什么呢？

先看一看同学兼同年的文彦博，他是和包拯联系最紧密的一个人。

"文同年"在景祐四年（1037）经时任御史中丞张观举荐，做了监察御史，这是一个从七品官。四月，复经时任宰相吕夷简推荐，做了殿中侍御史。这是御史中的一个负责人，仅次于御史中丞。短短几个月时间，他的官职火箭般蹿升，他如一颗新星冉冉升起。

这一年文彦博的父亲去世，他开始丁父忧。但这是下半年的事。也就是说，这一年，文彦博已经结束地方官工作，回到京都，开始在中央机关里当御史了。

1036年，文彦博自兖州回京，到朝廷报到，吕夷简一见便称奇。文彦博长得俊朗秀美，很讨人喜欢。吕夷简那时候也是朝廷一位著名的

第四章 解官归养的背后

老人家了,在政坛几十年,混到大佬的位置;他说话也不客气,问文彦博,可从兖州带墨回来,如果有,送一点墨给他。文人讨墨是件风雅事,不算索贿。更何况老宰相讨墨是为了工作。他整天要批各种条疏,没有好墨,笔头也不快呀。

文彦博次日上朝便把墨送给吕夷简。送墨时,他特意把老丞相的手看了又看,看得特别细致。这是干吗呢?原来他在相手。①那时候的人特别迷信这些。

再看看状元王尧臣。1037年,他已进入翰林院做了大学士,"知审官院"。毕竟是状元啊,升官速度也是无人可比的,十年时间已做到审官院的院长了。审官院是个什么机构呢?有点像我们现在的中央组织部,是专门管理中下级文官考核、考察的一个机构。这个位置不得了,一般人是做不了的。

榜眼韩琦比王状元前景更远大,他是后来的丞相。1036年,他已在中央做谏官了,是正七品官右司谏。谏官比御史的职务要高一点,相当于史官。

有资料显示,韩琦、王尧臣和文彦博经常在一起作诗唱和,关系非常亲密。至于包拯和韩琦、王尧臣,他们的关系也都很不错。包拯一生中从未弹劾过他的这些著名同年。

至于年纪比较大的探花赵槩,他后来和欧阳修在馆阁里做过同僚。但欧阳修不太把这位老实厚道的同僚放在眼中,也没有提携他;而赵先生却在欧阳修遇到不利绯闻时,主动站出来帮他说话,人品简直好到爆棚。但这个人长期在馆阁中编书,属于埋头苦干型学者。赵探花和王状元、韩榜眼、吴省元、文副省元关系都非常好,和包拯数十年间也都很默契。至于当时他做什么官,未见记录,但应该已经在中央机构里任职了,毕竟是探花嘛。

至于被刘筠看着长大的省元吴育,当时已在中央政府里工作。他

---

①丁传靖.宋人轶事汇编:上册.北京:中华书局,2012:393.

做了"著作郎",是皇帝身边的文秘,负责起草诏书之类工作。

这几位著名同年当时都已聚集在中央,并且已经有一定的影响力,如果他们来信游说包拯,那包拯出山势在必行。而包拯,在十年守孝期间,因为看了不少书,所以有了更多的知识储备,家里又有贤妻娇儿,他已是中年大叔一个,应该出来为国家和人民服务了。

第四章 解官归养的背后

谁在追包拯

包拯十年后坐船出行,又一次在春天来到东京。

此时东京的榆杨树已长出片片绿叶,街头巷尾一派生机。包拯突然置身于此,有些许的恍惚和不适感。大都市的繁华包裹着他,却已物是人非。刘筠先生去了哪里?当年陪着他来的老父亲又去了哪里?走着走着,他不无感慨。

为了办事方便,他选择在距中央政府最近的同里巷住下。

得知他来京的消息后,便有同年邀他小聚,王状元是召集人。最后集资买单,王状元出资也最多,当然此时他的薪水也最高。由他出面召集,在京同年纷纷出席。同年一见面,便有人说:"诸位别来无恙乎?"这一晚,酒喝了一瓶又一瓶,最后眼睛都喝花了,有人当众赋诗,有人高声歌唱,有人把自己给喝醉了。风月本无事,只欠文人情。月明星疏,酒深意浓,聊到半夜才散伙,这就是真同年。文彦博还陪着包拯走了一段路,说点悄悄话。

包拯在京城住的这几天,不断有人请他吃饭喝酒,他也去周边逛了逛,当然吏部是必须去的。话说他从吏部拿到派遣令准备离开这天,发生了一件事情。

这天,包拯一早就去吏部办手续。拿到派遣令后,他便出门了,正大步流星地走着,后面有人一路追过来,最后追上了包拯。那人请包拯一定要回去见见某公,说某公正等着他。包拯只好跟着他往回走。

这是电影和小说中编排的桥段吧?否。这是真实发生的故事,有人把他记在书里。先看看原文:

> 吕许公夷简闻包拯之才,欲见之。一日待漏院,见班次有包拯名,颇喜;及归,又闻知居同里巷,意以拯欲便于求见。无几,报拯朝辞,乃就部注一知县而出,尤奇之,遽使人追还,遂荐对,除里行,自此擢用。①

吕夷简听说包拯很有才华,想见见他。一天,他在待漏院(百官朝会时休息的地方)里,见班次名单中有包拯,便非常高兴,想着这次总算能见到真人了;回来后,又听说包拯就住在同里巷,和他的住处并不远。吕夷简本以为包拯住得这么近,是想拜访自己。等了几天,却没等到包拯上门。这天,工作时有人报告他,包拯早上已告辞离开,他在吏部的签注是县令;他对包拯愈加好奇,便派人去追,要求一定要追上他。

此次见面,吕夷简和包拯做了一番交谈,吕夷简日后还提拔了包拯。

吕夷简当时是宰相,位高权重,是整个宋朝极有影响力的宰相之一,当了十三年宰相。他为什么这么想见包拯,目前所有写包拯的书中都没有交代清楚,大家都以为是吕夷简当大官当惯了,渴望年轻人到他家里拜见他,有求于他——这个解释把吕夷简的形象彻底毁了。其实事实并非这么回事。

吕夷简是合肥人的女婿,他的夫人马氏通过父亲马亮、弟弟马仲甫早已了解包拯父子。马家和包家算得上世交。所以吕夷简通过这个

---

① 宋.包拯撰,杨国宜校注.包拯集校注.合肥:黄山书社,1999:291.

渠道，也早已知道包拯其人。那次包拯考进一甲，给合肥人长了脸。这个人考中进士后还在家里待了十年，有没有待废掉呢？这也是吕夷简渴望了解的。吕夷简很自负，他看人很准，当然希望见见这样的大怪人。

吕夷简是非常有才气的官员，否则也当不上宰相。在他年少时，马亮就看出这孩子以后不得了，便主动把女儿嫁给他，可见马亮很欣赏吕夷简。①他伯父吕蒙正曾是状元，是太宗时期的宰相，也看好他，不推荐自己的儿子，却主动推荐这个大侄子。吕夷简一路走来被无数人看好，在阳光雨露下茁壮成长，他识人能力很强，喜欢发现人才、选拔人才。做宰相的，就应该有这样的风度啊！

有一个著名的例子。明道元年（1032），仁宗的生母李氏去世。李氏原先是刘太后的侍女。因为太后没生儿子，所以便想出一个主意，让侍女代她怀孕。结果这侍女真怀孕了，生出来的孩子便是仁宗。可仁宗并不知情啊，因为他从小是由刘太后抚养长大的，一直以为刘太后是他的亲生母亲呢。他当上皇帝后还被蒙在鼓里，没人敢跟他捅破这层窗户纸。刘太后自己更不会说。明道元年（1032），仁宗已经23岁，坐上皇位已十年，生母李氏去世前他都没叫过她一声母亲，这位母亲在抑郁中死去了。强势的刘太后准备把仁宗生母李氏草草安葬，没想到，吕宰相却在和刘太后面对面时，抛出一个问题："李太妃去世，太后打算用什么样的方式安葬她呢？"

这个问题狠狠击中了刘太后的软肋。刘太后惊叫一声，反问一句："宰相也管宫中事吗？"

吕宰相并没有退缩，答得非常机智："太后不为日后保全刘家着想吗？"

这句话镇住了太后。其潜台词是，如果草草安葬皇帝生母，皇帝很快亲政，他总有一天会知道自己的身世。毕竟宫里知道这件事的人很

---

① 丁传靖.宋人轶事汇编：上册.北京：中华书局，2012：165.

多,朝野早就议论纷纷了,只有刘太后以为没人知道。纸是包不住火的。仁宗以后怪罪下来,谁会首先遭殃呢?那当然是刘氏家族。

这么简单的一句话,迅速改变了刘太后的想法。她重新下诏,以皇后礼下葬李氏。后来仁宗知道真相后大哭不已,跑去看生母,发现生母安葬的规格是比照皇后来的,这才略感安慰。他要求重新高规格安葬生母,并打算报复一下刘太后。这时也是吕夷简从中调解,他说刘太后已经以皇后礼安葬了李氏,这已经算不错了,而且她毕竟辛辛苦苦养育了仁宗,还辅助仁宗治国理政,对仁宗是有恩的。皇帝对她必须孝顺。这么一解释,仁宗的情绪才安定下来,这对母子才重新和解。

吕夷简受真宗委托出来做宰相,属于临危受命。国家在那几年中没出什么乱子,安稳地度过了一段艰难的岁月,也得益于他的大气、智慧、果敢和担当。否则刘太后这对母子还不知会演一出什么闹剧来。

吕夷简有四个儿子,个个都很优秀。一次,他对夫人马氏说:"我们家四个儿子都不错,但不知道哪个以后能做宰相,我来考考他们。"

一天,他让夫人派使女拿"四宝器"(应该是比较贵重的器物)装上茶水分别送到四个儿子的房里。走到门口时,使女故意跌一跤,把器物给跌碎了。他想借此看看儿子们的反应。

其中三个儿子反应都一样:先是失声大叫,叹息使女把这样贵重的器物跌碎,然后急急地跑去告诉母亲。只有三儿子吕公著,看到使女摔碎宝贵的器物,问都不问,继续看他的书。

吕夷简便对夫人说,只有公著以后会当宰相。①

吕公著后来的确做过宰相。他是吕氏家族继吕蒙正、吕夷简后的第三位宰相,还是一位著名学者。

吕夷简是安徽寿县人,又是合肥人的女婿,算是包拯的乡前辈。可包拯这个人就是很特别,他明知道吕夷简在主持朝政,却不去拜访就昂然而去。

---

① 丁传靖.宋人轶事汇编:上册.北京,中华书局,2012:268—269.

俩人到底说了些什么已无人知晓。但吕夷简肯定问了包拯一些问题：比如为什么守孝结束还不出仕？这十年里在家究竟做了什么？对去做县令，有什么想法和打算？等等。

老宰相也有颗八卦的心，他肯定也奇怪一个进士居然能在家里待十年不出来，一般人待个两三年的就不得了了。老人家德高望重，一辈子在官场上混，混到这个级别，堪称阅人无数，但包拯的十年守孝史，仍然对他有巨大的吸引力。他非要揭开这个谜团看一看，包拯这个人究竟是怎么回事。

不能说是包拯本人在故意制造这种新闻效应，但其结果却是如此。行为和结果，并不是当事人所能控制的。后来的包拯，出仕虽晚，但晋升速度却很快，在政坛上不断产生新闻效应。他39岁才出仕，64岁去世，短短二十五年的时间，官居枢密副使，和他的那些著名同年有得一比，堪称政坛上的明星人物——这不能不说是个奇迹。

包拯的十年守孝史，也是十年读书史。这十年的沉潜、思考和观察，给他攒下了巨大的能量。

这个能量球一旦引爆，自然会给人耳目一新之感。所有成功的人背后都是有文章的。这个能量球会给出什么样的答案呢？我们不知道。但吕夷简在听了包拯的回答后，非常满意，"自此擢用"。

这么看来，这其实也是一场面试啊！面试官还是吕夷简这样的大人物。

第五章 端州大变局

天长新知县

39岁的中年大叔包拯,在沉潜十年后终于开启工作模式。他重新出仕后拿到的第一张派遣令是"知天长",就是做天长县的县令。

天长县位于安徽东部,东接安徽来安县,其余三面分别被江苏的仪征市、六合区、金湖县、盱眙县、高邮市环抱;素称鱼米之乡,属经济较发达地区;始建县于唐天宝元年,即742年,原名"千秋"。

包拯任天长县令有三年。三年任期说短也短,说长也长,在这不长不短的三年任期内,他做过很多事情。可历史常常出人意料,平平常常的事留不下来,没人看到,也不会有人传播,偶尔破个奇案,倒被传了下来。

《国史本传》记载,包拯出任天长县县令。这天长县当时属扬州府管辖。

> 有诉盗割牛舌者,拯使归屠其牛鬻之,既而有告私杀牛者,拯曰:"何为割某家牛舌而又告之?"盗者惊伏。①

意思是说,有一天包县令坐在公堂上,有农民来告状,说他家的牛

---

① 孔繁敏编.包拯年谱.合肥:黄山书社,1986:14.

被人割了舌头。

这可是奇闻啊！这牛舌又不是什么贵重东西，怎么会有人专门割牛舌？牛舌派不上什么用场，但对牛来说是"必需品"。社会上偷牛的人有很多，但未闻有割牛舌卖的。就算是卖牛舌，也卖不了几个钱啊。

包县令问了这个农民几个问题，却问不出什么名堂来。农民只说他早上起来听到牛棚那边传来异样的声音，走近一看，原来这牛在哭泣，嗯嗯啊啊的，嘴巴里血糊糊的；仔细一看，它的舌头没有了。牛不会自己咬掉自己的舌头吧？这分明是被人割去了舌头。谁这么缺德，拿牛来开玩笑？这个农民脑袋还算机灵，赶紧跑到县府告状，希望县令为他做主，帮他破了这起案子。

牛和马，在北宋时期都是被保护的动物。宋代律典明文规定，私自宰杀牛马者，不仅要被鞭打二十下，还要处以劳动改造一年。这种惩罚可以说是相当严厉的，可还有人顶风作案。虽然只是割掉牛舌，但好像在警告那个农民，这只是第一个小动作。

于是包拯让农民回家去，干脆把牛杀了，反正没了舌头它也活不下去，然后把牛肉挑到集市上卖，还能卖点钱。

农民听到县老爷的吩咐，待在那里想了想，问道："杀牛不犯法吗？"

包县令说："你按我的吩咐去做，犯不犯法与你无关。"

农民便按县令的吩咐，回家杀了牛。反正是县老爷让他这样做的，他不是私自宰牛，不犯法。

第二天一早，包拯坐在公堂上，有人来报告，说他亲眼看到某村有农民私自在家杀牛。这位举报者穿着破烂，长得贼眉鼠眼的，一看就不像是好人。

包县令眉毛跳了跳，不动声色，突然一拍惊堂木，大声质问道："你为什么割人家牛的舌头？割了还敢跑过来报案，胆子实在太大了！"

举报者吓傻了："我做坏事，你怎么……怎么看得到呢？"

毕竟做贼心虚，三两下他就招了。他承认是他割的牛舌，可知县大

人又是怎么知道的呢？他实在搞不明白。那时候又没有测谎仪，人眼有那么厉害吗？

包县令冷笑一声，主动回答道："这很简单，没有人会想到去割牛舌，牛也不会蠢到自己咬掉自己的舌头。除非有人要恶意报复牛主人。那我就索性让牛主人杀了牛，给这个人一个举报机会，他肯定会来举报。你不就是这样的吗？这叫自投罗网。你想让牛主人被鞭打，被判劳役，是不是？！"

举报者听包拯这样一分析，赶紧跪下来求饶，说他们两家确实有点小仇恨，他一时糊涂，不应该这样做；他会赔给牛主人一头牛。

那个农民看到牛舌案被破，罪犯被惩处，还赔回来一头牛，高兴坏了，逢人便说起这件事。很快这消息便传遍全县，还传到京城去，被写进宋代的法学著作《折狱龟鉴》和《棠阴比事》中，成为经典案例。包拯智审牛舌案的广为流传，也为他打响了职业生涯的第一炮。

在天长县的三年任期结束，包拯交出了一份漂亮的成绩单，他被擢升"知端州"，去一个州做一把手。这样的提升速度相当快呀，说明他的政绩很不错。

1030年，他的老同学兼同年文彦博在"知翼城"三年期满后，被调任到榆次县做县令。榆次有五万两千户，是个大县。看来文彦博的第一份成绩单也不错，朝廷把他安排到一个大县去当县令。在担任榆次县令的第二年，文彦博的官阶升了一级，"知榆次县"的同时"权西河郡事"。郡比县，又高了一级。

两位老同学初入职场的成绩单都非常不错，属于被奖励的优秀政务官。

康定元年的春天

1040年,即宋仁宗康定元年,这年春天,42岁的包拯任天长县县令期满后,先把家属送回合肥,然后一个人乘舟北上,去东京吏部候遣。

宋朝的干部任期期满后,必须到吏部办相关手续。待在家里等候新差使的到来是不太可能的。

不过,去京城候差遣,连吃带住加往返交通,这笔费用可没法报销。穷官小吏只能住穷街陋巷。

这年春天的东京,跟包拯上一次去时又有了变化。大家谈论的话题不一样了,连空气中的味道也变了。清冽的气息中,不再只是花香,而是有了一点硝烟味。因为"西夏"成为年度热词。

包拯这次到京城,与同年小聚还是免不了的。京城官员工作强度虽然也不小,但假期还是很充足的。有人统计,宋人一年的假期有一百天左右。这个统计是否精准不好下结论,但假期比现在多一点则是可以肯定的。假期一多,娱乐生活自然就丰富起来。皇家子弟、中高层官员、富人,都集中在帝都。东京的繁华一大半是他们贡献的。同年小聚时,彼此是否春风得意,都在脸上表露无遗。至于言谈中透露出来的信息,那更是市井百姓无从得知的。

状元王尧臣看起来没什么变化,他还在审官院里当院长,是朝廷

最重要的"一支笔",很受仁宗器重。他也是同年中最耀眼的政治明星。但这位明星不摆架子,不势利,相当有亲和力,所有同年都喜欢他。他说话很谨慎,语调有些沉重。

榜眼韩琦此时刚从陕西回来。他言谈中透露的信息最丰富。此公年纪不大,但做事非常沉稳。他初去馆阁工作时,那里都是闲散的大文人,其中有一位名叫石曼卿的特别喜欢拿人开涮,独见到年轻的韩琦,不敢轻慢,反而称他为"韩家"。当时东京的市井小民,见到官员时都喜欢喊"某家"。在馆阁工作时,有一次,韩琦与同馆的王拱辰、萧定同去开封府做举人试官,那两个人经常为试卷评级而争来吵去,韩琦却不参与其中,只安静地改他的试卷。他的定力非常强。

包拯那一批的著名同年中,有两个人都有点小毛病:文彦博脚有问题,走路有点跛;韩琦呢,嗓音哑哑的,听起来像患了慢性咽炎。可这俩人后来都做了宰相,算是同年中的厉害人物。

1038年,原来臣服大宋的西平王李元昊称帝,建立西夏国,公开与大宋为敌。他这一亮剑,让大宋王朝突然紧张起来。宋朝的地盘原只有大唐的二分之一大,虽然养兵很多,但能打仗的兵太少。宋朝三百一十九年的历史,差不多就是不断挨打的历史。宋朝皇帝的忧患意识也是空前强烈的,所以北宋皇帝会在制度设计、官员考核上煞费苦心。他们自己也是工作狂,一天也不敢懈怠。

1039年,韩琦奉命去四川考察灾情。到四川后,他发现当地灾情十分严重,便采取减免税收、开仓赈济、施舍粥食等方法,救济了不少灾民。韩琦从四川回来时,与西夏交邻的陕西一线形势骤然紧张。1040年1月,李元昊大举进攻陕西,守将刘平、石元孙在陕西安塞兵败被俘。派谁去陕西前线领兵打仗呢?韩琦大胆举荐了范仲淹。他甚至在奏章中表明:如果我推荐的人有问题,耽误军国大事,可以杀我族人。仁宗采纳他的建议,起用了范仲淹。俩人关键时刻一起守边疆,一年后虽然一度被贬,但俩人的政治声望却因此飙升。

包拯私底下很佩服韩琦。关键时刻不是比智商、比能力、比分数,而是比胆识、比格局、比魄力、比勇气啊。

老同学文彦博那段时间不在京城，奉旨去河中府（今山西永济）复审一起案子。没看到他，包拯肯定还是很失落的。但这次巧遇吴奎是最令包拯高兴的一件事。吴奎做了不少年地方官后，这次也来到京城候遣。他俩几乎每天都泡在一起，说了很多话。虽然吴奎比包拯小十来岁，但两人价值观趋同，特别投契。

1040年，62岁的吕夷简复出做宰相。此前他一度被贬，去了许州（今河南许昌）做镇安军节度使。一年后，他被进位"司空"。司空是一个很崇高的头衔，但吕夷简不肯接受，于是朝廷改封他为"许国公"。许国公虽然时常被年轻人批评有些守旧，但工作能力超群，这一点包拯真心佩服。自从上次这位老丞相派人将他追回，和他做过一番交流后，包拯对老丞相有了一点亲近的感觉。

很快，包拯接到新派遣——"知端州"。他的官阶被提了一级，从大理寺丞提到殿中丞。

第五章 端州大变局

不持一砚归

端州位居广东中部偏西,那里以出产端砚而闻名,而包拯和端砚还有一段感人的故事流传至今。

中国四大名砚(端砚、洮河砚、歙砚和澄泥砚)中,端砚位居第一,天下士子无人不喜欢。

宋绍圣五年(1098),著名书法家米芾曾专门到端州考察端砚的制作过程。他用各种砚做了实验后,证实端砚最好,还为此写下一卷著名的《砚史》。端砚为什么好呢?按米芾的话说:"发墨为上,色次之,形制工拙又其次"。意思是,端砚的发墨效果最好。那时候还没有墨汁问世,更没有机器磨墨,所有墨汁都是手工在砚上磨出来的。如果碰到不能发墨的砚,磨半天也是无用功,甚至还会把墨块磨坏。而碰到好砚,磨三两下墨就出来了。端砚不光发墨,磨出来的墨汁还特别好用,甚至放上几天也不会干。因为具备这个特点,所以端砚很早就成为贡砚。整个宋朝,皇帝和皇宫使用的都是端州进贡的端砚。

天禧三年(1019),丁谓做了宰相,特意安排亲信"知端州",目的很明确,就是为他搜刮端砚而服务。可见,到端州做长官,算是一个美差使。那么在这里不妨留一个小小的疑问:时任宰相、许国公的吕夷简派包拯"知端州",是不是也希望包拯回来后孝敬他一方端砚呢?

北宋一个名叫杜绾的人,曾经写过一本书叫《云林石谱》。此书是宋代记载石谱内容最全面的一本书,差不多把当时市面上的各类奇石怪石都记录了下来。此书记载,端石纯品的价钱当时为"十来千"。十来千就是一万钱,相当于十来两银子。而宋朝一个县令的年俸大约是三百六十两银子,月俸三十两左右。也就是说,一个县令如果不吃不喝不养家的话,其月工资差不多可以买到三方端砚。现在端砚的市场价,少则数百元,多至数千元。和宋时差别也不是很大。

因为端砚非常讨人喜欢,所以官员们一到端州上任,便都想搜刮端砚,除了据为己有,还想拿端砚去送给上级;此外,还可以拿端砚去和别人做各种利益交换。端砚可谓用途诸多。官员们私欲膨胀,石匠们就遭殃了。石匠们除了要完成规定的贡砚数量,还要满足那些官员贪得无厌的胃口,实在是苦不堪言。端州便因端砚而成了贪腐的重灾区。

包拯一到端州,便先去端砚的产地做了一番微服私访。

端砚的产地就在端州东郊羚羊峡烂柯山的端溪一带。在这里,滚滚东流的西江水穿峡而过,直奔南海。产端砚的几个著名的坑地就分布在这里。米芾在《砚史》中说"取水月余,方及石",可见这取石过程相当辛苦。古代砚坑,深约80厘米,采石工人只能蹲着、坐着或斜躺着采石,劳动强度非常大。从古至今,采石都是纯手工操作,不能使用机器。开采时,如看不清石壁,看不准石脉,就会劳而无功,白白浪费石材。所以采石的技术含量非常高,不是谁都能采的。石头取出来后,还要经过好几道工序才能做成砚,大致有维料、制璞、设计、雕刻、磨光、做盒这几道工序。

当时包拯看到的采石工人,住在破茅棚里,生活条件非常艰苦,一个个衣衫褴褛,面露愁容,手上骨节粗大,皮肤粗糙,上面布满各种伤痕。茅棚里有一股污浊味。有一个采石工人病倒了,面黄肌瘦,两眼凹陷,头上不断地冒虚汗。一屋子的人都在抱怨上面要贡砚要得没完没了。

包拯便问他们:贡砚的数量究竟是多少?

那些人看一个书生模样的人来问，便你一言我一语地说起来了。一个50多岁的老石工说，他以前听说上面要贡砚要得并不多，一年也就一二十方，可这些年，官府要的一年比一年多，比早年多了足足几十倍。

"也不知咋回事。还让不让人活了？每次问官府，官府说的都不一样，而且给的钱也很少。想给就给，不想给就不给。天底下还有这样的事吗？采石工人累得吐血，活命的钱却挣不到。"

回到衙门，包拯脸色铁青，便去找经办贡砚的小书吏来问，每年进贡端砚的数量到底是多少。小书吏吞吞吐吐不肯说实话。被问得急了，他就说不知道，以前都是上司吩咐一个数字，他去要的。一转身，他竟然拿出一方端砚来，要送给包拯，并说这是前任知府留下来，要他转交给后任知府的。

包拯一看问不出名堂，气急了便高喊："来人！"

小书吏一看要挨杖责了，赶紧跪下，开始一五一十地交代。他说端砚岁贡本来只需要十方，但历任官员要的都不止这个数，他经手时已经大大超出原来的数量了，而他在经办过程中又多要了一些；更可恶的是，现在也没有任何证据或记录。小书吏交代完后，把他私藏的端砚全部拿了出来，希望得到新知府的谅解。包拯一看，仅这小书吏的私藏端砚，就足足有二十三方。小书吏被杖责二十，开除公职，罚劳役一年。

端州府很快贴出一张告示，正式对外公告端州贡砚数量为每年十方。任何官府人员额外索要端砚，采石工人有权拒绝。

这么一个大动作，让全体端州人都知道新任知府的做派了。他们为之欢呼，终于来了一个好官。

三年后，包拯离开端州时，端州万人空巷，男男女女，老老少少，都出来给他送行。这在端州历史上是从来没有过的。有人捧着端砚要送给包拯，有人要挽留他，有人跪下来请求包拯再干一任，包拯除了感谢就是感动。

当然，端砚他是不会带走一方的。

传说他们的船离岸后不久,突然天色变暗,狂风大作。包拯见状,忽然生疑,便盘问起仆人来:"在端州时,你可曾收受不该收受的东西?"

仆人只好交代,临行前有人送来一方端砚,让他转交给太守,以感谢包太守这三年来对端州百姓的爱护,还嘱他千万别提前告诉太守,到家后再拿出来。这送端砚的人也许是好心,但仆人不应该私下里收下来呀。包拯把仆人大骂一通还不解恨,一气之下,把端砚拿起来扔到了湖心。这一扔之后,乌云散去,狂风渐止。

包拯掷砚处就在东沙洲,城东四十里羚羊峡口外江中。端州人知道这件事后,感慨不已,说这样的官世上少见。

关于包拯在端州的见闻,《宋史本传》这样记载:

> 端州产砚,前守缘贡,率取数十倍以遗权贵,拯命制者才足贡数,岁满不持一砚归。①

像包拯这种行事风范的端州知府,任满三年没取走一方砚的,历史上并无第二人。

---

① 宋.包拯撰,杨国宜校注.包拯集校注.合肥:黄山书社,1999:271.

端州大变局

包拯到了端州,在街上随便走一走,很快又发现一个问题:这里的病人为什么这么多?

都是什么病呢?个个四肢消瘦,头上青筋暴起,脸色蜡黄,独独肚子很大,就像十月怀胎的人。

这样的病在现代人身上已很少看到,但在当时,这种病很常见。这叫什么病呢?简而言之,叫寄生虫病,是喝水喝出来的。

端州炎热,虫子很多,不光水里,植物上的虫子也多,房子内外飞虫成群,所以容易出现各种寄生虫病、传染性疾病。还有一种很厉害的病叫疟疾,俗称"打摆子"。每隔一段时间,病人就会发热、打寒战,用几床棉被盖着也压不住身上的寒冷。这也是热带、亚热带地区的常见病,现在可以用屠呦呦创制的新型抗疟药——青蒿素和双青蒿素来治疗。可这些是一千多年后才发明的药啊!

对付疟疾,包拯肯定没办法。但预防寄生虫病,他还是有办法的。什么办法呢?打井。他想让端州人喝上井水,不用再去喝河水,河水里有大量的寄生虫卵。

包拯在端州的三年里,一共打了七口井,分布在端州城内。如此一来,老百姓都能喝上相对干净的地下水了。

有人说包拯在端州打井使用的是江淮技术。这是家乡情结在起作用。当时江淮地区的百姓大都是喝井水的,包拯的外公家便有一口井,到现在还在,井水清洌甘甜。其实在中国很多地方,喝井水早已成了习惯。东京的百姓喝的也是井水。当时端州文明开化的程度,不及北方和江淮地区。

包拯使用的是什么技术已经无关紧要,但前任太守都没有关注到老百姓的饮用水问题,只有包拯关注到了这个基本民生问题,足见包拯的为民情怀。

一千多年来,这些井一直都在,端州人感激包拯给他们带来的这项福利,直接把这些井叫作"包公井"。

除饮用水外,端州还有一个问题,很快也被包拯关注到了。

这里识字的人很少,连府衙里的办事员也有很多不识字的。这和江淮地区差别很大。端州风景很美,少数民族很多。可是府衙里发一份布告出来,能看明白的没有几个人。包拯便下决心要解决这个问题。

包拯在城北宝月门创办了第一所官办学校,名叫"星岩书院",这所书院后来成为广东四大书院之一。题写校名、所聘先生、所用教材和课程设计、师生宿舍安排等琐碎诸事,包拯都亲力亲为。做一名教育家,是他的人生梦想之一。

星岩书院能跻身广东四大书院之一,可见其当时的水准着实是广东一流的,从包拯本人亲自上课、安排课程、聘请教师这些细节上,也可见一斑。以他读书之多、治理之严,管理起学生来恐怕也是很严格的。他不会像范校长那样吃住在学校,毕竟他还是端州府的太守,每天还有很多公务要处理,但他一手创办的星岩书院肯定是他除公堂外去得最多的一个地方。

在三年任内,包拯全面改造了端州。他把端州从一个小小的军事城堡建成一座初具规模的港口城市:他建了一个庞大的可以储粮备荒的谷仓——丰济仓,可以防止灾年时老百姓因没有饭吃而流离失所;他在城西建起一家驿站,方便人员往返,也可以促进经济的有效交流;

他还开创了珠江三角洲桑基鱼塘式农业的雏形。此外,他在美化环境上也作出了贡献:端州府内建有菊圃,始于包拯;他还在府衙西北处垒土为山,凿了一个"洗砚池",建了一座亭子,这也是端州历史上的第一个"城市公园"。包拯还在星岩书院边上建起了天妃庙,让老百姓的信仰和情感生活有一个寄托之处。

包拯在端州还平反了一起著名的冤案。

有个老砚工雕刻了一方砚,精美绝伦。当地有个富人出十两银子想购买,但被老砚工拒绝了。老砚工认为他的这方砚是不能以普通价格出售的。也就是说,这不是一方普通的砚。然而那个家伙自恃有钱,官府里也有人脉,在端州可以横着走,没人敢拒绝他,便诬告老砚工,说这方名砚是老砚工从他家偷走的。

端州的前任太守不光不作为,还昏庸至极,也不调查,居然就判老砚工有罪,勒令他交出那方名砚。这个太守很有可能收受了富人的贿赂,于是胡乱断案。利益输送,在古代官场上非常常见。但包拯不一样,他到狱中一调查,这事就露馅了。包拯不仅为老砚工公开平反,还惩处了那个富人。

这一冤案的平反,又让包拯走红了。

题字背后有文章吗？

庆历二年（1042）三月初九，包拯和两位来端州视察的上级同游城北两公里处的名胜七星岩，他题字留念：

> 提点刑狱周湛、同提点刑狱钱聿、知郡事包拯同至。庆历二年三月初九日题。

这一行字极简单，说明某人某日至某处这三个信息，仅三十个字而已。包拯题字的原件拓片现存于北京图书馆。南宋著名法帖《群玉堂帖》亦有收集。此帖拓本流传极少，现仅存三册。

七星岩现有500余处摩崖石刻，规模之大，数量之多，堪称中国南部之最。可惜千余年来，很多唐宋石刻因风雨剥蚀，大半已看得不太清楚，但包拯的题字却仍清晰可见，这是十分难得的。

南宋文人刘克庄在他的《后村先生大全集》中对包拯的书法有高度评价，他这样说："鲁、包二公，本朝之萧佽也。世但仰其大节，至于鲁诗律清丽，包笔法端劲，翰墨间风流蕴藉，则未有知之者。"①

---

① 孔繁敏编.包拯年谱.合肥：黄山书社，1986：16.

历史上著名的"鲁公"颜正卿，是位大书法家，但此处"鲁公"指的不是他，因为颜正卿是唐朝人。宋朝也有个"鲁公"，名叫鲁宗道，是北宋著名的谏臣，官至兵部侍郎、副宰相。他是安徽亳州人，小时家里很穷，在外公家长大，34岁考中进士。他做谏臣时以敢于直言而闻名于世。很多权贵都害怕他，便送了他一个外号叫"鱼头参政"，因为"鲁"字除掉"日"，就是"鱼"。鱼头鱼头，也说明这人骨头很硬。刘克庄说的鲁公，当指亳州的这位鲁先生。

刘克庄这段话的意思是说，鲁、包二公是本朝最有风骨的先生。世人只知其铮铮铁骨，敬佩他们的大节，却不知鲁公是位诗人，诗写得好，清丽动人；包公是位书法家，他的字非常有味道，笔法端劲，风流蕴藉。

和包拯同来的这两位官员，一位是提点刑狱周湛，一位是同提点刑狱钱聿。宋朝在各路都设置有提点刑狱，"提点"就是负责的意思。"同提点"是提点的副职。

周湛和包拯一样，同属于进士二代。他从小跟着父亲走南闯北，阅历很广，为人却谦和低调。他后来官至户部尚书、谏议大夫，也是位非常有政绩的官员。他是宋真宗时期的进士，年龄应该比包拯大得多。这人有一个本事——"善弩弓"，另外记忆力还特别好，只要见过一面的人，过了许多年，他仍然叫得出名字来。史书上说他没有威仪，不摆官员架子。

这么一位老前辈到端州来视察，包拯和他聊天，估计受益匪浅。老人家提出要去七星岩看一看，包拯理应陪同。在题字时，老人家又摆摆手，主动推年轻有为的包太守出来题字，可见他在端州视察时已经看过不少包拯的字了，觉得比自己的好，便力推包拯。包拯在老前辈面前也不好一再谦虚，只好拿笔写下这三十个字。毕竟，周老前辈是何等风云人物，包拯一个小字辈，多写一个字都是多余的。

从周提点的这次视察中，包拯也察觉出一点问题，或者说，在他和周提点的交流中，发现了更多的官场上的秘密。当他一年后结束端州任职,出任"监察御史里行"时,便写了一道奏折给朝廷——"请令提刑亲按罪人",意思是希望提刑官能够亲自核查罪人,不要走过场。

包拯认为,国家设立提点刑狱这样的官职,是考虑到如果地方长官的能力不够或品行不佳,致使刑冤泛滥,那么提点刑狱可以负责纠错,减少冤案的发生。但现在的问题是,那些大案的审判结果和实际情况有出入,提点刑狱却不去复核,撂到一边,只抓住地方官员的一些小过错大做文章。这算什么呢?这是小过必察,大罪却不追究。接下来他举例说,他在任端州知府时,监狱中明明关着七个重囚,案子审得差不多了,只是还没有结案而已,这时刚好提点刑狱来了,他们对那七起没有判决的重案问都不问。

在包拯眼中,这样的提点刑狱之职设了也是白设。因为有些大案,如果提点刑狱不去亲自审理,是发现不了问题的。这些犯人一旦被砍了头,人死不能复生,死后再去平反冤假错案,有多少意义呢?

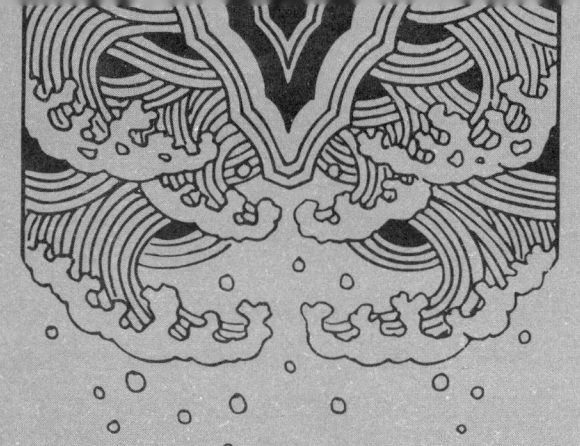

第六章

御史台小试锋芒

做了御史里行

庆历三年（1043）春夏交接之时，45岁的包拯在结束端州的三年任期后，入朝做了京东排岸司官。这是他正式入京为官的开始。

包拯结束端州任期，大约是在庆历二年（1042）的岁尾。宋朝时，在官员结束一个任期后，朝廷会给官员一段休息时间。包拯这段时间应该和家人一起回了合肥老家，料理老家的田产，去父母墓边走一走，带儿女踏踏青，去柴山和长眠地下的老祖宗们说说话，外加必要的走亲访友，处理自己的私人生活，那是一段闲散的光阴。

包拯的第一份京朝官是个什么样的官呢？京朝官有两种，一种叫京官，一种叫朝官。朝官是指朝廷里的常参官，或叫升朝官，即每日可以跟着文武百官参见皇帝的官员。此外便是京官。

排岸司官是负责漕运事务的。当时东京城在东、西、南、北四处分别设置有排岸司，排岸司官就是负责调度、指挥货物装卸的。宋人的形象思维很发达，排岸嘛，就是指货船到岸、管理指挥装卸的意思。

东京人口有一两百万，城市所需的"金谷财货"，大部分由江淮地区经大运河转汴河，运进东京城。因此汴河在当时是很繁忙的一条河流，每年有六千多艘船舶往来于江淮与汴京之间。货物到岸后，再装卸到仓库里。这些仓库就星星点点地分布在东京城南面一带和汴河两岸。

包拯做的是京东的排岸司官。一个做过知府的人来担任这个职务,多少有点大材小用,但从地方官做到京朝官,对包拯来说也是一个进步。更何况,在这个短暂的任期内,包拯也发现了一些问题,这给他后来做言官提供了理想的观察窗口。

这样的事务官,包拯只做了几个月。很快,他因为欧阳修的一个奏议被朝廷采纳,而被御史中丞王拱辰推荐,做了"监察御史里行"。这个派遣属于"低阶高配"。就是说,以包拯当时的官阶,还没资格踏入御史行列。按正常的升迁制度,他应该先升到"太常博士"才能做御史,但因为工作需要,御史队伍要补充新鲜血液,所以包拯就走了低阶高配的路。可见,这是一种非正常状态下的工作安排。

那么,欧阳修到底提了什么样的奏议改变了包拯的命运呢?

包拯奉调进京的时候,正值国家多事之秋。年初,老宰相吕夷简因风病(估计是小中风)而自请退休,接替他出任宰相兼枢密使的是"神童"晏殊先生。晏殊虽然很有才,但为人有点滑头,文学才华不得了,但行政能力不太行。

这时候西夏和宋朝正在议和,另一个国家契丹又开始出来捣乱。虽然还没正式开打,但政府已紧张起来,加上皇家财政十分吃紧,34岁的青年皇帝仁宗坐不住了。那些刚被选拔进中央的年轻干部也坐不住了,他们纷纷提出改革方案,以范仲淹为代表,欧阳修也是其中一员干将。

37岁的欧阳修,在这一年的三月二十六日被任命为太常丞,"知谏院",做上了谏官。欧阳修做谏官后,新官上任三把火,他的第一把火就烧到了政府监察监督机构的设置上。他第一次上朝议事,就递交了一份《论按察官吏》的札子。他在这份札子中说,现在年老无能的官员太多了,年轻有能力的上不来,国家应该制定相关法律,让年轻人上来做事。

仁宗不以为然,欧阳修这第一炮没打响。因为老干部还在岗上,那时老干部很多,只要自己不提出来退休,身体许可,就都在做差遣官,怎么可能因为一个年轻人的话,就要他们全部退休呢?何况老干部们经验丰富,宋朝的运转也离不开他们。

第六章 御史台小试锋芒

很快,欧阳修又连发两颗子弹,且弹弹击中要害。他的第二份、三份札子分别是《论按察官吏第二状》《再论按察官吏状》,要求打破常规,不要论资排辈,要选拔优秀的按察使。三份札子一上,仁宗皇帝开始变得严肃起来,觉得欧阳修说的也许有道理。

这一年四月七日,两位政治明星——韩琦、范仲淹,一起被任命为枢密副使。朝廷终于有了生气。

八月,由于御史中丞王拱辰和谏官欧阳修等人的十八道奏折,仁宗皇帝撤销了夏竦出任枢密使的任命状,改派绍兴人杜衍担任。

夏竦,说起来也是位著名学者,曾做过国史编修官,他的门生也不少。天圣五年(1027),夏竦为枢密副使,天圣七年(1029)做了参政,即副宰相。无论写诗还是作赋,这个人都是分分钟就能搞定的。12岁时,他写《放宫人赋》,援笔立成。连大学者杨徽之看了他的诗都大赞不已。这个人以文学起家,也是位大才子,但御史们为什么那么讨厌他,非要阻止他出任枢密使呢?

因为夏竦比较自私,树敌很多,所以让人看着不爽。吕夷简执政时就怕和他一起共事,但他做过仁宗的老师,所以吕夷简也不想得罪他。吕宰相退休后还推荐了他,大约是不想和他结仇吧。

三月二十一日,夏竦已走到京城门外,准备来就任枢密使了,此时仁宗被十八道奏折搞得多疑起来,终于下定决心,临阵换将,让杜衍接任枢密使。

八月十三日,谏院迎来一位新谏官蔡襄。蔡襄也是位大名鼎鼎的人物,此公以书法著称于世,也是仁宗时期的"一支笔"。他和欧阳修、王拱辰是进士同年,彼此之间比较了解。七月,欧阳修、余靖、王素出任谏官时,蔡襄还曾写诗祝贺他们,没想到他自己也很快加入其中。他的这首诗流传了下来,其中有这两句:"御笔新添三谏官,喧然朝野竞相欢。"①

可见这几位谏官当时闹出的动静很大,把夏竦拉下马算是他们的

---

① 刘德清,刘菊芳.欧阳修传略.南昌:江西人民出版社,2012:101.

一大胜利。

　　这"三谏官"一出场，话语权就绝对被他们占据了；老干部们已老眼昏花，说的话也都是过时话，除经验占上风外，别的方面他们都已开始走下坡路。这个时候，御史中丞王拱辰便积极推荐包拯出来做御史。

　　包拯虽然是王拱辰的老前辈，但他出来做官迟，官阶比他们都低，虽然已经做过知府了，可毕竟还只是一个殿中丞，只好屈就御史里行。这在御史中是最低的一级。

第六章　御史台小试锋芒

欧阳修的这位连襟

那么,推荐包拯做监察御史里行的王拱辰,又是何许人物呢?

王拱辰考中进士比包拯晚一科。他是天圣八年(1030)殿试第一名,即状元,而欧阳修是省元。虽然王拱辰是状元,但在今人眼中他没有欧阳修、蔡襄名气大。只有曾外孙女李清照可以给他挣回来一点面子。但历史不是这样定论的,状元就是状元。人们一提起某科进士,就会把状元名字挂在前面,如"王拱辰榜"。包拯那一榜,历史上叫"王尧臣榜"。而庆历二年(1042)的状元是合肥人杨寘,所以那一榜叫"杨寘榜"。可惜杨寘考中状元只两年,便去世了。

说起来,短命的杨寘是最没福气的。他是乡试第一,童子试第一,省试第一,殿试还是第一。这样的状元历史上罕见。可惜他未及赴任,母亲就去世了,丧事办完后不久,他自己亦一病不起,30岁便走完了人生。他那一榜,状元本来不是他,而是王安石。可王安石行文中有一句话"孺子其朋",仁宗很不喜欢,所以没让他当状元。而第二名、第三名原来已有官职在身,有官职的再参加考试,不能和无官职的争名次。因为有这一项规定,所以殿试时仁宗便把第四名的杨寘提为第一。杨寘在殿试唱榜前做梦,在梦中他是"龙首山人",已拿下三个第一,还会拿下殿试第一。事后证明果然如此。这也是科考史上的一个奇迹。

比杨寘大3岁的哥哥杨察是1034年"张唐卿榜"的榜眼。那一年的省试考官,是欧阳修的老师兼岳父胥偃。没想到考试成绩一揭晓,杨察这个榜眼就被晏殊看上,做了晏家女婿。

杨氏兄弟祖上不是合肥人,只因父亲在庐州做官,兄弟俩都出生在合肥,考试时籍贯便填成合肥。这兄弟俩一个是榜眼、一个是状元,和宋庠、宋祁兄弟很相似。杨氏兄弟和包拯在合肥时就听说过彼此,杨察和包拯后来还成了同僚。杨察和欧阳修还是好朋友。欧阳修的岳父是杨察的考官,而杨察的岳父是欧阳修的考官。他们这种关系,在宋朝政府的高层人士中,也是难得一见的。

说起来,王拱辰和欧阳修不仅是同年,还是朋友,可后来做了连襟后,关系反而疏远了。他们那一榜的主考官正是晏殊。所以他们也算是晏殊门生。

1084年,李清照出生时,她的曾外祖父王拱辰还在世。王拱辰有没有见过这个曾外孙女,我们并不知道。就算见过,他也不知道这位曾外孙女后来会有那么大的名气,直接超过了他。不过,他的孙女王氏,肯定经常在女儿面前说起她的祖父。

王拱辰是东京"土著",原名拱寿,考中状元后,被仁宗赐名为"拱辰"。他19岁便考中状元,可见是很厉害的。他后来做到翰林学士,权知三司使,74岁去世。

包拯初当上监察御史里行时,王拱辰和欧阳修一个是御史中丞,一个是谏官,都属于同一系统。俩人既是同年又是姻亲,理应回避才是,可仁宗皇帝怎么会允许他俩在同一系统内上班呢?

此时朝廷里改革派和保守派正斗得火热,谁也顾不上其他事。仁宗亦然。欧阳修做谏官是他任命的,王拱辰做御史中丞也是他任命的。这俩人他都了解,就算同为薛家女婿,理应回避,但特殊时期也得特殊对待。

包拯这样小小的监察御史里行,虽然是王拱辰推荐的,但最后还得由仁宗来拍板。当然,仁宗也会听取相关人士的意见。如果他任命一

个人时,遇上重重阻力,这个说不可以,那个说这个人有污点,那么诏命就算下来了,也还会收回去。

御史和谏官,统称台官,这是一支特殊的队伍,由皇帝本人亲自领导并任命。他们的目标就是对百官进行监督,当然也包括对天子本人。其中御史侧重于对百官纪律的监督,而谏官主要是对天子的决策和行为提出意见。所以谏官多半由皇帝身边的人担任,他们学识渊博,熟悉制度和典章。如果天子有什么行为不得当,那么谏官有责任发现问题并提出来,劝阻天子的不当行为。

御史和谏官常被混为一谈。不过他们的职能有趋同倾向,甚至联合作战也是有可能的。他们直接听命于君子,宰相无权干预。台谏系统相当于我们现在的纪检监察系统。

那么,做御史有条件吗?当然有,而且还相当高。

第一是要达到一定的官阶。比如太常博士以上,可以推荐做御史;太常博士次一级的三丞,如太常丞、秘书丞、殿中丞,遇有特旨,也可以荐充御史里行。包拯只是殿中丞,他走的是特殊通道,奉皇帝特旨,才可进入御史行列。

第二是做过州县长。这是基础条件,以确保御史对基层民情有了解,并对基层政府的运作情况相当熟悉。

第三,必须是进士出身。宋代仕进有两种,一种是科举考试出来的,像包拯这种,叫科举正途,是最受器重的,也是最正规的一支队伍。还有一种是诸科考试或恩荫出来的。历史上有人曾推荐荫补入仕的人做御史,结果被否决。宋太宗时明确规定,只有登进士第的人或器业有文学者才可担任台官。这个条件,一举刷掉很多人。

第四,德行才学没有瑕疵。就是说,档案上要没有任何污点,没有人举报。这个条件,又刷掉了很多人。

又是进士,又必须担任过州县长,还必须积累到一定的官阶,此外还要德才兼备、擅长文学,能满足这几个要求已经不容易了,而在遴选时又有具体要求。

做御史的人必须思维敏捷、口才好,有理时说话不依不饶,有威严感,这有点像对辩论赛选手的要求。御史的主战场在朝会上,当着宰相和大臣的面,御史必须有力地挑出他们的毛病。

如果让一个说话笨拙、形象懦弱、反应迟钝的人来做御史,当着朝臣的面,他那副形象就让人看不起了,怎么能挑大臣甚至宰相的毛病呢?要知道,朝廷上那些当大官的个个训练有素,口才一流,学识渊博,御史要完胜整个辩论赛,必须是超一流的选手。

而谏官的对象是皇帝,那又不一样。

担任谏官的是皇帝身边的侍从官,通常由知制诰和翰林学士来担任。知制诰和翰林学士是负责起草诏书的,相当于皇帝身边的高级智囊团和文秘。他们对两大领域必须非常熟悉:一是国史,二是历朝史。所以他们又常兼侍讲和史官。对谏官的要求是议论识体,懂得进退,知道分寸;不需要威严感,但需要学识。

在一些影视剧中,在朝会上当着众朝臣的面一脸威严,说话不依不饶,找他们茬的,那就是御史。包拯的舞台形象也差不多是这个样子。这基本上也符合史实。为了增添他的威严感,编剧还把白面书生的包拯改造为黑脸形象,还在他额上再添一道月牙儿。这大概是戏剧需要。

至于谏官嘛,是一副先生模样,当着天子的面不急不缓地提意见。当然,说话滔滔不绝,唾沫星子飞溅到皇帝脸上的也是有的,包拯就这样做过。一身臭气把仁宗熏倒的余靖,就是谏官。

总之,只要是台官,有一点是相同的:必须思维敏捷、口才一流、学识渊博。

包拯是具备以上特点的。但他和王拱辰并不熟悉,王拱辰怎么就知道他并推荐了他呢?

王拱辰是御史台的最高长官,他有权力推荐御史。此外,谏议大夫、知制诰、翰林学士也可以推荐。如果谏官、御史有别的差遣,那么他们可以推荐人来顶替他们的工作。当然,也可以不经推荐,由皇帝本人

直接任命。有一次，仁宗实在不满意下面的推荐，便红着脖子这样说："以后御史台再缺员，不如仿照旧制，把两府朝官的班簿直接拿过来，由朕亲自来挑选。"最高领导人这样说，可见这台官有多重要。

在宋朝，推荐御史是有一定风险的。万一推荐的人有问题，推荐者是要负连带责任的。这个规定不是开玩笑的，而是真的执行过。曾有一位官员推荐御史不当，便由龙图阁直学士降为天章阁学士。

那么这里要问一句：王拱辰和包拯并不熟悉，他怎么敢推荐包拯呢？万一他推荐的人有问题，他不怕给自己挖坑吗？

王拱辰当然有他的信息来源，他的同事、同年中，也许有人说起过包拯，包拯守孝十年的壮举，让他有相当的知名度。说起来，包拯还是王拱辰的老前辈，无论登科时间还是年龄都摆在那里，包拯的同年王尧臣、韩琦、富弼、吴育、文彦博都成政治明星了，包拯还在中下官阶中挣扎。这不怪他没能力，只怪他出道晚。

除此之外，千万不要小看御史台。王拱辰作为御史台的掌门人，他掌握的信息之多，比吏部更甚。御史台的功能也相当于我们现在的国家安全部。既然是官员们的监察机构，信息来源当然是多渠道、全方位的。

第一个被弹劾的人

包拯做监察御史里行不到半年,便被改派为监察御史。这应该是庆历四年(1044)春夏间的事。

监察御史是从七品官。在庆历四年(1044)八月包拯提交的一篇名为《请重断张可久》的奏议中,标注包拯此时的头衔为监察御史。可见,在这一年的八月之前,包拯已转为监察御史,官阶长了一级。

在《请重断张可久》这篇奏议里,第一次出现包拯同年的名字。这位同年叫吴奎,是与包拯的友情最真诚、最长久的一位朋友,后来为包拯写墓志铭。

> 臣等伏见佥书武信军节度判官厅公事吴奎奏勘,前淮南转运按察使司勋郎中张可久招伏,不合在任内于部下兴贩私盐一万余斤等情,罪案下大理寺……①

包拯一开篇便这样写,可见他是看到吴奎的报告后起草的奏议。俩人心有灵犀,可想而知。一个做转运按察使的人居然去贩卖私盐,这还了得,包拯当然要站出来帮同年一起弹劾他。

---

① 宋.包拯撰,杨国宜校注.包拯集校注.合肥:黄山书社,1999:32.

说起来，张可久并不是包拯第一个弹劾的人物。他首次弹劾的是一位知州。这个人名叫张若谷，他当时在洪州（今江西南昌），"年近八十"还在做官，便成为包拯的首个弹劾对象。包拯的奏议的标题就叫《弹张若谷》，简洁而干脆。

细看奏折，这个人没有什么劣迹，只是年龄大了还不肯退休。"张若谷未能引退，尚此冒居。人之寡廉，一至于是！"①朝廷没有明确的退休制度，以至于80岁的张若谷还在做官。包拯便说他没有自觉心，寡廉鲜耻。

不过，包拯只是拿这人开打。包拯针对的是退休制度上的漏洞，这也是呼应范仲淹的改革计划。老年人占着好位置不肯退下来，年轻官员们怎么办呢？

宋朝开国之初，物价低，官员都有收入，生活确实不错。但到了真宗咸平年间后，物价飞涨，许多官员得不到实际差使，包括包拯的父亲包令仪，也常常没有差使，在家闲待着，这便出现一个怪现象：因为没有收入来源，所以官员家庭有不少人家男不得婚、女不得嫁、丧不得葬；而官员一旦有了差使，就赶紧捞钱，这就导致权力寻租现象的频频发生。

包拯在奏议的最后语气一转，也体谅老人家，"欲乞申明前命，喻之致仕，或与别移一郡"②，意思是老同志完全可以另作安排，朝廷不要给他实职，当然他们自己也可以禀报朝廷主动选择退休。不过，包拯的老同学文彦博80多岁还未退休，那是朝廷不让他退休，这又是例外了。但也说明，老而不退的情形并没得到真正改变。

在这期间，包拯还有一篇奏议也挺有意思的。这篇奏议名叫《论李用和捉获张海乞依赏格酬奖》。从标题上看，悬赏追讨，那时候就已经有了。

张海一岁之内，恣行残暴，京西十余郡，幅员数千里，官吏逃窜，士民涂炭，以致江淮州县无不震惊……②

---

① 宋.包拯撰，杨国宜校注.包拯集校注.合肥：黄山书社，1999：12.
② 宋.包拯撰，杨国宜校注.包拯集校注.合肥：黄山书社，1999：12.

张海是个什么样的人物呢？他是农民军首领，庆历三年（1043）率领千余饥民在商山起义，不久，与别的农民军会合，声势大震，一年之内转战河南、湖北十余州，每到一地，烧杀抢劫什么坏事都干，官吏们闻风而逃，朝廷派遣的使臣全都拿他没办法；最后只好使出一招——悬赏，即招募使臣，看谁有能力把他捉获，一旦捉获，"依傅永吉例优加酬奖"。

结果禁卫军中的一名军官——右侍禁李用和，揭了这张悬赏启事，领兵前往，不到两个月，就把这支起农民义军给击溃了，张海等四个首领也被捉获。

李用和是仁宗的亲舅舅，杭州人，从小家境贫寒，从小军官做起，一直做到中高层官员。有一次，他被奖励了一笔钱，却把这笔钱拿出来做军费开支。可见这个人很不错。他拿下这支农民军后，被授予"东头供奉官"。这样的小奖励，和当初所说的"依傅永吉例优加酬奖"是有相当的差距的。

"傅永吉例"是个什么情况呢？那是有农民军起兵于沂州，知州派傅永吉前去捉拿，结果农民军被傅永吉击溃。仁宗便重重赏他，破格把他提升了。

包拯认为，政府说话要算话，尤其是公开悬赏这种事情。李用和立下的功劳比当初傅永吉的还大，可获得的奖励只有傅永吉的一半。这怎么也说不过去。"功同赏异，何以激励将来？"政府必须公正、公道，言而有信。

亲舅舅做出这么大的成绩，外甥仁宗没有表彰到位，包拯看不过去，主动出来为李用和说话。

包拯也真是的，明明是皇家的家务事，他却为之鼓与呼。是不知道呢，还是觉得亲戚归亲戚、制度归制度？

不管如何理解，反正包拯觉得处理得有问题，朝廷就有必要改正。按制度办事，一码归一码，这就是他的初心。

第六章 御史台小试锋芒

---

① 宋.包拯撰,杨国宜校注.包拯集校注.合肥：黄山书社,1999:12.

晏殊家的两位女婿

农民之所以会起义,是因为没饭吃。这是小常识。

在包拯这一阶段的奏议中,为灾民说话的奏疏最多、分量最重。有《请免陈州添折见钱》《请支义仓米赈给百姓》《请免江淮两浙折变》等,可见当时灾情很严重,灾民很多。

> 发运司但务岁计充盈,不虑民力困竭,上下相蒙,无所诉苦,为国敛怨莫甚于此。且民者国之本,财用所出,安危所系,而横征暴取,不知纪极。若因此流亡相应而起,涂炭郡邑,则将何道可以卒安之?况已萌之兆,不可不深虑耳。①

农民遇到灾害时,国家应该主动免除其税收,并且给予赈济。这一阶段,欧阳修奉使河东与河北,发现了不少问题,也频频上疏朝廷要关注灾情,不要逼民反。包拯作为御史,也在尽其所能给予呼应。

包拯一向生活节俭,就因为他对农民、对基层了解很深,只要家里人有口饭吃,他就很满意了。他不会像晏殊,不可一日不宴饮,日日

---

① 宋.包拯撰,杨国宜校注.包拯集校注.合肥:黄山书社,1999:21.

与文人诗歌唱和,却不知民生之艰难。当然他也没晏殊有钱,这是肯定的。

晏殊做宰相时,包拯已在做御史,俩人经常在朝会上见面。包拯早已知道这位神童出身的宰相的大名,不仅诗写得好,文章亦天下闻名。当时他是学生,晏殊是地方长官。在有些场合,他远远地看见过晏殊,对方一副书生意气的样子。包拯的合肥老乡杨察后来做了晏殊的女婿。包拯的另一位著名同年富弼,则是晏家大女婿。再加上门生众多,晏殊绝对是位偶像级大人物,吸引粉丝无数。

宋朝在制度的顶层设计上看似很完美,讲究回避,可庆历年间,晏殊官拜宰相时,大女婿富弼却在担任枢密副使,这在任何朝代都是不太可能看到的现象。这翁婿俩人理应回避,却纷纷出现在朝堂上。不过富弼的官职是靠自己的能力得到的,岳父晏殊并没帮过他任何忙,倒有可能是他在帮岳父的忙呢。

晏殊为相时,女婿杨察主动选择回避,申请去馆阁工作;而富弼却不避嫌。他觉得没必要,他是靠能力吃饭,而不是靠关系吃饭。

庆历二年(1042),吕夷简为相时,富弼出使辽国(即契丹)。那边想要宋朝给钱,还提出割地要求,否则就要打过来。别人都怕去,独富弼冒死前往,和辽国据理力争,在他们的朝堂上一一驳回割地要求。

第二次吕夷简又派他出使,富弼却在半路上打马回来,因为他发现他携带的国书和宰相当面交代他的话有出入。他火冒三丈,大声质问宰相:"朝廷这样做,是想害死我吗?我死不足惜,但如果耽误了国家大事,问题就大了。"吕夷简却轻描淡写地说:"可能是写错了。让他们改回来便是。"

当时仁宗也在场。他一脸蒙,转头问枢密使晏殊:"这样匪夷所思的事怎么会发生?枢密使是负责军政大事的,你理应很了解。"

没想到晏殊却为宰相开脱,说道:"夷简不会做这样的事,可能是有误会。"

一听这话,富弼就气得脱口而出:"晏殊,你真是奸邪小人啊!你是

第六章 御史台小试锋芒

想包庇吕夷简,欺骗陛下吗?"

晏殊被女婿指着骂,还是当着皇帝和一干朝臣的面,这让他无地自容,恨不得找条地缝钻进去。

正因为富弼是这样坦荡荡的人,所以仁宗才敢任命他。

而晏殊对待两位女婿,态度和方式也完全不一样。富弼一来,晏殊便迎他进书房跟他说话,翁婿竟日清谈,饮一杯薄茶而已。谈完话,富弼便马上走人,连饭都不吃。而杨察一来,晏殊就好酒好菜上桌,还招来歌姬弹奏管弦,翁婿一起娱乐放松。杨察其实能力也很强,毕竟是榜眼嘛,还是翰林学士,颜值高,晏殊在他面前非常放松。有人说,两位女婿中,晏殊更喜欢富弼,因为只要富弼一来,晏殊就跟他关门谈话,却不留他喝酒。

晏殊擅长文学,但并不擅长别的。富弼却精通时事,有魄力,有能力,是天生的政治家。晏殊做宰相,必须借助富弼的这颗脑袋。富弼难得来看岳父岳母一次,对晏殊来说,和这位女婿在一起,清谈比娱乐更重要。

至于杨察,父亲去世得早,他7岁才学会说话。他和弟弟的启蒙教师就是母亲。这位母亲很伟大,培养出一个状元、一个榜眼来,可惜小儿子刚考中状元,她就去世了。

包拯和晏殊的这两位女婿都熟悉,他从没有弹劾过他们,可见包拯对他们还是很敬重的。包拯去世后的墓志铭,是晏殊的外孙、杨察的儿子书写的。这说明他和杨察还是有些交往的。他们之间更进一步的关系,还有待大家去发现。

冰凉凉的师生情

晏殊在庆历四年(1044)九月中旬被罢相。在晏殊被罢相后,包拯写了一道奏疏《晏殊罢相后上》,建议仁宗慎选宰相。

包拯上疏时,富弼已主动离开朝廷去了前线,范仲淹也快撂挑子不干了。"庆历新政"的失败,已露端倪。

晏殊被罢相,说起来还和门生欧阳修有关系。

这一年七月底,刚做了几个月巡检使的欧阳修回到京师,准备继续做谏官;没想到八月十四日诏命下来,要他离开京城,去河北做都转运按察使。

在"庆历新政"如此关键时期,欧阳修的那些难兄难弟迫切需要他留在京城为改革派摇旗呐喊,蔡襄和孙甫便反复上疏,请求仁宗让欧阳修留下来继续任职;可宰相晏殊却要求欧阳修去河北,而且态度非常坚决。

欧阳修是晏殊录取的省元,也是晏殊推荐其出任谏官的。范仲淹也曾受过晏殊的恩,是晏殊让他做了应天府书院的主管。所以他俩在某种意义上都算是晏殊的门生。晏殊能够推荐欧阳修和范仲淹,也说明之前他是欣赏他们的。

范仲淹做事大刀阔斧、高效明快,天不怕地不怕。他的"先天下之

第六章 御史台小试锋芒

忧而忧，后天下之乐而乐"非常著名，他是为文和为人高度统一的人物。欧阳修呢，行文犀利，做人也直率；做起谏官来，什么都敢说。这俩人都风风火火的，倒是一对绝妙搭档。欧阳修和富弼之间也没有问题，俩人处得非常好。

可是，晏殊看老干部们都在抵制改革派，就很担心他推荐的范仲淹和欧阳修是否会给他惹麻烦。如果被举人出了问题，举荐者是要连坐的。晏殊从小就在帝王身边服务，给仁宗当了很多年伴读，他是最懂帝王心的人，平时处事小心谨慎、犹犹豫豫。范仲淹和欧阳修都出身于贫苦人家，刚被提拔到朝廷来，正想有所作为，他们又怎么会懂晏殊的心思呢？

再亲密的关系，一旦在一起共事，常常会生出矛盾，何况立场和观点都不一致呢？所以，在新政推出后，晏殊与欧阳修、范仲淹就慢慢疏远了。

有一次，晏殊会见宾客时，指着韩愈的画像，含沙射影地说："这人……长得有点像欧阳修，可欧阳修并非韩愈的后人。我只看重欧阳修的文章，却不看重他的为人……"这番话很快传到欧阳修的耳朵里。欧阳修自然不开心，他知道晏殊对他开始反感了。他在外面和人说话，也忍不住开始反击晏殊："晏公小词最佳，诗次之，文又次于诗，其为人又次于文也。"①

晏殊喜欢在家里宴请宾客，几乎无一天不请客。②庆历年间，某个雪夜，欧阳修与陆学士一起去见晏殊。晏殊当时是枢密使，就在西园请他俩喝酒。酒后，欧阳修赋诗一首，题为《晏太尉西园贺雪歌》，其中几句是"主人与国共休戚，不惟喜悦将丰登。须怜铁甲冷彻骨，四十余万屯边兵。"③这是在讽刺晏殊，意思是前方四十余万将士在冰冷的雪天里保家卫国，而枢密使大人却在京城喝酒吃肉。晏殊当时就不高兴了，

---

① 丁传靖.宋人轶事汇编：上册.北京：中华书局，2012：289.
② 丁传靖.宋人轶事汇编：上册.北京：中华书局，2012：294.
③ 慕容苹果.一曲新词酒一杯——晏殊传.北京：北京工业大学出版社，2017：99.

他对欧阳修本来就有看法,经此短兵相接,更生气了。晏殊便跟人说:"当年韩愈是很会说话的,他去赴宴,也写诗,可他只写'园林穷胜事,钟鼓乐清时'之类的诗,可不像欧阳修这般。"这话一传出去,欧阳修的朋友蔡襄就在朝会上对晏殊发难了。54岁的晏殊因此被罢相。

在外有强敌、内有忧患之时,宰相家里却夜夜笙歌,确实很过分。也因为晏殊坚持要赶走欧阳修,蔡襄和孙甫两位谏官没办法,所以只好弹劾他。

不过在包拯这道奏疏里,他对晏殊还是很宽宥的;毕竟是老前辈,加之包拯初来乍到,知道朝廷关系很复杂。新政快要黄了,他只能提醒皇帝,任命新宰相时需要做通盘考虑。如任命优秀的宰相,上可以顾全朝廷的脸面,外可以震慑外国,陛下也就可以放宽心了。但如果只听取左右朝臣们的好坏评价,轻易付之权柄,这种做法"恐非国家之福"。

> 宰相得人,则可以上尊朝廷,外威夷狄,陛下庶宽宵旰,垂拱仰成矣。若但取左右毁誉,容易以付大柄,恐非国家之福。①

晏殊被罢相后,新宰相是杜衍。这位宰相算是按照包拯的要求选出来的。可杜衍只当了数月便被罢相,是一个短命宰相。

---

① 宋.包拯撰,杨国宜校注.包拯集校注.合肥:黄山书社,1999:40.

第七章 有格调的外交使臣

做了一次送伴使

包拯上疏数量并不少,涉及范围还很广,边疆事宜他就接连上过好几道疏,显然他对边疆已开始关注。比如有一道疏《论契丹事宜》便写于这一年的秋天。

> 臣伏见契丹近遣人使复有请求,今朝廷重遣使命以答其意者,盖羁縻不绝之谊也。且北虏自先朝请盟之后,边鄙无事,垂四十年;近因昊贼背畔以来,邀乞无厌,情伪可见。……且河朔地方千余里,……而郡无善将,营无胜边,……虽命两府重臣往逐路宣抚措置,更望陛下频召执政大臣与总兵将帅,乞丁宁调谕,俾图议谋策,选求将帅,精练卒伍,广为积聚,以大警备之。①

宋辽之间打打停停,时有战火。最后双方在真宗景德二年(1005)年初,于边城澶州签了一份条约,史称"澶渊之盟"。这个条约中有以下内容:

---

① 宋.包拯撰,杨国宜校注.包拯集校注.合肥:黄山书社,1999:71.

一、宋朝每年给辽国"军费"银十万两、绢二十万匹,在交界处白沟交割;

二、两朝交界处的城池可依旧保存,并加以修葺,但不得增加新的城池;

三、抓捕盗贼时彼此要提供方便,不得隐匿。

此外,宋帝以"叔母"礼事辽太后,而辽帝则以"兄"礼事宋帝。

幸亏宋朝的皇帝每一个都比辽国的皇帝年长,所以这样称呼也还妥当。看起来,彼此就像亲戚一样,非常有礼貌。签下这份条约后,彼此相安无事近四十年,这就是包拯上疏时所说的"边鄙无事,垂四十年"。可看到邻国西夏在宋朝边境挑衅,向宋朝要地、要钱,年轻的辽帝也坐不住了。庆历二年(1042)三月,他派使臣到宋朝提出"割地"要求;四月,宋朝派使臣富弼到辽国驳回其割地要求。后经双方讨价还价,懦弱的宋朝为求平安,在银钱上又做出让步,每年给的银、绢各增加十万,在十月份签下新条约,辽国这才安静下来。

宋朝一直受辽国的欺负,宋朝的大臣们觉得很窝囊,但有什么法子呢?宋朝的体制就是重文轻武,各个机构之间互相制约,国内没出大乱子,但打仗时却缺乏战斗力。大干部们都是考试考出来的高才生,写起文章来个个都是高手,在朝会上也都是滔滔不绝的辩论高手,可遇到边疆有事时,一个个都傻眼了。

庆历三年(1043),宋辽两国恢复正常交往。庆历四年(1044)七月,辽国派使臣告诉宋朝皇帝,他们要开始打夏国了,让宋朝皇帝做好心理准备。八月,宋朝皇帝派使臣余靖去辽国报告宋朝的态度。包拯此疏便写于此时。

余靖是谏官。他去辽国回来后给朝廷打了个报告。包拯在看了他的报告后便写了奏章。他对辽国经常找借口来敲诈宋朝的行为非常反感,"邀乞无厌,情伪可见",他提醒皇帝要选好边疆将帅,练好队伍,苦

第七章 有格调的外交使臣

下功夫,不要陶醉于表面上的暂时和平。

在同时期的另一道疏《论昊贼事宜》中,包拯这样说:

> 臣窃闻余靖近进北虏回书,其意未顺。……缘北虏结好四十年矣,事无纤巨,莫不徇从,一旦骤违其意,非计之得也……设欲恃北虏之旧好,纳西戎之新款,纵无后患,亦防他变,得此失彼,恐未为福。①

宋朝如果只会掏钱买平安,那么辽国就会有恃无恐,继续敲诈勒索,对此,包拯甚是担忧。

没想到几个月后,包拯突然接到一个临时差使——送伴使,要他护送辽国使臣出境。这是庆历五年(1045)夏天的事。

宋辽这对"兄弟友邦",一旦关系恢复正常,每年都会互派使节,到对方国家问候致意。那时候没有电报,没有电话,没有大使馆,有事只能派人致意。幸亏宋朝那个时候也只和辽国一国正常交往,和别的国家,要么就是敌对状态,比如西夏;要么就是征服了对方,人家成为附属国,那是不太需要派使臣去的。

通常情况下,邻使到友邦境内时,对方会派接伴使来接;到了首都时,会派馆伴使陪伴;回程时会派送伴使送行。通常接伴使和送伴使由同一个人担任。一般主使由文职官员担任,副使则由武官担任。但通常,宋朝派出的官员级别会低于辽国的。这也是老大哥应有的态度。

包拯做的就是送伴使。他的任务就是陪载满礼物的辽国使臣代表团从东京返程,一直送到两国的交界处白沟为止。他这次送的是辽国派来给宋仁宗祝贺生日的贺生辰使。

宋仁宗的生日是四月十四日。每年的这个时候,辽国会派生辰使过来,当然他们会带来礼物,但他们的礼物不及宋朝回赠得多,也不及

---

① 宋.包拯撰,杨国宜校注.包拯集校注.合肥:黄山书社,1999:40.

宋朝回赠得好。宋人多礼,于此亦可见。连主使、副使及相关人员都会收到宋朝皇帝赐予的很多礼物。宋朝皇帝在送礼方面向来大方,沿途招待他们吃住也是既周到又热情,地方官会全部出动,接待阵容强大。只有进了首都后,才改为由中央官员来接待。最后还会有一个隆重的皇帝接见仪式,他们送上礼物,皇帝也会回赠礼物。离开京城时,还会有一个朝辞仪式。朝辞时,皇帝又会送上礼物,这让他们个个喜笑颜开。

这是包拯第一次亲眼看到朝廷在招待使臣方面如此铺张浪费,他心疼极了。

这一年的接伴使,原本是监察御史蔡禀,没想到他送辽国使臣到东京后的第四天,便猝死在家里。包拯便被临时安排做了一回送伴使。

同事突然去世,包拯很难过,更何况他对辽国没有好印象——对不讲信用、喜欢敲诈勒索的国家能有什么好感呢?但身为送伴使,他却必须热情周到、彬彬有礼,充分展现大国风范。

一般而言,辽国使臣大多粗犷,而宋朝使臣大多文质彬彬。宋朝在礼仪和文化方面远远胜过辽国。辽国崇尚的是武艺,故他们派出的使臣以将官和王爷居多,身上往往带有一股桀骜之气。包拯看了虽然心里不舒服,但身为送伴使,他必须时刻注意礼貌和风度,喝酒只能浅饮,说话不能刺激对方,不能释放出不良信息,更不能泄露国家机密,这是基本要求。

王拱辰在至和二年(1055)做过一回使臣去辽国,这是十年后的事。他当时出了一点丑,受到朝廷的惩罚。他在和辽国皇帝喝酒时,接受人家侑酒,这是违反外交纪律的,他因此而被罚铜。

另一起丑事发生在庆历六年(1046)四月,即包拯做送伴使后的第二年。集贤校理李昭沟前往辽国,他的一个跟班偷拿了一个银杯,让人发现后被打死,身为使臣的李昭沟也跟着被降级。①所以作为使臣,既要照顾到国家的脸面,管住自己的言行,还要管束好队伍。

① 聂崇岐.宋史丛考:下册.北京:中华书局,2013:332.

包拯这一次陪着辽国使臣团返程时,表现得很机敏,这是他到京师任职后第一次有机会去边疆,沿途所见所闻对他触动很大,回来后他连续上了几道疏,把他发现的问题和相关建议全部写在奏疏里。

他发现了哪些问题呢?

一是沿途接待铺张浪费。办理接待的人员提前四五天就离开京城,一路向沿途驿站索要羊、鸡、鸭、鱼、兔、面粉之类的,大摆筵席。到了边界城市雄州,使团一住就是十几天,雄州难以负荷每天招待的开销。包拯建议,接客人员只需要提前一天到就行了,送客时提前两天到也就可以了;并要严格禁止到处伸手要东西,地方招待不必过度;还要明确规定送伴使和副使在客人过界后一天内必须返京,以减轻地方接待压力。

二是边疆这一带的地理位置对宋朝很不利。宋朝这边几乎是一马平川,到高阳关一路只靠塘水巩固阵地,从城关至交界处白沟,一路30里,没有任何屏障,这是很让人担心的。一旦打起仗来怎么办?更何况知州、通判、镇守武官的素质都不高,不是纨绔少年就是骄纵老兵,他们在训练兵士方面也是懒懒散散的,让人非常担忧。

三是在边界地带,老百姓的生活用品都由南北两地供给;本州的衙校与各种公务人员,很多是由北朝(即辽国,宋朝被称为南朝)人担任的,这样一来,宋朝什么秘密都保不住。

在这种情况下,打仗时只能依靠边将,老百姓也未必靠得住。那时没有护照,没有身份证,如果长得差不多,语言又一样,谁知道这人是哪国人?秘密又如何守得住呢?和平时期没关系,可一旦发生战争,问题可就大了。

据包拯的观察和判断,"西北二寇"(即西夏和辽国)有结盟态势,所以宋朝要早做防范。"今天不患乏人,患在不用。用人之道,不必分文武之异,限高卑之差,在其人如何耳。"[①]包拯说得何其好啊!这么大的

---

① 宋.包拯撰,杨国宜校注.包拯集校注.合肥:黄山书社,1999:56.

国家不缺乏人才,关键在于怎么用人。在用人上要有宽广的思路,绝对不能论资排辈,只要有能力就应该用。这个观点是非常有远见的。

当然,选拔人才还是有讲究的,不能只考什么辞赋文章和策论,必须"考以应敌制胜之略,询以安边御众之宜,观辞气之环奇,举动之方重者,擢而用之,则取人之要,无大于此"。这种考察模式是非常正确的,也令人耳目一新。

在边将用人上,包拯上过两道疏,他在第一道疏中提出来,"令于武臣中不以职位高下,但素有武艺才略,可为将领者",哪怕人家以前犯有小过错,只要有本事就可以用。在边将的任用方面必须有大格局,不拘一格,让他们平时积极训练兵士,这是包拯的核心观点。

包拯一路观察下来还发现两个情况:一是河北今夏麦子丰收,秋收也没问题,政府应该尽早做计划,把该收的粮食尽快收上来,在粮食的储备上要做好准备,以应付荒年和战争;二是河北沿边州县军粮未备、屯兵很少,虽然朝廷财政紧张,但在备战屯兵上不能小气。打仗时没有足够的粮食储备是不行的。"金城汤池,带甲百万,非粟不能守"①,皇帝必须有长远的眼光。

包拯的这些观察和建议,句句都说到点子上。他这个送伴使做得非常称职。

①宋.包拯撰,杨国宜校注.包拯集校注.合肥:黄山书社,1999:53.

出使辽国

包拯做完送伴使没多久,这年冬天,他又接到一个意外的差使——去辽国做正旦使,去贺岁。

宋朝遣使,通常都由中书、枢密二府商量后提出人选,再报皇帝审批通过。当然也有走后门的,有人想去做大使,便自己主动提出来,或由内廷徇私直接派遣,但这主要是指副使人选。主使的筛选比较严格,选拔程序透明,但副使就比较随意了,以至于副使榜单上,一度都是由权贵子弟滥竽充数,因此有台官上疏,谴责这种行为是对国家不负责任。

为什么那么多人都想当使臣呢?除了因为能免费出国一趟,长点见识,看看风光,一路好吃好喝,还因为奉使出国,会收到对方不少礼物,这些礼物个人可以收下而不必上交。好处如此之多,大家当然都想去做使臣。

辽国派大使和宋朝不一样,他们的大使多由帝室后族担任,不是耶律家的人就是萧家的人。副使才是臣僚。他们的大使级别很高,武将居多,最低都是大将军、各镇节度使,甚至有枢密副使这种级别的;而副使则以文官居多。反观宋朝,派出来的大使多为郎中、员外郎或少卿监等五六品官,低的还有校书郎、太常博士等七八品京官的,偶尔也派过三四品官如翰林学士、尚书、侍郎等,但不多。

宋朝派出的大使虽然级别不高，但多由知名人士担任。北宋名臣，如马亮、吕夷简、刘筠、宋绶、薛奎、章得象、梅询、宋祁、谢绛、吴育、张方平、孙甫、杨察、王洙、吴奎、石扬休、胥偃、韩琦、王拱辰、富弼、余靖、赵槩等人，都先后以不同名义出使过辽国。

论官阶，宋朝派到辽国的普遍很低；可派出去的使臣如果级别太低，又怕辽国翻脸，所以宋朝往往会给使臣弄一个临时的假官衔。比如，韩琦在1038年出使辽国时，他的实际官职是七品官右司谏，而给他的假头衔是"太常少卿、直昭文馆"，这是正三品官。不过，这种头衔只是一次性的。

宋朝对待辽国的心态很微妙，既怕惹急对方，又想有尊严地活着，便在使臣的头衔上公开作假，却在礼物上让对方满载而归，这种做法着实有点自欺欺人。在所有使节中，贺辽帝生日的生辰使送的礼物最丰盛；贺岁的正旦使带去的礼物则大大缩水，只有前者的一小半。

出使时，使臣要带上国书，那个假头衔就在国书上写着。那时候的辽帝是兴宗，他比仁宗还小5岁。他称仁宗为"哥"，仁宗称他为"弟"。

包拯作为正旦使，虽然带的礼物不及生辰使带的多，但也是不少的。辽国那边的礼物通常是：御衣三袭、鞍勒马两匹、散马百匹。而宋朝这边带的则有金花银器三十件、杂色绫罗纱縠绢两千匹、杂采两千匹。①

带着这么多礼物，估计要有一个车队吧？不可能是人挑着走啊。辽国大使来贺岁，送上一百匹马，那队伍也是很壮观的。大部队一路走走停停，吃吃喝喝，难怪有人抢着要去当大使。到了对方都城住下后，还要送上国书；辽帝接见，赐筵、赐茶、赐酒，赏赐礼物，可能也会安排一点娱乐活动。在这种场合下，大使如果昏了头，便很容易犯错误。王拱辰就犯了错。

李清照的曾外祖父、包拯的老领导王拱辰，出使辽国时怎么会犯错误呢？他之精明，不应犯低级错误的。

第七章　有格调的外交使臣

---

① 聂崇岐.宋史丛考：下册.北京：中华书局，2013：332.

实际是这么回事。辽国的太后很爱她的小儿子宗元,她在筵席上故意大声问王拱辰:"你们太祖和太宗是什么亲属关系呢?"王拱辰老实回答:"他们俩是兄弟。"太后听了高兴地叫起来:"这对兄弟是多么讲义气啊!"她这话是说给辽帝听的。意思是,你应该学学人家宋太祖,以后把皇位传给弟弟。辽帝急了,他也来问王拱辰:"你们太宗和真宗又是什么样的亲属关系呢?"王拱辰明白过来,他回答:"他们俩是父子关系。"辽帝马上感慨:"他们这是多么合乎礼仪啊!"

辽太后想让小儿子以后接哥哥的班当皇帝,而辽兴宗只愿意传位给他自己的儿子。

一会儿,辽兴宗把人支走,悄悄对王拱辰说:"我有一个顽劣的弟弟,如果他以后当上皇帝,恐怕你们南朝就没法高枕无忧了。"

辽太后和辽兴宗这对母子居然在酒宴上问南朝使臣这些事,有点匪夷所思吧?辽兴宗去世后,接班的辽道宗不是他弟弟,而是他的长子。

那么王拱辰被"侑酒罚铜"又是怎么回事呢?因为王拱辰是状元出身,所以辽国皇帝非常重视他,每次宴请他,除了加酒加菜,还叫上歌伎,要他多喝酒。包拯不是状元,所以这样的错误他没有机会犯,但他碰到的是另外的故事。他回来后在奏疏上是这样写的:

> 臣等昨于正月初五日离北朝。四日夜,正旦馆伴并生辰馆伴与生辰国信使张尧佐、副使张希一及臣等共十人同坐,欲排夜筵。方吃茶了,其生辰馆伴副使张宥等先言云:"请暂约退左右,有事要说。"左右既退,张宥言云:"雄州开东南便门,多纳燕京左右奸细人等,询问北朝事宜,随事大小,各与钱物,此事甚不稳便,请说与雄州。"①

包拯说,我们这一行人正月初五离开北朝。四日夜,我和生辰使张

---

① 宋.包拯撰,杨国宜校注.包拯集校注.合肥:黄山书社,1999:69—70.

尧佐、副使张希一等十人同坐,等着参加晚宴,结果刚喝完茶,辽国生辰馆伴副使张宥要我们先屏退左右,说他有事要说。左右退后,他说:"雄州城东南方向近来开了一个便门,经常有情报人员出没,刺探我方情报,对方根据情报内容付费给他们;这样做很不好,请你们和雄州方面说一说。"

包拯这次作为正旦使,和生辰使张尧佐撞到了一起。张尧佐、张希一这一行人是去贺辽帝生日的,他们走的时候是庆历五年(1045)冬,回来时已是庆历六年(1046)春。这两支队伍撞到一起,是因为辽帝的生日和辽国的正旦节挨得很近。

包拯的副使是郭琮①,郭琮的头衔是"阁门通事舍人"。皇帝每天从禁中走到宫殿见群臣时,先在殿中便室里稍作休息,等殿上官员集合并整顿完毕后,他再由便室进入正殿视朝。这阁门,就是宫殿两边的侧门。阁门通事舍人,就是皇帝上朝时负责把门通报的人,所以这位郭琮应该算是宫中警卫团的武官。

生辰使张尧佐,是仁宗最宠爱的女人张贵妃的伯父。包拯后来多次弹劾此公。这次在辽国,两位使臣撞到一起,算是第一次打交道。这期间,发生了辽国馆伴张宥斥责雄州开便门的事。当时,包拯因为不了解情况,所以没法回答他。

第二天,到中路,吃饭前,包拯先派人告知辽国馆伴使,说他有话要说。馆伴使便走过来,把包拯等人叫到大厅里坐下。宋朝这边共有四位使臣,辽国那边有两位,六人坐好后,包拯说:"你方昨天说的雄州开便门的情况,我当时不了解情况,没法回答你们。昨晚酒宴后,我做了了解。我们有人曾在雄州做过指挥官,我问他,雄州是否开便门,他回答,雄州近期不曾开便门,凡有门户,都是原来就有的。所以你们说的情况是不存在的。至于雄州,如果真要诱纳奸细、探听情报,何必另开一道门呢?正门便可出入啊!何况郡里就算开便门,这也是一桩小事,无关两朝

---

① 聂崇岐.宋史丛考:下册.北京:中华书局,2013:354.

的事。如果你们燕京或涿州等处开便门,我们南朝也无话可说。何况我们南朝向来告诫沿边官吏不得生事,他们岂敢轻举妄动?"

包拯说得合情合理,然后话锋一转,指向北朝。

"近年来,北边臣僚,倒是常有侵入南界的事发生,还创立城寨、新建城池,这些事情想必你们不知道吧?要是知道的话,应该决不允许这样的事情发生。我们两朝之间是有协议的,协议书上写得清清楚楚。若要两朝永远友好,永续和平,最好的办法,莫过于双方都好好遵守盟约,各保自己这一边不要生事。"

包拯这一番话,说得辽国馆伴使面有愧色,无法反驳,只好一个劲地说:"说得对,说得对。"

一个国家派大使出去,不光形象要好,口才要好,还要能随机应变,处理各种事情。外交使节是代表国家的。为什么台官常被派作大使呢?就是因为台官都是千挑万选的,他们在智商和口才方面都胜人一等。

这次派包拯做大使是派对了,而生辰使张尧佐在面对辽国馆伴使的挑衅时却无所作为。

包拯这一行人来到辽国时,还发生了一个故事。这事在吴奎写的墓志铭上有记载,《国史本传》中也有记载,而包拯本人却没有留下文字。

《国史本传》中说:

> 使契丹,至神水馆,前使者过,数遇凶怪,如有物击之仆地,拯径入居之,戒从者,虽有怪毋得言,至旦,亦无所恐。①

神水馆,应该是院内有水的宾馆。宋朝以前的使臣住过,数遇凶怪,不敢再住了。是什么样的凶怪呢?没有细说,只说似有东西被击倒在地。

---

① 宋.包拯撰,杨国宜校注.包拯集校注.合肥:黄山书社,1999:268.

在吴奎写的墓志铭里,记载得详细些:

> 传有凶怪,人莫敢居。前此数日有三驺入其间如有物击之仆地。"①

意思是说,在包拯他们入住前有使臣住过,还有三匹马住进去。夜里被凶怪打倒在地的恐怕就是这三匹可怜的马。那么,之前入住的使臣可能就是张尧佐这一拨人。张尧佐他们住了一晚后赶紧换地方住,生怕凶怪还会袭击他们。但包拯不太相信这些迷信的东西,他也不认为辽国要和宋朝使臣过不去。两国都签下新协约了,他们没有必要恐吓使臣。

既然安排他们入住神水馆,那就住呗,怕什么鬼啊!包拯坦荡荡地住进去,还交代侍从,如果夜里碰到怪事、听到声响,也不要乱说话,只管安心睡觉。一夜果然无事。

包拯回来后上的那道疏,最后一段是这样说的:

> 及臣等到雄州,子细询开门去处,并是李允则已前曾开,后来别无创置。臣等合具奏闻,欲乞密诫雄州,凡有体探事宜,更加慎重,免致漏泄。②

包拯回到雄州后又仔细询问了开便门的事,证明之前所言完全正确,雄州现有的门都是原来李允则做边将时开的。他还建议朝廷,要告诫雄州方面,如真要打探北朝消息,必须慎重而行,不得泄密。

这次出使辽国,包拯的所作所为和另一位大使张尧佐迥然有别。他对张尧佐印象不太好。这为后来他弹劾张尧佐埋下了伏笔。

---

① 宋.包拯撰,杨国宜校注.包拯集校注.合肥:黄山书社,1999:275.
② 宋.包拯撰,杨国宜校注.包拯集校注.合肥:黄山书社,1999:70.

第八章 盐法改革大推手

"吏不自安"的背后

在讲述包拯的新工作之前,必须说一说他在做御史时发生的一起最著名的弹劾案,那就是"弹王逵"。一弹、二弹、三弹,乃至六弹、七弹,创了弹劾次数最高的纪录。

"包弹"的美名是包拯在为官的后期赢得的,可在前期,最见他弹劾韧性和持久力的就是这一起。这个王逵,被包拯弹了一次又一次,却始终弹不掉,无非换一个地方再做官,或者轻微处分一下很快又被任用。包拯感觉个人的力量恐怕不够,到第七弹时,便联合陈旭、吴奎两位御史一起弹劾王逵,此时已是皇祐二年(1050)冬天的事。这个时期的王逵已是尚书工部郎中、淮南节运使。而包拯也不再是御史,而是兵部员外郎、知谏院、天章阁待制。也就是说,包拯这时候已经担任谏官了。他俩都在进步。

包拯第一次弹劾王逵,是庆历五年(1045)的事,而王逵于这年三月出任江南西路转运使。从 1045 年到 1050 年,五年整,双方的职务都在不断变动,但暗中较量却一直没有停止。

包拯弹王逵的主要原因,是王逵是个酷吏,希望仁宗把王逵"降黜差遣",意思是换到小一点的地方去做官。因为酷吏担任的官职越大,危害性也越大。可这位王逵,官职小降一下旋即起用,这就有点奇怪了。而更奇怪的是,一个名叫曾巩的大文人,给王逵写墓志铭时,还把此公狠夸了一顿;所以有人提出非议,认为包拯可能弹错了人——把一个好官误认为酷吏了。若果真这样,那包拯的问题就大了,那么多年都识不清人啊!

事情的真相到底如何呢?

王逵很会做人。谏官李京曾经弹劾过他,但当王逵出任荆湖北路转运使时,李京做了鄂州税监官;当李京知道当年他弹劾过的人来到鄂州成为他的领导时,他只好称病不出。没想到王逵却主动找他,并且告诉他,弹劾我是你做谏官的工作职责,你本人并没有对不住我。于是俩人相谈甚欢。等到李京死后,王逵还主动接济李京一家,并向朝廷推荐他的儿子出来做官。这个人很会做人吧!

王逵是个目的性很强的人。他在为人处事和用钱上非常豪爽,接济过不少人,曾巩贫贱时便得过他的接济,这让曾巩终生难忘。

但他豪爽的一面,和他为官专断独行、对下属摆架子、漠视民生的一面,并不冲突。

曾巩说他"好智谋奇计,欲以功名自显,不肯碌碌。所至威令大行,远近皆震"。可见这人做事常不按常理出牌,不肯碌碌无为,到哪都想尽快出成绩。这个官员"至老益穷",也就是说他不是贪官也不是污吏,却是个酷吏。

在包拯看来,一个拼命想出政绩的官员是非常可怕的。王逵每到一地做官,都压榨地方百姓,只为了向上多交钱。因为宋朝财政年年吃紧,向朝廷上交的钱越多,他得到的表扬会越多。朝廷的这个软肋,王逵看得一清二楚。后来王安石倡导新法改革,也是在创收上大做文章,得到神宗的坚定支持。这是一个大背景。王逵的成绩单上有几项指标应该是非常漂亮的,比如经济指标、税收数字。朝廷不太想黜免他,就是看中了他的捞钱能力;宋朝对地方官的考核,经济指标非常重要,是官员升迁的一项硬指标。这项硬指标,很容易驱使官员对百姓横征暴敛。这就是酷吏产生的背景。

王逵估计还是个能说会道的官员，加上他平时出手大方，经营的人脉资源又好又多，名公巨卿对他印象差不了。他文章写得也很好，又是位诗人，这么几个因素叠加在一起，导致包拯弹劾王逵很难成功。弹不倒都是有原因的。

　　包拯也是个很犟的人，越是弹不倒，他越要弹。他盯着王逵，整整盯了五年。第七篇弹王逵的奏疏，是写得最长的一篇，包拯把王逵的劣迹全部收集起来进行"曝光"：

　　　　按王逵先任湖南转运使日，非理率配数十年役过里正，令纳见钱。只潭州系七百余户，虽子孙沦没，及卖过产业者，并令见佃人赔纳，凡干连数千户。其部下诸州，率皆类比。一路之民，例遭枷锢，逃移死亡者无数。①

　　这摆明了就是苛捐杂税，逼着人交，交不出来就卖子孙、卖产业，再交不出钱来就把人铐起来抓走，逼得人走投无路，只好逃到别的地方去。牵连数千户，达数万人，这是一个大数字。可见，这不是一件可以忽略的小事。

　　在包拯弹劾王逵之前，已有人弹劾过他，包括前面说的那位李京。弹劾属实，那些被无辜拘捕的老百姓才被放出来。王逵是有污点的官员，这在档案中就有记载，朝廷也处理过他的。

　　王逵被降职后，潭州老百姓数千人开欢庆会，城里数万居民点了三天灯欢呼；被他害苦的人家，则把他的形象刻成木人，天天鞭打它。被老百姓恨到这个地步的官，能是好官吗？

　　王逵任江南西路转运使时，包拯首度弹他，朝廷的批复是让提刑司查办，而提刑官高良夫并没到任，原任李道宁又调任他州，这样，提刑官没有了，王逵这个转运使便可以为所欲为了。王逵一方面怀疑是

---

① 宋.包拯撰，杨国宜校注.包拯集校注.合肥：黄山书社，1999：59.

前知州卞咸告发了他，便拘捕平民上百人，逼迫他们说出卞咸在做知州时的行为，对卞咸本人更是直接进行恶意报复。另一方面，又找前提刑官李道宁向上面为他说好话。

> 臣僚继有章疏。遂移荆湖北路，未几复授河东，所为恣横，愈甚于前。尝至抚州，筵上与郭志高酒醉诟争，远尔惊骇。①

这时候应该不只包拯、李京弹劾过他。这人骄横，在酒桌上和人争起来，没人不怕他。他的威名远近皆知。

> 寻又张珪进状指论，前知福州日，在任赃滥不法事件，俱有实状。②

作为御史，官员们的人事档案在他们那是一本清账。吏部不知道的事，他们都知道。他们的消息来源很多。包拯又是最具有调查精神的御史，他敢一弹再弹乃至七弹王逵，绝对是证据在手，胸有成竹。

> 据其罪名，不可悉数，虽该赦宥，不可复付以表率之任。③

包拯的意思是，这样的官员，朝廷就算要原谅他、宽恕他，最起码也要把他降级，不能把他放在转运使、按察使这么重要的岗位上。

> 于一王逵则幸矣，如一路幸何！④

---

① 宋.包拯撰，杨国宜校注.包拯集校注.合肥：黄山书社，1999：67.
② 宋.包拯撰，杨国宜校注.包拯集校注.合肥：黄山书社，1999：67.
③ 宋.包拯撰，杨国宜校注.包拯集校注.合肥：黄山书社，1999：67.
④ 宋.包拯撰，杨国宜校注.包拯集校注.合肥：黄山书社，1999：67.

这样的人官当得越大,遭殃的人也就越多。

在七弹王逵的疏文中,包拯经常会提到一个人名——杨纮。他把王逵和杨纮做比较。

> 况杨纮、薛绅、王绰、王鼎,本无残虐之状,只以行事或有过当,尚降差遣,不与牵复职司。较之王逵,彼实非辜。①

杨纮等人是范仲淹派到地方上的监司官员,长期怀才不遇,这次蒙恩提携,他们分赴各路秉公执法。很多贪官污吏因此望风而逃,一时间言论滔滔,指责他们办案严苛;仁宗误听误信,便把他们一一罢免或降黜。

杨纮是大文豪杨亿的从子,此公为官刚直不阿,深得范仲淹、富弼的青睐和赏识,被推荐做了江东转运使。他最常说的一句话,大意是:"不法之人不可宽恕。降黜,不高兴的只是他一家人而已,怎么能让一郡人、千万家因他而受罪呢?"这和范仲淹主张的"一家哭何如一路哭"、包拯的"于一王逵则幸矣,如一路幸何"都是一样的观点。

据说不法官员知道杨纮来后都闻风而逃,因为他打击、惩治不法之徒是非常有力度的。也因此,杨纮等人遭人非议很多。庆历五年(1045)十月,仁宗特别下诏,把他和几位同僚全部贬黜,这是对庆历新政改革派的一大打击。

周敦颐曾经和王逵打过交道。周敦颐年轻时因为判案有两下子,所以庆历四年(1044)被调任南安(今江西大庾一带)军司理参军。有一个囚徒,按律不应该判死罪,而当时是江南西路按察使的王逵坚持要判他死罪,没人敢跟他争辩。但周敦颐却坚持认为此人罪不当死。王逵见一个下级官员居然敢跟他顶嘴,他两眼都要冒出火来,大声叫嚣:"我说死刑就是死刑!"

---

① 宋.包拯撰,杨国宜校注.包拯集校注.合肥:黄山书社,1999:67.

周敦颐从来没见过这样蛮不讲理的官员,他很生气,官也不要了,丢下一句话就走:"这样不讲理,我还能做官吗?杀人以媚人,我是不会做的!"

听了这掷地有声的话语,又看周敦颐昂首而去,王逵这才感觉自己做得过分了。那个囚徒,最终因为周敦颐而被免了死罪。

王逵死后,他的儿子来找曾巩写墓志铭。曾巩早年曾受过王逵接济,无法推辞,只好写了,然而墓志铭中多处出现"坐小法""坐法免""亦多龃龉"这样的字眼。再高明的诗人,面对这么一位有非议的人物,也无法写出一篇流畅的美文来。

有意思的是,曾巩也写过《包拯传》。这篇文章写得非常美,不过,这不是包拯家人求他写的,而是曾巩主动要写的。因为发自内心,这篇文章写得有血有肉,特别好,写到包拯早期做御史的时候,他是这样写的:

为御史,言诸道转运加按察使之名,以苛察相尚,奏劾官吏,更倍于前,皆捃摭细故,使吏不自安,诏为罢之。①

包拯作为御史,其细腻、犀利的风格,被曾巩描写得非常到位。

"吏不自安",这吏当指王逵等人。也就是说,虽然包拯没有彻底弹下王逵,但王逵内心始终是惶恐不安的。

① 宋.包拯撰,杨国宜校注.包拯集校注.合肥:黄山书社,1999:266.

这样一起案子

包拯同年中最早拜相的是吴育。庆历五年(1045),包拯还在做御史,吴育则先被任命为枢密副使,几个月后就做了参政(副相)。吴育是省元,因此升官速度快,这也是合情合理的。

次年夏天,吴育为一起案子,和宰相贾昌朝在朝会上吵得不可开交。这就是"向绶案"。向绶是老宰相向敏中的公子,他在"知永静军"时,做了一些违法勾当,被人举报。他怀疑是通判江中立揭发了他,便给江中立暗中下套,江中立被抓了起来;江中立抗争不过,绝望之下只好自尽。事发后,舆论哗然,向绶因此被抓。

这样的人,怎么处理?吴育说:"不杀向绶,没法向天下人交代,我们的法律也就失去了意义。"而宰相贾昌朝却为向绶说好话,意思是向绶罪不该死,何况还是名相后代,削官降职,给个处分就算了。

贾昌朝的老岳父是真宗朝的状元陈尧咨。陈状元后来出任进士考官,因帮三司使刘师道的弟弟刘几道作弊而在档案上留下污点。陈家的故事后面还要说到。陈尧咨的兄长陈尧叟是太宗朝的状元。兄弟俩都是科举状元,这在历史上是绝无仅有的。贾昌朝本人是位训诂学者,年纪轻轻便在太学里当老师。他21岁被赐同进士出身。人家还在苦兮兮地赶考,他已经什么都有了。贾昌朝做了状元家的女婿后,他夫人有时会跟着母亲进宫,由此认识了宫里的朱夫人。贾昌朝又因朱夫人认识了贾婆婆。他却对外说,这是他的"姑姑"。这贾婆婆是谁呢?她便是宋仁宗的宠妃张贵妃的养母。张贵妃8岁时和姊妹三人一起进宫,由贾氏抚养长大。贾昌朝认识了贾婆婆,就等于认识了张贵妃。贾昌朝能当上宰相,"后宫路线"功不可没。这点得到了宋仁宗的亲口证实,所以贾宰相也因此经常被台官们攻击。

话说贾昌朝和吴育两位宰相就向绶是免死还是处死一事,在朝会上吵得不可开交;这期间,包拯连上两道疏,要求快速结案,题目就叫《乞断向绶》。包拯持什么样的观点呢?先看他的第一道疏:

> 臣窃闻太常博士傅莹,近沧州制勘回,向绶准前翻变,一行干系九十余人,依旧收禁。窃闻向绶翻变,前后三四次,况证验分明,绝无疑虑,原情至重,坐死犹轻。若候具案定罪,必致淹延日月。干连人等,盛暑之际,枉被禁系,实可伤悯。其向绶欲望只据累次勘到罪状,特行重断,俾幽冤得伸,狡吏知惧。①

在这道疏里,包拯的意思是,这向绶一案经过多次勘验,尽管他多次"翻变",口供前后不一,变来变去变了三四次,但证验分明、铁证如山,判他死刑都是轻的。这起案子已牵连九十多人。这些人都关在牢里,现在天气这么热,案子应该尽快结掉,免得这些无辜的可怜人继续被关押。

这道奏疏一交上去,吴育知道详情后,更坚持要判向绶死刑;而贾相则坚持说降官便够了。两派争执不下,仁宗也没法做决定。案子也就拖了下来。

不久,包拯又上了一道疏:

---

① 宋.包拯撰,杨国宜校注.包拯集校注.合肥:黄山书社,1999:78.

臣近者上言,以向绶恐迫通判太常博士江中立自缢身死,累次勘鞫,拒抗翻变,只乞据前后勘到情款定断。寻于沧州取到案卷,送下法寺,至今多日,窃恐有司执守常制,引用律文,未得允当。

况向绶本意,怒中立欲摘发所为不公事件,遂抑勒诸色人等,诬罔陈首中立罪犯。今制勘所又一一辩明,假中立所犯有状,自有朝廷之法,向绶何得辄用威势凌迫,一至于是,中外无不愤惋。若不特行诛窜,则今后长吏恣为不法,同官僚属稍有言议,即便行掯拾,置于非所,或迫令自尽,或锻成重罪,必无由理雪。所系事体甚大。欲望圣慈特于法外重赐裁断,以戒将来。①

包拯这道奏疏的意思非常明白:一个当长官的,只是怀疑属下可能告发了他的不法行为,就迫害人家,逼人自杀,这样的人如果不处理,就会是一个坏榜样。朝廷不应树立这样的坏榜样。

在这起案子中,包拯和吴育的观点是一致的。包拯连上两道奏疏支持吴育,而吴育在朝廷上不惜跟贾相翻脸:对犯罪事实如此清楚的人还不予以重判,这不是把法律当儿戏吗?

仁宗最后的处理结果还是让人大失所望:向绶被削官除名,减死一等,流放南方,编管潭州。看来后宫的态度还是影响了仁宗的处理结果。

这吴育和包拯一样,性格非常刚烈。他在廷中辩论时,言辞激烈,大臣为之惊恐失色。两位宰相因为这事彻底翻脸,没法在一起共事了。吴育被仁宗安排去枢密院担任副使,贾相则出去做节度使了。看来仁宗虽然同意贾相的意见,可还是慰留了吴育。他知道吴育这人正派,而贾昌朝走的是内宫路线,他也是不满的。

---

①宋.包拯撰,杨国宜校注.包拯集校注.合肥:黄山书社,1999:79.

有一次，仁宗对朝臣说："这吴育啊，人很刚正，能力也强，就是太疾恶如仇了。"他后来和吴育单独在一起时也说了他："爱卿干吗那么爱憎分明呢？应该谨慎一点……"

吴育是怎么回答他的呢？吴育说，听一个人的言语，不如观察他的行动。作为圣主，陛下每提拔一个人，要让人知道为什么提拔他，这个人有什么优点和长处。同样，每贬一个人，也要让人知道这人做了什么坏事，品行上有什么问题。只有这样去做，天下百官才知道他们努力的方向是什么。这是为王者的行为准则啊！

第八章 盐法改革大推手

两则逸事

庆历七年(1047)四月,包拯被拔擢为工部员外郎、直集贤院、陕西转运使,去了陕西。

那时官员的等级是靠官服来区分的。包拯之前穿的是绯红色的五品官服。他面见皇帝时,只顾谈问题,压根没想到要领官服。而仁宗呢,估计也被包拯这一通请示搞糊涂了,他也忘了给包拯发官服。

过了几天,有转运使来找仁宗要求改换官服。这位官员也和包拯一样,刚刚被提了官阶,还没拿到官服,便主动来讨。仁宗有点不高兴,这才突然想起包拯还没有换官服就去了陕西,便赶紧让人拿着三品官服去追,一直追到华阴才把包拯给追上,让他换了官服。

在华阴,包拯还留下一个故事。

华州西岳庙门里有唐玄宗的御书碑。高数十丈,其字八分,几尺余。旧有碑楼,黄巢入庙,人避于碑楼上,巢怒,并楼焚之,楼焚尽而碑字缺剥,十存二三。姚嗣宗知华阴县,时包希仁初为陕西都转运使,才入境,至华阴谒庙,县官皆从行。希仁初不知焚碑之由,见损碑,顾谓嗣宗曰:"可惜好碑为何人烧了?"嗣宗作秦音对曰:"被贼烧了。"希仁曰:"县官何用?"嗣宗曰:"县里只有弓手三四十人,奈何贼不得。"希仁大怒曰:"安有此理,若奈何不得,要县官何用?且贼何人?至于不可捉也?"嗣宗曰:"却道贼姓黄名巢。"希仁知其戏己,默然而去。①

这个故事里说的姚嗣宗,人称"关中诗豪"。陕西战事多发时,他因报国无门,便在驿站的墙壁上题诗一首:"踏碎贺兰石,扫清西海尘。布衣能效死,可惜作穷鳞。"这诗正好给时任经略安抚使的韩琦看到了,韩琦便向朝廷推荐了他,他因此被任命为大理寺丞。后来此君做军事推官时认识了范仲淹,范仲淹和他进行一番交谈后,也认为他很有才华,便和韩琦联合推荐他到太学里任职,此君从此为天下所知。

这个故事发生在包拯初到华阴时。华阴境内有华山,从中原进陕西,华阴是必经之地。当时包拯对姚嗣宗还不了解,而姚嗣宗呢,有可能是知道包拯的。俩人信息不对等,故事便发生了。

华阴县城里有座西岳庙,里面有座旧碑楼。碑楼内有唐玄宗封西岳写的御书碑,高数十丈。唐末黄巢起义时率兵入庙,看到老百姓都躲到碑楼上了,他一怒之下便点火烧楼,这一把火殃及御书碑,碑被烧得面目全非,十字只存二三;但包拯初到陕西,显然并不知道这个故事。

这天,县令姚嗣宗陪同新任转运使包拯去参观西岳庙。包拯一进庙里,就发现御字碑被破坏得不像样子,便问县官:"可惜了,好好的碑,被谁烧的?"

一听这话,姚嗣宗便知包拯不知情。他也不正面回答,只幽幽地说:"被贼烧的。"包拯便说:"那县官干什么用?"

姚县官说:"县里只有三四十个弓手,对付不了贼啊!"

一听这话,包拯大怒,气愤地说:"岂有此理,如果奈何不了贼,那要县官干什么?那是什么样的贼?怎么还抓不到他?"

①宋.包拯撰,杨国宜校注.包拯集校注.合肥:黄山书社,1999:292.

眼见玩笑开不下去了，姚嗣宗只好说："这个贼姓黄，名巢。"

包拯这才知道他被姚嗣宗捉弄了，便不再说一句话，只是默默离开。

上下级初次见面，场面便弄成这样，多少有些尴尬。姚县官应该不是有意捉弄包拯。

宋僧小品《湘山续录》中，还说过此公一个故事。

陕西督帅杜衍问尹洙："姚生这人何如？"诗人尹洙当时正是姚嗣宗的顶头上司，非常了解他，便回答说："姚嗣宗这人吧，虽然没有出身（指没考上进士），但他就是进翰林也是不亏的，才气很大；这人又很调皮，做事不按常规来，就是减死一等、黥面、流放海岛，也不冤枉他。他就是这样一种人。有才气，但不循规蹈矩。"姚嗣宗听说后，大喜，感觉尹诗人是最懂他的，这番话很入他心。他说："这是评价我最到位的。"

包拯被捉弄后，只是"默然而去"。这也符合他的性格特点。不是他书读少了，只是他初来乍到对什么都陌生。

包拯在陕西转运使任上干了不少正事，但流传下来的这则闲话反而是最著名的。

天章阁对策

皇祐元年(1049)春,有个"天章阁对策"事件,在包拯的奏疏史上也是载入史册的大事件。因为以前的奏疏差不多都是下对上的职业行为,而这次的天章阁对策,是由仁宗本人亲自出题,然后由大臣们抢答。结果包拯下手快,抢到了。

仁宗在天章阁亲自操刀,写了一个策问,征求百官的答题。

策问一共有十个问题,事关用人、财税、边将,及如何回答契丹有可能的挑衅等。这十个问题,每一个都不好回答。估计仁宗自己在大脑里转了好多天才总结出来。在仁宗面前天天出现的、混得脸熟的都是学霸,学霸们都解决不了他的十个难题,他只好面向所有"爱卿",看谁有能力挑战他的十个难题。

这有点像辩论赛,让人有点紧张,又有点兴奋。没两天,便有人要求请对。这人就是刚从陕西回来出任户部副使的包拯。

请对也是有程序的,必须先提交书面申请,得到批准后,再提交两份材料,一份是个人的出身文状,再一份是答问的文字材料。呈送上去后,会有人通知上殿奏对的具体时间。一个流程下来,得要好几天。

《宋会要辑稿》记载,有位御史在庆历四年(1044)的一份奏疏中这样写:"近乞上殿奏事,得旨,寻牒阁合须索申状,仍要出身文状两本。

比至引对,已经七日。"①这位御史上殿奏事,手续很繁杂,要走各种程序,等到引对,已经过去七天了。包拯答策问,也得等个几天。见皇帝,肯定是要提前预约的。

由皇帝亲制策问,在科考最后一道关殿试中,是非常多见的。但就朝政问题向百官提出策问,征人回答,则实属少见。可见,仁宗那段时间有多忧心忡忡。诸事纠缠,执政团队也不能让他满意。当然,有很多是制度层面的问题。

北宋从960年建国,到仁宗朝皇祐二年(1050)已有九十年,体制方面的问题全部暴露出来了,但仁宗又下不了决心进行大的改革,只是小打小敲,以致形势日益严峻:冗官冗兵十分严重,财政窘迫;农民负担减不下来;社会不公也无法消除;养兵百万却没有战斗力,边疆问题随时可能导致战争爆发。而一旦战争大规模爆发,北宋便会很快崩溃——大崩溃在七十多年后的靖康二年(1127)四月发生,金军攻破东京,两位皇帝(宋徽宗、宋钦宗)被俘,政权被颠覆,大量皇族人员被抓走,只有少数人有幸逃脱,北宋灭亡,这就是历史上著名的"靖康之变"。这些宋仁宗没有机会看到,但在他的子孙身上出现了,也就是说,他的担心是完全有理由的。

这段策问,文字未必出自仁宗本人之手,应该是他身边的"秘书"比如翰林学士或知制诰起草的,仁宗最后审读并改定,但应该传达了仁宗的意思。

为什么要对百官出这么一个策问呢?难道他的智囊团还不够强大吗?御史和谏臣也经常上疏,按理说,他身边人的智慧已足够用了。

北宋君臣商议政务,通常有两种模式,一种模式是通过文书,还有一种是面谈。面谈也分几种,一种是皇帝主动找人面谈,还有一种是大臣自我推荐,找皇帝面谈。

---

①周佳.北宋中央日常政务运行研究.北京:中华书局,2015:294.

面谈和笔谈,效果是不一样的。面谈时,双方都很慎重,交流是双向的,传达的信息也很明确,不太容易被误解。而且面谈时,房间里只有君臣俩人,保密性较强,取得的效果也很好。所以庆历新政时,仁宗期待着范仲淹能端出一盘"大菜"来,可"大菜"迟迟不出来;欧阳修便建议,与其每天在朝会上见面,朝臣叽叽喳喳争论不休,不如赶紧召集范仲淹和韩琦面谈。面谈后,范仲淹果然很快端出他的"改革大菜"。这就是面谈的作用。

宋时君臣面谈,方式也多样;但策对,却是一种非常规性动作,因问题太多,所以皇帝也不知道该找谁来面谈,他只有把这些问题都一一罗列出来,公开张贴,看谁有能力出来接受挑战。这对包拯来说,是一个好机会。有机会,一定要抓住。这也是包拯成功的原因之一。

包拯具体提了什么对策,已经不是很重要了。他的很多观点在他以前多次上疏时也都提过,比如用人上不能论资排辈,"不必分文武之异,限高卑之差,在其人如何耳";"进贤退不肖,岂须岁月哉"!①这就是包拯的用人观。这和现在的用人制度有些相似,看能力说话,而不是论资格、熬年头。

再如边疆事。包拯的观点是,先往最坏处考虑,把自己变强大,如有国家胆敢挑衅,自身实力强大还怕什么呢?实力说话,通行天下。无论是治国还是做事,都一样。之前包拯去京东和陕西做转运使,便发现不少问题,上过多道奏疏,但都没起太大效果。

河北屯兵表面看有三十万之众,但老兵、弱兵占了大半。若真有战事,他们派不上任何用场,朝廷还要供给他们吃喝,一旦供应不上,这些老兵还会哗变。如果把他们裁掉,粮食多出来了,后勤保障跟上了,精锐者反而更勇猛。这是包拯的一个观点。

至于官员问题,包拯认为数量不少,但能干的并不多,冗员问题严重。他认为也要学学前朝,改改做法:

① 宋.包拯撰,杨国宜校注.包拯集校注.合肥:黄山书社,1999:115.

真宗皇帝朝以河北荒歉,减省京朝官、使臣、幕职等七十五员,其逐路部署押阵使军,自观察而下,悉罢赴缺。此先朝令典,愿陛下遵而行之。①

真宗因河北荒歉,罢过不少官。这是仁宗老爸的做法,仁宗完全可以仿其道而行之。

粮食问题,是核心问题之一,必须高度重视。没有足够的粮食储备,什么都免谈。粮食是国家的战略储备。在粮价便宜时,必须不惜一切代价多收购粮食,充实国库,备战、备荒。这个观点,包拯曾经在多道奏疏里呼吁过。

军马场也是一个问题。原先在郓州、同州(今山东东平、陕西大荔)各置二马监,侵占民田数千顷,有官员建议将马送往别处牧养,结果未逾一月,死掉的马十有七八,损失惨重。有人建议,不如依旧归河北诸监管理,还地给农民,马就不会损失了。包拯认为,这都是条块分割导致的。马监属群牧司管理,而各州官吏并没有管理权,他们也不知道相关信息,无法统筹协调,才导致这样的悲剧发生。包拯建议,今后可委托转运使兼管,这样一来,一路上发生的问题,通过派员巡察就能发现,及时处理,就不会出现类似的事情。

包拯最后有一段话说得非常好:

臣前所条陈,皆国家之常务,而言事者多及之,臣今之切务者,在择政府大臣敢当天下之责,独立不惧而以安危为己任者,委以经制四方,庶几可弭向者之患,而纾陛下之忧矣。臣愚以为言之者不难,事行则为福。古人有云:"言之必可行也",又曰:"非知之艰,行之惟艰。"②

---

①宋.包拯撰,杨国宜校注.包拯集校注.合肥:黄山书社,1999:116.
②宋.包拯撰,杨国宜校注.包拯集校注.合肥:黄山书社,1999:117.

包拯说，他前面所陈述的观点，都是国家之常务，以前已有很多人说过；他认为当今迫切要做的，是要挑选那些有担当、有勇气、有情怀的人去担任各方面负责人，委以重任，放手让他们去做事，陛下的忧心也就可以缓解了。当然，知道这些道理并不难，难的是去实践。

事实证明，包拯自己就是一个知行合一的人，也是一个非常有担当、有勇气、有情怀的官员。他做事从不滑头滑脑，而是非常严肃、认真，似乎缺乏人情味，但他的思路又非常开阔，富有远见。

这次抢答，包拯又一次在百官中出名，所以后来几个临时差使都一一飞到他头上，这全是他"自找"的。

比如皇祐元年（1049）三月的"命拯往河北提举计置粮草"，因为他此前提过多条关于收购粮草的建议，这不，活儿终于来了；一个月后，又有活儿飞来，"命户部副使包拯与河北四路安抚司、转运司议省冗官及汰军士之不任役者以闻"，裁员的大事也让他来负责，要进行前期调查并提出可行性报告；十月份，"遣户部副使、工部员外郎包拯与陕西转运司议盐法"，盐法改革也让他负责。

顶头上司叶清臣

皇祐元年（1049），因河北发大水，所以这一年的元宵节，仁宗诏令京城停止娱乐。朝廷派出了使臣，给灾民送药，还赐钱二十万用于买种子分给灾民，诏令地方官员要动员灾民尽快恢复农业生产，还要据实汇报，并以此作为他们的考核指标。

河北流民，贫无所归，买不起种子的人到处都是，可地不能荒着啊，不种粮食，往后的灾难会更重；国家便出钱买来种子分送给他们，还让官员劝他们种粮食，到时候还要向朝廷汇报。水灾过后常有瘟疫，预防瘟疫的药也得朝廷掏钱买了送过来，所以才有遣使送药之举。

在河北灾情严重之际，三司使叶清臣上疏说，三司是总管天下钱谷的，依靠全国十七路转运司运送粮食，必须有精明强干的人做事，才能完成转运任务。但近几年荆湖等路每年都亏欠巨大数量的粮食，粮食、货物收不上来，耽误了交付，这都是转运司的问题。作为国家财政一把手，三司使最了解北宋钱袋子里到底有多少银子，有的话他不好说得太明白，其实说白了，就是冗兵冗员导致的。国家养了那么多闲人，能不穷吗？

正在这个时候，朝廷下令，调动京师禁军，赴京东、京西两路驻扎，以防范盗贼。京东安抚使富弼对这道禁令提出反对意见，他说这两路突然增加禁军,反而会搞得人心惶惶,建议他们原路回去。包拯也认为此项禁令万万不可。他的观点是,京师乃天下之本也,兵力不宜轻易调动,若调发不当,"则耗其财力而弱其根本"。

三月份,包拯接到新派遣,"往河北提举计置粮草"。包拯上殿接受诏命时,当着仁宗面说了一番话。他说现在河北形势很严峻,那么多军马囤积在那里,而粮食支多收少,现在只能勉强应付,今夏秋粮能否丰收还不知道,若不赶紧预备安排,一旦发生大面积缺粮,恐怕就会有意想不到的灾难发生。包拯建议,先将缺粮的部队移屯河东或近南有粮食供应的地方救救急。他知道这个建议一旦提出来,就会有人跳起来反对,认为边防部队不可轻易调动云云,但现在这个时间段,辽国那边还守盟约,虽然声称要西征,但数月之内必不会有大动静。如果缺粮的部队不趁此时紧急移防,错过这个机会,就晚了。

仁宗听了眉头直皱,他也没有办法,只好说:"爱卿先去河北看看,看可有什么更好的办法。"

包拯领了派遣令就急急去了河北。他先去河北产粮区漳河两岸做调查,发现这里土地肥沃,粮食产量高,可这里的大片良田却被军马场占用了。整个河北西路,只有漳河两岸是河北主产粮区,可牧马地却占去三分之一。每牧一匹马,要占草地115亩。想想看,如果有几千匹军马,这得占多少亩良田啊?

为什么那么多良田都被军马场占用呢?这是历史遗留问题。从真宗开始,宋朝政府为了养马,就开始大规模圈地建军马场,而且圈的都是水草肥美的好地方。那个时候是冷兵器时代,打仗时,军马会派上大用场。所以圈地建军马场,毫无疑问,必须摆在重要的战略位置上。如果不缺粮食,那没有话说,可现在缺粮严重,哪个更重要?

包拯看到邢、洺、赵三州,有一万五千余顷良田被圈为牧马地,而河北东路又值河水决溢,大量土地被冲成泽国,只长柳树不长粮食,这部分占民田三分之二。这两大块加起来就占了河北农田的十分之六。

河北是战略要地,驻军三十万,军马场也多,人要吃粮,马要吃

草,都在争粮食,可碰到老天不给力,自然灾害频发,大面积闹粮荒是必然的。

包拯在漳州调查时发现,因为养马量有所减少,所以三个州近年来共退出草地七千五百余顷;这部分土地往年是租给佃农种的,年深岁远,佃农在这里种地、安家,甚至把老祖宗的坟也安在这里,这一片土地多年种下来,已成一片田园。经统计,共有9340户佃农在此租田种粮,他们已经和这块土地结下深厚感情,每年出产的粮食数量也是一个大数字。可这片良田,群牧司正要收回来,近万户佃户,总计几万人口,要全部遣散——这是群牧司指挥说的。他说已经下令各州,年内务必全部收回,遣散全部佃户。可佃户却无一人肯搬走。这件事情闹得有点大,佃户们已多次到鼓司击鼓申诉,三司也议论过多次,但还没有向上汇报。

包拯头天刚从群牧司指挥那里得知这个消息,他对此非常敏感,觉得他们这个决策是有问题的;加之他又从别处访闻得知,广平监(在洺州的牧马监)虽然表面上分为两监,可养马数量并不及往年一监的数量,以包拯的分析,今后纵然再添军马二三千匹,现有土地也足够用了。既然如此,为什么不让佃户们继续租种那部分田地呢?多种点粮,于国于民不是一件大好事吗?包拯是个急性子的人,他次日便把这些情况分析报告给仁宗,请求他体恤民众,不要收走他们的土地。

这一道奏疏就叫《请将邢洺州牧马地给与人户依旧耕佃》。标题并没有文学性,而且还烦琐,但各要素齐全,仁宗一看便明白,绝不会误读。

这道奏疏上去后许久,上面并没有诏令下来,包拯便再次上疏。同样的标题,同样的内容,这次只拣重点说。包拯说,他的这个建议如果反馈给群牧司,那他们肯定会从中阻挠,编排理由,强留土地,还会指责他"妄说事端",关键还得陛下自己拿主意。

虽然包拯在前方辛辛苦苦做调查,提建议,可拿主意的决策者仁宗皇帝却常常左右摇摆,左耳朵听一种意见,右耳朵听一种观点,都是爱卿们说的,似乎都有道理;当两派意见打架时,圣心就会犹疑不定——到底该听谁的?谁说的是正确的?哪一种决定最合理?

包拯奉命到河北后,每天都在马不停蹄地调查。而他看到听到的又几乎都是负能量的信息,这很容易把他弄得身心疲惫,他在一道奏疏里说,"臣自受命以来,夙夕疚怀"。问题太多太严重,觉也睡不好。白天做事,晚上想问题,睡眠质量高不起来,还要想着怎么着手去解决问题,有没有可操作性,会不会遇到激烈反抗,君主会否同意……包拯只好一遍又一遍写疏文。

油灯下,一头花白的头发,一个憔悴的身影。

包拯应该学学庞宰相,每天写一首诗,喝一杯小酒,让自己轻松一下。

说到时任宰相庞籍,他是个特别喜欢写诗的官员,年轻时得过夏竦的提携,后来,他又提携了司马光。司马光对他很了解,说他每天都要写诗,"日不废两三篇"。他后来病重时,司马光去看望他,庞籍从病床上坐起来,还拿出十多篇诗来给弟子欣赏;在诗的后面,他还歪歪扭扭地写了几个字:"欲令吾弟知老夫病时,尝有此思耳。"[①]这应该算是他的最后手迹了吧?那几个字已相当潦草,难以辨识。数日后,庞老人家就去世了。

这个故事,记载于司马光的《温公诗话》一书中。可见,庞籍是真诗人也。

在电视剧《开封奇谈》中,庞籍是作为包拯的死对头出现的。但遍观包拯的一百多道奏疏,却只字未提此公,更没弹劾过他。后来庞籍因事被御史们攻击,不得已辞相时,包拯也没有借机弹劾过他。可见,俩人私下并不是死对头,而是彼此尊重的。更何况,这一年,在文彦博和庞籍两位宰相的大力支持下,包拯多次上疏提到的减员裁军提议终于获得仁宗同意,仁宗下令裁军。这件事情被载入史册,是皇祐元年

---

① 宋.包拯撰,杨国宜校注.包拯集校注.合肥:黄山书社,1999:124.

（1049）的年度大事件。在裁军问题上，他们三个人的意见完全一致。这在后面，还要展开来说。

在河北调查期间，包拯还写过一道奏疏，是关于军粮转运的。他在调查中发现的问题，也印证了三司使叶清臣前面所言不虚。

> 臣奉敕差往河北提举计置斛斗，缘河北转运司近年失于计置，自灾伤之后，近里州军例皆缺乏粮储，有只得支一两月去处。虽本司于去年秋擘画，预给三说文钞，配籴三百五十万，自后又为安抚司以配籴三十一万石，为一年准备。其斛斗又并未般到缺粮州军，虚作见笔数目，不过夏初，渐已支尽……①

不过夏初，河北粮食已快见底。而河北有三十万驻军，每月要支军粮五十万石，一年就要六百万石，这些军粮的筹措更是个大问题。河北、河东两路相继水旱，流亡老百姓很多，能存活下来已相当不易，朝廷不可能再去打扰他们，只有从江淮等处调拨军粮过来。而从江淮运粮到河北，只有汴河航运这一条路。所以包拯的建议是，趁三四月份水势平稳之际，赶紧多运粮食，否则到了五六月份，水势浩大，官船停航，再运粮就难了。

现在不妨说一说包拯此时的顶头上司叶清臣。

比包拯小一岁的叶清臣是天圣二年（1024）那一科的榜眼，宋庠是状元，宋祁是省元。叶清臣因考试时策论写得好，被主考官刘筠看中，擢为第二名。后来他和宋氏兄弟还有考第三名的郑天休号称"天圣四杰"。欧阳修在写给别人的信中还提到这四位才子，说他们以文学大有名。皇祐元年（1049），这一批人都已陆续进入执政团队，宋庠时为参政，叶清臣则为三司使。

据说叶清臣本来并不在三司使的建议名单中，只是仁宗看到宰相

---

① 丁传靖.宋人轶事汇编：上册.北京：中华书局，2012：330.

上报的名单时并不满意,便脱口而出:"叶清臣,才可用。"一把手既然这样说了,这三司使人选便临时做了调整,撤下原来的,换上叶清臣;但叶清臣却表态说他只是临时担任一下,"权使三司"而已。他当时已是翰林学士。可惜,叶清臣任三司使没多久,便因病去世。他做三司使时,身体已不好,所以他说他只是短暂做一做而已。

叶清臣应该是皇祐元年(1049)去世的著名人物。

第八章　盐法改革大推手

北宋冗员有多少

皇祐元年（1049）十二月，仁宗终于下决心裁军，裁汰诸路赢兵八万有余，这在当年是一件很轰动的事。而这一事实与包拯有关。

先说一说，仁宗时期到底有多少军队。宋太祖开宝年间（968—975），全国兵籍总数37.8万，禁军马步为19.3万；到了仁宗庆历年间（1041—1048），前一个数字变成125.9万，后一个数字变为82.6万。总兵数增长了3.3倍，禁军增长2.2倍。100多万兵卒中，真正有战斗力的只有禁军。

按宋太祖最初的想法，把那些地痞流氓都收到部队中来，这些人就不会兴风作浪，社会就会稳定。这种想法很美好，宋朝的确有很长一段时间都很平静，可是兵卒越养越多，财政负担越来越重，到了没饭吃的地步，只怕这些老兵又会出来捣乱。

包拯在调查中发现，军中有两大问题非常严重，一是"老弱者众，缓急又不可用"。真打仗时，"老弱怯懦之人，遇敌则先自败亡"，反而拖累别人。二是"额存而兵缺，马一营或止数十骑，兵一营或不满一二百，而将校猥多，赐予廪给，十倍士卒"，意思是官多兵少，官的收入是士兵的十倍。收入悬殊，也很容易引发部队哗变。

养了那么多兵，那么，北宋时期到底有多少人口呢？有一次仁宗宣包拯上殿,也问了同样的问题,让身为户部副使的包拯回答。仁宗不光问到了本朝户口,还问到了唐朝户口。因为只有比较,才有意义。

包拯只是粗知大概,具体数字并不清楚。他"遍考诸史",做了不少功课,终于得出一个准确数字可以回答仁宗了,因此上了一道疏《论历代并本朝户口》。

不妨简单梳理一下他提到的各种数据:汉朝时开始有户籍制度,西汉头两年,有人户1223.7万户;汉光武兵革渐息之后,减为427.63万户;永寿二年(156)增至1067.96万户。这是两汉时期的极盛之数。

三国鼎盛时期,人户140余万户。

晋武帝时期略有增加,为245.98万户。

南北朝时期户无常数,少者不满百万户,多者不过三倍。

隋文帝时期为890.7536万户。

唐之初年,人户不满300万户;至高宗永徽元年(650),增至380万户。在唐明皇天宝十三年(754),达到最高纪录,为906.9154万户不到1000万户。唐时达不到两汉时期的最高纪录。

自安史之乱后到五代十国,因战争频繁,人口减少得很厉害,一度降至只剩一两百万户,直到唐武宗会昌年间(841—846),才增加到495.5151万户,也只是盛唐时的一半。

宋太祖刚建国时,人户不到100万户。但那时地盘不够大,也是一大原因。至开宝九年(976),增加到309.504万户;太宗至道二年(996),又增至451.4257万户;真宗天禧五年(1021),一跃为867.7677万户。到了宋仁宗庆历八年(1048),增加到1096.443万户,达到了宋朝历史最高峰,和两汉时期可以一拼;而北宋地盘,实比盛唐和两汉少多了。可见,宋时经济发展得相当不错,老百姓有饭吃,又处于和平时期,故人口增长很快。就是和真宗时期比,短短27年间,户口数便增加了200多万,可见,仁宗时期老百姓的总体生活是在改善的。

按一户平均三四人来算(还有单丁户),仁宗时期人口不会超过5000万。这已经是宋朝历史上人口最多的时期。

说完人口和军队总数,有人会问,北宋时官员有多少?恰恰在户部副使任上的包拯也调查了这个问题。

据他调查,北宋时官员有17000多人,但这个数字和真宗时期比起来,四十年间已翻了一番。如果全部算上,则不止三倍。拿俸禄的人那么多,种田的人数并没有增加,长此以往,国家怎能不穷?

包拯分析,这四十年间财赋增长数倍,并不是经济增长的结果,而是税负增多增收的结果。也就是说,为了应付日益增长的开支需要,北宋朝廷只能在税赋上做文章了,这种文章做得越漂亮,纳税户就越倒霉。横征暴敛,带来了国家财赋的增长。这条路再走下去,是极其危险的。

包拯的建议就是给农民减负,停止招募军人,裁减赢兵,停建不必要的土木工程,没理由的税种应该彻底取消。包拯的这些观点,和现代观点是完全接轨的,是以民为本精神的高度体现。

裁军总设计师

《续资治通鉴长编》记载：

> 壬戌，诏陕西保捷兵年五十以上及短弱不余震役者听归农，若无田园可归者，减为小分。凡放归者三万五千余人，皆欢呼反其家。在籍者尚五万余人，皆悲涕，恨己不得去。陕西缘边，计一岁费缗钱二百四十五万，陕西之民力稍苏。①

这次裁去赢兵总计八万余人。光陕西一路，50岁以上的老弱赢兵，放归老家的就有三万五千人，他们都欢呼着返回老家。那些仍然在当兵的，反而羡慕他们可以回家了。说明这次军队裁员非常顺利，原先的各种担心全都没有出现。这是皇祐元年（1049）十二月的事。

这次陕西裁军能够顺利实施，离不开完备的方案设计和前期调研。而这些，都和包拯有关。虽然有的书，比如《文彦博评传》，里面说这是宰相文彦博和枢密使庞籍多次上疏的结果，但事情的缘起实和包拯有关。

---

① 侯小宝.文彦博评传.成都：四川大学出版社，2010：34.

为什么这么说？因为就在裁军前不久，这一年的十月份，包拯奉命到陕西研究盐税一事。盐税是北宋最重要的一宗收入，这在后面还要说到。包拯在出差前，委托同为御史的何郯就裁去老弱羸兵一事为他上疏。

何郯在奏疏中说，陕西路正在用兵之际，因为招募时太匆忙，招募新兵时没有顾上仔细挑选，所以有的士兵明显是有问题的，羸弱不堪，这样的人打仗时是派不上用场的。自休战至今，军队中还没淘汰过一个人，国家财政负担很重。这些军士中，有的家境并不差，出来当兵并非自愿。何郯提出希望这次可以裁掉一部分冗员，凡50岁以上老弱军人，如果不愿意当兵，只要他们提出申请，派人审核后，就可以让他们回家务农。至于那些久习武艺、有战斗力的将士，如果放归，可以作为地方民兵，让当地政府来管理，这样，边疆真有事时，还可以征用他们出来作战。这样一来，一路之内可裁减数万人，就能减少一部分财政支出……最后何郯交代，因为包拯最近被皇上诏令去陕西研究制置解盐之事，所以他委托我提出这个方案。

何郯当时上疏后，枢密使庞籍非常赞赏何郯所提建议，于是仁宗在十二月份正式下诏裁军，裁军方案实际上出于此疏。当然，枢密使庞籍和宰相文彦博的肯定和支持也是非常重要的。

说起来，这一年的年初，枢密使庞籍与宰相文彦博就曾以国用不足建议裁军，但遭到激烈反对，群臣纷纷上言说不可。反对者中边将尤多，他们反对的理由归纳起来有两点：一是老兵久习弓刀，不乐归农；二是这些人怀一身武艺，又丢了饭碗，归农后必散之闾阎，相聚为盗贼。

看到朝廷上下那么多人反对，还把后果说得那么可怕，仁宗便也怀疑起来。后来何郯上疏，庞籍表态支持，觉得此议可行，便和文彦博联名上奏，强烈要求裁撤冗兵，说国家财政已到了不裁不行的地步。疏的最后，他们说："万一果聚为盗贼，二臣请死之。"

两名大臣，一位丞相，一位枢密使，敢以死谏，也是因为包拯的前期调研和裁撤方案已做得相当周全,他们有信心不会出乱子,更不会聚为盗贼。仁宗此时才下定决心裁军。

这证明,顶层设计是非常重要的。而在包拯的顶层设计里已经考虑到各种因素。

当兵是不是自愿的?家里条件如何?是否愿意返乡?家里条件好的就回家去,条件差不愿意回家的就近安排。他们的收入比照当兵时裁减一点。这帮人就近得到妥善安排,真打仗时,他们还能派上用场。这样的安排,当然人人满意。

作为皇祐元年(1049)大裁军的总设计师,包拯生前并无只字透露;幸亏何郯墓志上有记载,而《续资治通鉴长编》又将此事收录进去,我们这才知道事情的真相。

第八章 盐法改革大推手

盐法新政大推手

只要研究盐史,就有两个人物是绕不过去的,一个是唐朝的刘晏,一个是宋朝的范祥。而范祥的盐法改革的推行,却和包拯有关。

关于范祥盐改新法,沈括在《梦溪笔谈》中有一段妙评,大意是:陕西颗盐,旧法,官方派盐役搬运,设点买卖。兵部员外郎范祥把它变更为钞法。什么叫钞法呢?就是让商人从沿边郡县拿四贯八百去换一钞。到解池便可以拿一钞去换二百斤盐,换来的盐则任其自由买卖,因此省掉搬运之劳。旧法是官府强制派遣盐役搬运,每年因盐役而死的有上万人。冒死抵罪的也不是一个小数目。而范祥提出的盐法就可以避免发生这些令人痛苦不堪的事情。

沈括这一篇短文,把旧法、新法之间的区别写得明明白白。陕西解盐不光供应全陕西,还供应京师、京东京西两路;此外,亦销及河北、河东两路;惠及人口一千万。河北、河东、陕西这三路,号称"三边",是北宋的边疆。边疆外的另一边西夏国也出产盐,他们那边的盐叫青盐。解盐粗,味道一般;青盐却细而味美。如果放任青盐过来,那解盐的市场就要被冲垮。幸亏盐业是官府严控的。宋初解盐售价每斤34到44文,而其成本一文都不到,即使再加上搬运成本和管理成本,也有几十倍的暴利。何况盐业是官方完全垄断的,搬运工都是免费劳动力,派遣到农民头上，不去也得去；可如果运输途中有损耗或有丢失，那就要找搬运工算账。为此倾家荡产和逃亡的人不少，搞得老百姓人心惶惶，怨声载道。实行旧法时，沈括说"冒禁抵罪者不可胜数"，可知这盐也害了很多人。

因为三边老是有战争，大量兵马屯集在这里，所以粮食供应经常跟不上。后来人们便想出一个办法，让商贩运来粮草，去沿边州郡换一张有价票券，再拿票券去指定的地方换盐、茶、香料和宝货，当然也可以换钱。这种物物交易法，虽然比较原始，但实用，商人们也喜欢，因为当时的钱都是金银铜钱，携带不方便，远不如拿张票券去领东西来得轻巧。

这看起来是个进步，但实施起来也有问题。首先，运来的粮草远近不同，成本不一，怎么估价？估价师如果故意压价，容易引发纠纷。其次，如果官商串通，上下其手，那么国家利益会受损害。商人行贿买通官吏，高估粮草价格，商人拿到很多解盐，那就赚大了。

《宋史》记载，有狡猾的商人和贪吏狼狈为奸，互相串通，商人的两根橡木，小吏把它估价高至千钱，给他一大堆盐，220斤。这样的事情可能不止一起两起，利益都输送到商人和贪吏手中，官家挣到的钱大幅减少。有大臣上疏，官家才拿到50万，商贾却拿了360万。

这两种旧法弊端都不小。包拯以前做陕西转运使时，便深知其弊。而范祥提出的新法是这样的：

第一，罢禁榷之法，恢复商运商销。运盐改"役使"为有偿雇用。"役使"是摊派性质，不去也得去，东西弄丢了，朝廷还要找你算账，搬运盐却不给一文钱。而有偿雇用就不一样了，老百姓都乐意去。

第二，停止沿边物物交易，商人直接去边郡缴纳现款，换取盐钞。商人再拿盐钞去指定的盐产区提盐。这一招可以避免官商勾结。

第三，政府控制青盐，禁止私售。西夏青盐细而白，价格还便宜，他们偷偷卖给沿边百姓，直接冲击了宋国的食盐市场，导致沿边州郡的解盐卖不出去，积压很多。这项措施可以管住青盐。

第四,根据每年出产的盐量发放盐钞。从源头上控制,盐钞就不会虚高或贬值。商人未能售出的部分,政府则要按值赔偿。这项措施把商人的后顾之忧给解除了。

第五,官府自卖盐地区,比如三京及河中、河阳等地,在商贾未流通时,允许官卖存在,一旦商贾开始流通,应立即停止官府自卖。

第六,为稳定盐业市场,在京师增设一个"都盐院",由陕西转运司派人负责。如果市场上的盐价低了,就大量买进;如果高了,就抛售一部分。这样,就能稳住市场盐价,不至于被商人操控。

范祥新法,较之旧法好得不是一点点,而是好太多。所以包拯评价此举"于国有利,于民无害",道理浅显不必多说。

能够想出这样一种办法的人,绝对是位高手。范祥是陕西三水人,进士及第后做过不少任地方官。他在乾州(今湖南吉首)做通判期间,修筑多座城堡,带领将士顽强击退西夏元昊的围城军队。他在主管陕西缘边青、白盐务时,看到盐法问题很多,便开始思考怎么改革盐法。

庆历四年(1044),在汝州(今河南汝州)做太守的范祥为呼应范仲淹新政,首次提出盐法改革方案,建议产销分开,但得不到时任陕西转运使的支持,随着"庆历新政"的流产,范祥也被派去管理银矿、铜矿去了。

过了四年,范祥对盐改新法思考得更成熟了,便再次上疏。这次获得朝廷同意,朝廷委任他为陕西提点刑狱兼管盐务,范祥便开始在陕西推行他的新法。但在推行之初,观望的商人居多,真拿现钱去换盐钞的还是很少,再加上批发价提高,原来那一拨既得利益者又暗中捣鬼,以致新法实施第一年,国家税收减少一百多万。这样一来,朝廷便有异议,有人要求停止新法,恢复旧法。

在这关键的节点上,包拯上疏力赞新法,并请求朝廷派遣他去陕西,让他去现场看一看,并和范祥本人及陕西转运使面谈一次,以便完善新法。包拯的这道疏是这样说的:

臣详细范祥前后所奏,事理颇甚明白;但于转运司微有所损,以致异同耳。臣固非惮其往来之劳,妄有臆说,实亦为国家惜其事体,不欲徇一时之小利,而致将来大患。臣欲乞候到陕西相度:如沿边近里州军粮储有备,钱物可以那容,得行新法,公私未至大害,其间或有未便之事,即与逐司将通商旧法与今来新法公共从长商量损益,且令通行;如沿边粮储缺乏,公私为大不便,即具画一事状,乞朝廷详酌指挥。①

在这一段话里,包拯说,范祥的前后奏议他都看过了,旧法弊病大家都明白,对转运司来说,范祥新法使其在利益上暂时有小损失,所以才有异议。他不怕往来辛苦,希望朝廷派遣他去陕西跑一趟,并声明,如沿边州军储备粮充足,钱物允许实施新法,于公于私没有大害,那就实行新法;如果实施起来有什么不方便,那么他来沟通、协调。

仁宗同意了。临走前,仁宗还特意召包拯面谈一次。包拯在面谈时力赞新法,他说不应该有点小损失就放弃新法,何况"法有先利而后害者,有先害而后利者";再说了,朝廷也不能朝令夕改,失信于民啊!

包拯去陕西后,发现老百姓担心的是朝廷又把盐法改回去。这说明范祥的盐法是有强大的民意支持的。当然,也有不喜欢新法的。不喜欢的都是豪商猾吏,他们捞不到钱了,当然不快乐,所以放出风声诋毁新法,要求恢复旧法。实际上,范祥的盐法,在民间是很受欢迎的。

包拯在陕西看到新法的实施细节很周详,商人拿钱去沿边州郡换盐钞,再持盐钞去提盐,然后加价出售。他看过后,支持新法的决心更加坚定了。这时候,三京及河中等处还在实行官卖法。包拯便上疏说:

拯至陕西,益主祥所变法,但请商人入钱延、环州军嚳

第八章　盐法改革大推手

---

① 宋.包拯撰,杨国宜校注.包拯集校注.合肥:黄山书社,1999:132.

盐,皆量损其值。即入盐八州军者,增值以售。三京及河中等处官仍鬻盐,自今请禁止。①

还在陕西时,包拯便上疏仁宗说,我今天在陕西与本路转运及制置解盐司的人一同研究讨论,都希望批准实施范祥新法。这个建议得到仁宗同意。朝廷很快下发诏命:陕西盐法暂且依照范祥的办法实施,通商放行。

包拯考虑到范祥当时是"陕西提点刑狱",便上书仁宗,希望让范祥出任陕西转运副使。盐法是范祥提出来的,不叫他负责盐法实施而让他去管理刑狱,这是专业不对口啊!他建议仁宗任命范祥为陕西转运副使,负责管理盐法实施。可不知为何,仁宗并没采纳。两年后,包拯已不在户部副使任上了,但他又一次上疏《再举范祥》:

> 臣先自陕西相度盐法回,曾具札子,乞除提点刑狱范祥权本路转运副使,所贵擘画盐法利害,计置沿边斛斗,事归一局,易为办集。至今未蒙施行。
>
> 勘会范祥新法,自皇祐元年正月至二年十二月终,共收到见钱二百八十九万一千贯有零,比较旧法,二年计增钱五十一万六千贯有零。三年春季又已收到见钱七十余万贯,兼籴到斛斗万数不少。缘陕西累岁丰熟,今秋又大稔,正当计置之际。况范祥显著成效,可备驱策,欲望圣慈允臣前奏,特许就除范祥本路转运副使,责其久任,俾之一面制置解盐,及将见钱收籴粮斛,须管沿边军储,大段有备,又免向去入中枉费榷货务见钱。经久之利,无便于此。②

---

① 宋.包拯撰,杨国宜校注.包拯集校注.合肥:黄山书社,1999:133-134.
② 宋.包拯撰,杨国宜校注.包拯集校注.合肥:黄山书社,1999:201-202.

在这段小文里,包拯说到新法实施两年多来,陕西收到的现款较之旧法共计增加51.6万贯,成效很显著。何况任命范祥为转运副使还好处多多,除责其负责盐事外,还可趁眼下粮食丰收、粮价便宜时,将那些现款用来购买军粮,避免了旧法手续繁杂之弊。经久之利,没有比这更好的。实在是一举多得!

这道疏上去后,范祥终于被任命为陕西转运副使。这是皇祐三年(1051)十二月份的事了。

新法实施过程中,也不是完全顺利的,而是一波三折。比如实施不久,三司磨勘司判官李徽之——相当于现在财政部的总会计师,便上疏说新法不便,引起朝廷争议,仁宗便将范祥召回,让他与李徽之及朝中大臣重新讨论,讨论结果是多数赞成新法。这其中,包拯的声音最大。于是,新法获准继续实施。

皇祐五年(1053)四月,范祥因处理边务出现一点失误,被降为屯田员外郎,"知唐州"。陕西转运使李参又恢复了旧法。旧法恢复后,陕西财政收入每年减少百万缗以上。

这一年,包拯家庭出现重大变故,他的独子去世,他请求调到离老家近的地方,以便处理家务事。所以这一年他先"知扬州",后"知庐州"。解盐的事他鞭长莫及,帮不了忙。

嘉祐三年(1058)七月,包拯出任御史中丞,成了台官的最高领导,他和三司使张方平联合上奏,要求再度起用范祥重行新法。范祥因此被再度任用,新法这才得到推广。

嘉祐五年(1060)七月,范祥去世,包拯时为三司使,负责全国财赋,位高权重,他感激范祥新法推行十年对社会做出的巨大贡献;当年十一月,范祥去世三个多月后,包拯在朝会上特别建议,应该奖赏范祥及其子孙。这个建议获得仁宗同意,范祥的孙子范景因此被授官"郊社斋郎"。

后来,王安石倡导的变法中有一部分内容便借鉴了范祥的新法。

第九章 『包弹』大名传天下

假皇子风波

皇祐二年(1050),包拯被擢为"天章阁待制、知谏院",做了谏官。天章阁待制是个荣誉头衔,官阶还没到此级别就被授予此头衔,便称为"待制"。包拯后来常被人称为"包待制",其实谏官才是包拯此时的实际职务。

被授谏官时,包拯为表感谢,特意上了一道疏《请召还孙甫张环》:

> 臣近蒙圣恩,擢预谏职,固让则有嫌疑之避,轻受则有忝冒之愧,进退失措,罔知宁处。伏况谏垣之才,方今极选……①

这段话是说他得到这项任命诚惶诚恐,不知该接受还是该推辞。如果谦让过分,就会被指责是"作秀";但如果轻易接受,就会被人说是不知天高地厚。真让人进退失措啊!这实为古人的一种谦虚。如果接受新职不这样表示一下,就会被人指责。

北宋谏院、知院官共六人,多以司谏、正言充职,若以别的官担任,则称知谏院。在这道疏里,包拯请求召回两位人才,以便充实台院队伍。

---

① 宋.包拯撰,杨国宜校注.包拯集校注.合肥:黄山书社,1999:139.

臣窃见起居舍人秘阁校理孙甫、兵部员外郎秘阁校理张环，禀纯一之性，有端方之节，危言笃论，可以正阙遗；博学远识，可以备顾问，欲乞特与召还，置之近列，则言路益广，公议允协。①

张环已在馆阁里坐了十年冷板凳，因为包拯的这一道奏疏，他被起用为两浙转运使，在包拯去世后，他又被调到庐州做太守；合肥包公祠的建立便和他有关系，也是他，为包公祠写下第一篇文章。

包拯做上谏官没多久，东京皇宫外，有人号称自己是宋仁宗的儿子，要进宫认亲。这人名叫冷清，说他母亲当年是宫女，怀孕后出宫，生下了他。冷清说这话时，旁边还有位胖和尚帮他说话，证明所言不虚。那胖和尚看起来德高望重，不像是会说假话的人。

这事像长了翅膀一样，很快传遍东京城，老百姓差不多都知道皇上有个儿子，是放出宫的宫女生的，现在长大了要进宫来认亲。这是多好的一件事情啊。何况皇帝又那么渴望有儿子！

开封府太守钱明逸，是最早听到消息去汇报的官员。他的第一反应是这里面有名堂，便下令让巡警把人先带过来，搞清真相。没想到冷清被抓进开封府后，见到坐在大堂上审视着他的太守，不但不害怕，反而大喝一声："明逸，安得不起！"

钱明逸闻言大吃一惊，居然乖乖站了起来。站了一小会儿，他回过神来，感觉不对：是他在审案啊，怎么能够被冷清牵着鼻子走！他这才稳住，重新摆了摆衣袖，坐了下去。

见他坐下去，冷清又扔过来一句话："大胆钱明逸，见了皇子，你居然如此无理，该当何罪?！"

虽然官府里看热闹的人多，但除胖和尚外，冷清找不到第二个帮手，没办法，他只好继续狐假虎威，大放厥词。话一多，破绽就出来了。但钱明逸也没法知道冷清是真是假，他只好以冷清有精神病为由，把

①宋.包拯撰，杨国宜校注.包拯集校注.合肥：黄山书社，1999:139.

他流放汝州。

开封府推官韩绛,不久后上了一道疏,说钱太守把人这样放掉,任其在外面胡说八道是不妥当的。老百姓并不知道事情的真相,听风便是雨,只怕会越传越离谱。

在朝会上,翰林学士赵槩也觉得这样处理不好。他说如果冷清是真皇子,就不应该流放;如果他是诈骗犯,故意冒充皇子,那就应该抓来杀头。

按理说,出了这样的事情,仁宗皇帝是最有发言权的。因为他是当事人啊!如果他真临幸过冷清的母亲,这位宫女出宫前的确已怀孕,那把她的生子时间和出宫时间对一对,就能发现问题。但皇帝实在记不清了,也觉得不好意思,所以他只好不说话。何况他对这个冷清也有好奇心,没准真是他的儿子呢?那岂非解了他的心头之忧?

真假莫辨之际,仁宗便诏令翰林学士赵槩和天章阁待制、知谏院包拯出马,搞清事情的真相。

赵槩和包拯是同年进士。一个稳重踏实,学问渊博;一个思维缜密,调查专业。俩人强强联合,可以甩钱太守一条街。

俩人出马后,冷清案很快取得重大突破。

由调查得知,冷清的母亲王氏的确在宫里做过宫女,因为宫里失火而被遣散回家。她很可能就是在厨房里做杂役,因失火受牵连,所以被撵出宫。她出宫后嫁的丈夫名叫冷绪,是一名民间医生。她结婚后生的第一胎是女儿,第二胎才是冷清。由此可知,冷清必是冷绪的亲生子,而非仁宗的儿子。

那冷清为何胡扯他是仁宗之子呢?这就要提到那个教唆犯胖和尚了。

冷清在京城出生、长大,并不敢说自己是皇子;后来他四处流浪,到了外地,反正也没人知道他的真实身份,他便说自己是皇子,结果还真有人上当受骗,而且上当受骗的人很多还是权贵。冷清只略施小计,这些人就拜倒在他面前,还送钱、送物,免费招待吃喝,他太享受这种优越感了。他拥有的唯一一点本钱,是他的母亲的确曾在宫中做过宫

女,知道宫廷里的一些小秘密,他只要把母亲平时说的话再加点合理想象,抖一点出去,很多人便信以为真。

这套诈骗术,本身并不高明,无非是因为信息不对等,加上编排得合情合理:母亲怀孕,出宫,生子……人们的同情心大发,便给他的行骗提供了强有力的基础。

事情的惊天大逆转,是在他碰到胖和尚后。胖和尚浮屠号称全大道,他早已一眼看穿了冷清,因为他也是这一行中的高手。他觉得此人可利用,便做了这个骗局的总导演,把故事编排得更合理、更煽情。于是俩人一路唱着双簧来到东京。这便有了进京认亲这出戏。

冷清本意只是编排个故事骗点钱而已,而那个总导演志不在此,仅仅骗点钱太简单了,必须进宫做上真正的皇子才行。仁宗一旦承认冷清的皇子身份,那天下就是冷清的了。这个总导演就可以更上一层楼,直接做宋国的太师和冷皇帝的太上皇。那就可以"挟天子以令诸侯",天下就是他的了。

冷清成了听话的道具。这出戏便在京城精彩上演。没想到,包拯一眼便识破了此中伎俩。当然,他是很喜欢以调查数据说话的人,他不会像钱太守那样只是远远打发他们就算了事。包拯乘胜追击,很快和御史何郯一起,调查出那个胖和尚的真实身份。

这个"总导演"真名叫高继安,是个退伍军人,有犯罪前科,曾因罪流放鼎州(今湖南常德),不久回到京城,托病放免,流落民间。此人好结交权贵,专门学了一套诡异的心理分析术,行走江湖。

调查结束,包拯写了一份详细的报告上疏仁宗:

> 臣奉敕差与赵揆等录问冷清公事,臣寻往军巡院将公案看详。据冷清款招伏,前后狂言非一,原其情状,法所无赦,致之极典,固所不疑。①

---

① 宋.包拯撰,杨国宜校注.包拯集校注.合肥:黄山书社,1999:147.

这段话的意思是，包拯去军巡院调查了胖和尚的身份，也多次提审过冷清。冷清供述前后不一。包拯说，根据他的罪行，必须处以极刑，这是毫无疑问的。

> 兼详放停军人高继安款，先因罪犯配鼎州，寻隙入京，托病放免，而妄谈幻术，交结权贵，所至之处，多以祷祠为名，扇惑州县。顷年于潭州即将带冷清随行，沿路累造妖言，知而故纵，不以告官。及冷清事发，则教令诈作心风，果得免罪；寻又教以狂悖之语，所不忍闻。且都城之内，岂可令此辈轻慢宪法，惑乱大众。若不速行显戮，以戒未来，则启奸邪之心，为国生事，防微杜渐，不可忽也。乞令尽法施行。①

退伍军人高继安，先因罪流放鼎州，找个理由进京，托病放免，然后挟巫术行走江湖。上过他当的人不少。他在潭州（今湖南长沙）碰到冷清。他俩一路大放妖言，他教唆冷清故意装疯以欺骗判官，得以被流放。冷清说的那些话难听极了，包拯都不好意思讲给皇帝听。如果这样的人不处理，他的那一套诈骗术可以蛊惑多少人啊！不能树立这样的坏榜样，必须赶快将他们正法。

包拯等了几天仍无动静，刚好京师"风霾暴作，日月无光"，这似是老天爷在发警告，不要宽恕招摇撞骗的恶人。

包拯遂再次上疏，他认为这起案子已经查得非常明白，犯罪事实清楚，证据确凿，影响恶劣，不能按常法来处理，更不能宽恕。如果这样的事情都能够容忍，那天下事还有什么不可以容忍的呢？

这道疏上去后，仁宗终于下定决心，把胖和尚和冷清全部推出去斩了。这是皇祐二年（1050）四月的事。

---

① 宋.包拯撰，杨国宜校注.包拯集校注.合肥：黄山书社，1999：147-148.

弹劾张尧佐

皇祐元年(1049),继叶清臣之后,张尧佐被任命为三司使。这是一个非常让人眼红的官位。为什么这么说呢?欧阳修在《归田录》里说出了原因:京师里的各库务主管,都是由三司推荐做的监官。也因此,权贵子弟和亲戚们都来游说三司使,三司使一碰到这些事,头就大。田元均((即田况)为人宽厚,他在三司时,最讨厌的就是这些事。他不会听那些人的。但拒绝吧,也不能把话说得太难听让人难堪是不是?都是场面上的人,所以他总是面带微笑把人拒绝掉。他曾经对人说,我做三司使这几年,强迫自己笑的时候太多了,直笑得脸皮发硬,都像靴皮了。士大夫们听说后都非常佩服他的雅量。

欧阳修的这段话里透露出几个信息,一是京城那么多物质储备仓库的监官都是由三司使推荐任命的;二是当司库监官油水比较多,监守自盗说的就是这一拨人物。权贵子弟及其亲戚们都想做这种官,于是三司使便成为他们请托和行贿的对象。

田元均比包拯小几岁,资格却比包拯老。他和欧阳修、范仲淹等人都是好朋友。此公为人宽厚,道德感很强,曾经做过边将,也是位经验很丰富的政治家。

张尧佐做三司使,见到一天到晚有人来"干请",倒不会把脸笑成

靴皮,因为他是真心喜欢有人来"干请",而他自己也在不断运作向上通道,希望更上一层楼。

而此时,包拯恰也在三司任户部副使,是张尧佐的直接下属。包拯正在研究几个大问题,一个是盐改问题,一个是冗官冗兵的裁员问题;当然茶法改革他也很关注,他在这一时期曾上过两道疏《论茶法》。

包拯说他访闻得知,今年江淮山场各地交易场所,积压的茶货已高达一千一百余万斤,却没有商人来买。原因是,在京交易茶货时,商人要花一百贯钱买茶引,去提货时,还要再贴上三十四贯钱,才能拿到一百贯钱的茶货。做生意还倒贴,商人当然都不乐意了。国家因此每年要亏损数百万贯。

茶跟盐还不一样,不是必需品,喝不起茶可以喝白开水嘛。而茶叶是有保质期的,积年陈茶卖相也差。茶法不改革不行了。包拯说,现在发运使施昌言已到阙,请求朝廷下令,允许自己和发运使施昌言就茶法一事从长计议,商量出一个于公于私皆有利的改革之法。

包拯在关注茶法改革时,他的顶头上司张尧佐在做什么呢?查遍《续资治通鉴长编》皇祐二年的全年记录,只有张尧佐被弹劾的记录,却无他的任何建树和政绩。

张尧佐被任命为三司使时,虽有台官弹劾他,但影响不是很大。后来,他嫌升官速度不够快,还想得到更大的权力,这才把台官都惹毛了。到最后,所有台官都出来弹劾他,甚至阻挠朝臣下班,由此演变为一个年度大事件。那么,在他被弹劾前一年,到底发生了什么事情呢?有两件事,看似无关,实则有关,一件大事,一件小事。

先说小事。这一年年中,仁宗的亲舅舅李用和因病去世。和张尧佐比,李用和才是真正的皇亲国戚,而张尧佐只是张贵妃的族伯父。

仁宗在飞扬跋扈的刘太后去世后,开始寻找娘舅家人。一直默默在宫廷里做侍卫官的李用和,这才和仁宗真正认亲。仁宗对这位突然出现的亲舅舅有着特别深的感情。因为从李用和身上,他能找到生母的影子,静默、低调、谦卑,却让人敬重。《宋史》说这位李国舅品行特别端正。他是杭州人,年少时寄居京师,靠给人做纸钱谋生。李妃进宫生下仁宗后,仁宗便被刘皇后抱走抚养。刘皇后为了安慰李妃,除了后来给她一个宸妃的封号外,还把她的兄弟安排了工作。李用和便被安排进宫做了侍卫官。

自从仁宗认了亲舅舅后,李用和便不断被提官,他先后做过贺州刺史和宁州刺史。按规定,做刺史有一笔公使钱是可以据为己有的,可李用和却全部拿出来补贴军费。后来他做了节度使、同中书门下平章事,这是宰相的待遇。身处高位,但李用和在京城并没有私宅,而是租官舍住。仁宗看不过去,便把一处园林赏赐给他,但李用和却推辞不住。晚年他因病辞官。李用和病重时,仁宗赶去看望。这次仁宗提拔他的次子为阁门使,并把他租住的那幢官舍赐予他。李国舅去世后,仁宗哭得非常伤心,赠官"太师、中书令、陇西郡王",还特意辍朝五天,为他致哀,并亲撰神道碑"亲贤之碑"。这位国舅的确配得上这四个字。

仁宗对舅舅的赏赐和提拔,也超乎寻常,可并没有一个台官弹劾过李用和,因为李国舅虽然是老百姓出身,却小心谨慎、沉默寡言。

同样是皇亲国戚,张尧佐和这位国舅一比,就给比下去了。

仁宗的后妃虽然给他生过十三个女儿、三个儿子,但九人早夭,只有四个女儿活了下来,而且年幼的三个女儿都生得晚,所以长女福康公主自小很得仁宗宠爱。仁宗给长公主选的女婿是什么人呢?一般人恐怕都想不到,他看中的驸马既不是状元也不是贵戚,而是亲舅舅的二儿子李玮。

李玮长得不好看,从小受的教育也很有限。因为草根出身嘛。虽然后来富贵了,但名公巨卿挑女婿,都会挑状元、榜眼之类的高才生,所以仁宗的这个选择让人大跌眼镜。他的眼光实在太差了,公主的这段婚姻后来果然很不幸。

可对仁宗而言,这个亲戚才是他真正意义上的血亲。从他的生母到亲舅舅,在人品上都是无可挑剔的。他的这种选择并没有什么大错。但对他女儿来说,含金衔玉长大的第一公主却下嫁给这样的丈夫,她

在心理上是很排斥的。

仁宗自己的品性有很多遗传自生母李妃,包括他的宽厚、仁道和多情,这在皇帝中都是不多见的。他在亲舅舅去世后恸哭不已,为之辍朝五天,这种感情是真挚的。他不认为出身于草根有什么问题,因为他的血统有一半来自草根。

接下来说那件大事。这一年的二月,首相文彦博和副相宋庠联合上疏,建议在秋天举行大飨明堂之礼,仁宗同意了。祭天、祭祖宗,这是非常隆重的活动,要动用很多人力,还要有一个筹备委员会。风水先生挑了一个好日子,最后定为九月二十七日举行大典。仁宗诏命文彦博为大礼使,宋庠为礼仪使,枢密使王贻永为仪仗使,庞籍为卤簿使,参政高若讷为桥道顿递使。几个重要干部都安排好了,热火朝天的筹备工作就开始了。

按惯例,这么大的庆典活动结束后,便有一个封官过程。人人官升一级是不可能的,但工资普涨一级则是有可能的,犯人被赦免也是有可能的。至于官员子弟,跟着得恩荫、被赏官更是可预见的。因为以前便有惯例。

有人在明堂大典还在筹备时,便预见了各种可能性,他在临离开京城时还特别上疏仁宗,提醒他各种注意事项。这位预言家是谁呢?他就是那位就裁撤冗兵事宜代包拯上疏的何郯。

这一年的八月,何郯以母亲年迈要照顾为由,请求派遣他回老家去工作,被仁宗准许,改遣他"知汉州"(今四川广汉)。何郯是四川人,所以这份差使等于照顾了他。他在离京前上疏仁宗,大意如下:

三司使、礼部侍郎张尧佐,庆历三年(1043)冬从开州(今重庆开县)来京,那个时候他还是个南宫散郎,也就五六年时间,他就被提拔到各种显要位置上,先是开封府尹,再到三司使。虽然张尧佐也是进士出身,做官时没犯过什么大错,但骤被宠用,朝野议论纷纷,都认为这种破格提拔只是因为他官里有人,而不是因为他有大才能。这种提拔也让人对朝廷的用人政策有些失望。现在朝廷正紧锣密鼓地筹备明堂大典,外面人纷纷说,大典结束后,皇帝肯定要以酬劳为名,赏赐张尧佐进二府做宰相或做枢密使。如果这样的事情真发生了,言官们肯定要以死抗争到底,到时皇帝怎么办呢?

如果皇帝坚决用张尧佐,那就必须罢黜言官;而如果听言官的话,那就要罢免张尧佐。但不管选哪种,对皇帝都不好。如果张尧佐真的进了二府,那么皇帝的威望会严重受损,因为人们会认为他任人唯亲;如果罢免张尧佐,那么张家亲戚会对皇帝有意见,贵妃也会不高兴。

何郯认为,最好的办法是让这件事情不要发生。给他富贵而不给他权力。这样,对谁都好。

这个建议是非常正确的。何郯的确提前预见到了一切,而且预见到言官们会以死抗争。可惜,仁宗并没有采纳。

这一年六月,台谏官首次联合弹劾张尧佐。领头的是包拯,联署的还有两位谏官,一位是陈旭,一位是吴奎。这是弹张尧佐的序篇,算是前哨战。

三位都是谏官。他们选择弹劾的时机是天怒地怨之际,也就是当时发生了地震和决堤事件。反正那个时候人对自然的认知水平不高,认为天怒地怨,肯定是一国之主在处理政事上犯下了错误,所以老天才会给予这样的惩罚。

> 今亿兆之众谓三司使张尧佐凡庸之人,徒缘宠私骤阶显列,是非倒置,职业都忘,诸路不胜其诛求,内帑亦烦于借助,法制刓弊,商旅阻行,而尧佐洋洋自得,不知羞辱……①

这段话主要是说张尧佐德不配位的问题。作为三司户部副使,包拯曾是张尧佐的下属,他已经暗中观察张整整一年,所以对张的行为,他了然于胸。知道此公自从做了三司使,便把下属折腾得够狠,规矩到

---
① 宋.包拯撰,杨国宜校注.包拯集校注.合肥:黄山书社,1999:155.

他手里全给破坏了,而他自己还扬扬自得。

三位谏官联合出手,仁宗并没有回应。

明堂大典正在倒计时,听说皇帝马上要诏令百官迁官,这可不是什么好消息。在明堂大典举行前一天,侍御史彭思永急急上疏《不宜滥恩》。意思是,皇帝不能老是靠赏官这一招来笼络人心。这套招术太老了,没创意,尤其是不分好坏全部官升一级,如果国库钱多,大家也都欢迎,可问题是钱不多,要硬挤出来,这些开支最后还得全部转嫁到纳税人身上,会让老百姓的日子过得更加苦不堪言,贫富差距也由此拉大。台官们反对国家"滥恩",理由就在于此。

这时候,阁员中,参政刚好有缺员。张尧佐那段时间频繁进官,就是要为自己谋得这个位置。大宦官王守忠也在四处活动,这个老兄的目标岗位是节度使。俩人活动都已到位,只等着诏令下来。

彭思永第一时间知道这个消息后,便和台官们商量,要不要集体上疏?可有人说,还是等诏令下来再弹劾吧!彭思永说,宁可事前得罪,否则诏命出来后再弹劾就没用了。他见有人犹豫,便独自上疏,他的疏文总结起来就一句话:皇帝过分宠爱外戚和宦官,这对国家来说不是好事,而是灾难。

仁宗看了大怒,责问他:"你是从哪里知道这个消息的?"

吴奎看不下去了,主动站出来为彭思永说话,他说:"御史根据传闻就可以上疏,而不必等到成为事实。对此,陛下应该有包容心。如果不能容忍,那处罚他便是,何必追问消息来源呢?"

这时候,御史中丞郭劝也站出来说话了。他觉得彭思永说这个话是为朝廷好,皇帝不应该追究他。

听到两位台官都这样说,仁宗这才恢复一点理智,他冷静下来,不再追究消息来源。但彭思永却因此被贬官去宣州(今安徽宣城)做太守。张尧佐和王守忠的任命也暂时搁置。

九月二十七日,明堂大典如期举行。大典结束后,宰相文彦博加礼部尚书,宋庠加工部尚书,枢密使王贻永加镇海节度使,进封郑国公。

宗室八十七人迁官。包拯本人也因明堂大典,"恩迁兵部员外郎"。欧阳修则授"尚书吏部郎中,加轻车都尉"。很多官员都处于欢欣鼓舞中。但在此时,包拯却连连上疏,两道疏是《请选内外计臣》,一道疏是《论明堂覃恩》。

在《请选内外计臣》中,包拯这样说:

> 臣窃见天下财用,积年窘乏,近自明堂礼毕,赏赉才罢,又行特给,支费浩瀚,帑藏虚竭。且朝廷所仰给者,江淮、两浙,逐路旱涝相继,兼又茶法隳坏,商算不行,东南州军,钱帛粮斛自不足用,则四方岁入之数,所得几何?……①

包拯这道疏写于明堂典礼结束之后,仁宗正大行赏赐之时。本来一个大典活动已增加不少开支,又大行赏赐,支费高而致使国库空虚;朝廷财政现在主要仰仗江淮、两浙的税赋,多路因旱涝相继而至,茶法推行不顺,商贸不行,东南州军钱粮匮乏,可想而知,国家全年财政收入能有多少呢?

> 若乃上下循默,恬然以为无事,不务更张措置,必恐日甚一日,有不可救之患矣。②

这种情况下,如果大家都沉默不语,以为天下无事,皆大欢喜,都只顾眼前而不顾解决问题,不提前谋划,恐怕困难会越来越多,大灾难会在不知不觉间到来,到时候,就怕救不了了。

张尧佐正在活动,想进二府做参政。这三司使的人选,包拯希望仁宗选能者来出任。

---

① 宋.包拯撰,杨国宜校注.包拯集校注.合肥:黄山书社,1999:162.
② 宋.包拯撰,杨国宜校注.包拯集校注.合肥:黄山书社,1999:162.

那道疏送上去几天后并没有得到反馈，包拯遂再次上疏。在第二道疏里，包拯说，以前老祖宗，哪怕在国库丰盈之际，选用的三司使都是些特别有才干的人物。现在财政这么艰难，怎么能任用张尧佐这么平庸的人物！

> 且历代后妃之族，虽有才者，亦未尝假以事权，又况庸庸不才者乎！但富贵保全之，则无害矣。①

这段话仁宗应该是看进去了。他后来任命田况接任三司使，和包拯这次上疏多少有些关系。

在《论明堂覃恩》这道疏中，包拯一开头，说了这么一段话：

> 臣伏观明堂敕书，应文武百官内臣并与迁转。臣先以风闻，曾具论列，并乞召对，不蒙开可。②

这段话里透露一个消息，即包拯在听说百官都要升官这一消息后，曾提出过申请，要在朝会上公开讨论这件事，并请求得到皇上的召对，却没得到准许。所以他只好上疏阐述他的观点。

包拯认为，一个官员没什么功劳，朝廷是不能轻易赏赐其爵禄的。这个口子一开，这些爵禄的价值也就大幅下降了。

御史中丞郭劝，在这之前就百官迁官一事也曾提过申请，要率御史们在朝会上公开辩论，仁宗没同意。后来他本人也曾多次上疏，仁宗也不听。郭劝时年已近70岁，是个耿直的老实人。御史中丞是台院长官，位置很高，而皇帝却三番五次驳回来，老人家也很生气。既然做官这么没意思，他便提出辞职，要回家养老。他辞了几次才辞掉。他辞官

---

① 宋.包拯撰，杨国宜校注.包拯集校注.合肥：黄山书社，1999：163.
② 宋.包拯撰，杨国宜校注.包拯集校注.合肥：黄山书社，1999：167.

时仁宗过意不去，便给他封了个闲职"翰林侍读学士"。郭劝得到这个职务后向皇上再三鞠躬，说他原来只希望能做个五品的郡令，现在能做上陛下的文学侍从官，他已经非常非常满足了……听了这席话，仁宗很感动，主动赏他一笔银子，让他回家买田宅。两年后，郭劝在老家安然去世。

第九章 "包弹"大名传天下

言官大行动

郭劝辞官后,御史中丞换了一个老实人王举正。

王举正被任命的当天,张尧佐的任命终于下达。一天之内,有四个尊贵无比的头衔一一落在他头上:宣徽南院使、淮康节度使、景灵宫使和群牧制置使。

这之前,张尧佐的两个儿子已被赐同进士出身。田况也在这一天被任命为三司使。这一天,还有一项诏命随之下达:后妃之家,不得担任二府高职。

这几项重要诏命,都选择在同一天对外公布,说明仁宗还是动了不少脑筋的。这几项诏令中,唯一会遭到台官反对的只能是关于张尧佐的。因为在这之前,已经有不少台官相继上疏反对重用张尧佐,说只能给他富贵,不能给他权力。现在好了,御史中丞换了新人王举正,他刚接到诏命,必然不会也来不及跳出来反对。更何况,朝廷还下发了一项补充诏令,后妃之家不得进二府担任高职,这算是给足台官们面子了。

巧了,这一夜,秀州发生地震,有声如雷,自西北起。这是个不好的预兆。马上,"有声如雷"会自朝廷起。

第一个跳出来弹劾张尧佐的是谏官包拯。他的大意是说:"我观察陛下在位三十年来,没有做什么失道败德之事,可这五六年来超速拔擢张尧佐，群臣议论纷纷。但这过错不能算在陛下身上，而是有人利用后妃关系，干涉朝政。他们知道陛下没有儿子，还没确立继承人，便勾结后妃，有所图谋；执政大臣又都只顾顺着陛下，不肯说真话；而那些高官大臣都在争着拍张尧佐的马屁，唯恐他不满意——这种作为，难道是对陛下的真正爱护吗？"

接下来，包拯举了几个本朝的故事展开来说。他说，杜太后当年生了宋太祖、宋太宗兄弟，他们是开国皇帝，而她的亲弟弟杜审肇，穷老一辈子，才得一个节度使之职；雷有终为国平定西川，那么大的功劳，也才得到宣徽使一职；李至功劳不小吧，他是真宗的老师，官至参政，到最后，也才得个武胜军节度使之职；像钱若水、李士衡这样一批将领，他们当年的功劳都比张尧佐大得多，一个只做到枢密副使，一个只做到三司使而已。论亲，张尧佐比得上杜国舅吗？论功，他又比得上他们中的哪一位呢？

"伏望陛下断以大义，稍割爱情"，意思是不要给张尧佐过分恩宠，宣徽使、节度使择其一给他就已经足够了。

包拯这道疏题为《论张尧佐除四使不宜》，逻辑严密，推论有理，句句说到点子上。

包拯这疏文一递上去，紧跟其后上疏的正是那位老实人，刚被任命为御史中丞的王举正。王举正一方面感谢朝廷对他的任命，另一方面力言拔擢张尧佐极其不当。虽然台谏官们多次进言，陛下罢了张尧佐的使任，但恩宠却比原来有过之而无不及，不但给了他四使的头衔，还赐给他两个儿子科名，让人莫不惊诧。

包、王两位重量级台谏官的疏文一呈上，仁宗看后无话可说，只好扣下，不通报，不评论，不回复。这"三不"，是他处理台官疏章的惯用模式。

看到仁宗没有任何回应，张尧佐扬扬得意，台官们愤怒了。

这天快退朝时，老实人、新任御史中丞王举正突然行动，强行扣留百官，不让他们退朝，这样的举动已属史上罕见；紧接着，王举正率领殿中侍御史张择行、唐介及谏官包拯、陈旭、吴奎等人上前进言,宰相走到后殿了,他们还跑到后殿把宰相痛骂一顿,指责他不负责任,放任皇帝,出台这样荒唐的诏令。

仁宗知道这件事后,愤怒至极,马上派来中使传达他的旨令,要求言官立即放行,百官这才得以退朝。

事件发生当天,仁宗有诏令传出。意思是,台谏官近来反复要求罢免三司使张尧佐,提出不能用他为执政大臣,只能给他富贵,皇帝这才任命他为宣徽使和淮康节度使;又诏令后妃之家,今后不得在两府任职。今天台谏官又来上疏,言语反复,还在朝廷上喧哗不已,这种行为,按律法规定,统统都应被罢官。朝廷为示宽容,没有罢免他们,但他们应引以为戒。以后台谏官上殿,必须先到中书取旨。没有允许,不得上殿!

这条诏令看似很有道理。但问题是,皇上一下子给爱妃的堂伯四个官爵,给得也太慷慨了;又给爱妃两位堂兄弟"赐同进士",严重破坏了朝廷规矩。现在他反过来谴责言官,还给言官设了一道门槛:以后台谏官上殿议事,必须先到中书取旨。这都是史无前例的行为。

这项诏令下来时,仁宗还气鼓鼓的,此时没有一个大臣敢站出来说话,只有枢密副使梁适出来打圆场。他说台谏官提意见是他们的职责所在,他们的话虽然有点过了,但这些都是供皇帝做决策时的参考。皇帝过分恩宠张尧佐,对他本人并没有好处,反而有害。

目睹这一幕的司马光热血沸腾,他回去后也写了一道疏递上去。此时32岁的司马光虽然还不是台官,但他的立场和观点与台官们是完全一致的。①

在此期间,包拯天不怕地不怕,当着仁宗的面,他仍敢大声说话,反复陈述理由:张尧佐是何许人也?他何德何能,配得上这四个至尊爵位?最多一个就够了。

张尧佐本来还沾沾自喜,但看这把火越烧越大,激怒了很多朝

---

① 赵冬梅.司马光和他的时代.北京:生活书店出版有限公司,2014:175.

臣,已经灭不掉了,而且皇上看样子也非常为难,只好赶紧给自己找退路,主动上书请辞宣徽使、景灵宫使。仁宗巴不得张尧佐自己主动请辞,自然准许。至于台官奏事要"先申中书取旨"一事,后来也并没有执行。

第九章 "包弹"大名传天下

"包弹"大名传天下

台谏官联合弹劾张尧佐,和明堂大典一样,是皇祐二年(1050)载入史册的一件大事。在这一事件中,包拯冲锋在前,留下数则逸事并得一个外号。

其中一则逸事是这样描写的:

> 张尧佐除宣徽使,以廷论未谐,遂止。久之,上以温成故,欲申前命。一日将御朝,温成送至殿门,抚背曰:"官家今日不要忘了宣徽使。"上曰:"得得。"既降旨,包拯乞对,大陈其不可,反复数百言,言吐愤激,帝卒为罢之。温成遣小黄门次第探问,知拯犯颜切直,迎拜谢过。帝举袖拭面曰:"中丞向前说话,直唾我面。汝只管要宣徽使宣徽使,汝岂不知包拯是御史中丞乎?"①

这段话的意思是,有一天仁宗上朝前,张贵妃送他至殿门,抚着皇上的后背细心叮嘱:"官家今天别忘了宣徽使。"皇上不耐烦地说:"知

---

① 宋.包拯撰,杨国宜校注.包拯集校注.合肥:黄山书社,1999:292-293.

道了,知道了。"当天上朝,他便下旨,一下送了张尧佐四个爵位。

包拯请求皇上召对。召对时,包拯反复陈说此举极其不妥,言辞激烈。这期间,张贵妃还多次派人去打探消息。仁宗回宫时,贵妃过来迎接并拜谢仁宗。仁宗有点生气,抬起袖子擦脸,边擦边说:"今天中丞上前说话,唾沫直飞,都溅我脸上了,你只管要宣徽使,你难道不知道包拯是御史中丞吗?"

这段文字文学性很强,极富感染力,各种小细节刻画入微;但文学描写有夸张渲染的一面,未必属实。因为此时御史中丞是王举正,包拯只是谏官。而且包拯请求召对时,仁宗并没有同意。所以召对这件事也并不存在。但文学描写不一定完全遵循历史上的真实。包拯在这次台谏官大联动中的确冲锋在前,起的作用很大,"包弹"之名便是在这期间传出来的。可见他在弹劾时,的确有"言吐愤激"这一面。

在这一事件中,吴奎也是当事人,他和包拯、陈旭三谏官一起联合上疏。在包拯的墓志铭中,吴奎这样说包拯:

> 群议凶凶,公与同列及御史偕上极谏。事未即改,疏复连入。遂罢尧佐宣徽、景灵宫使。①

文字虽短,却说得很明白。包拯和御史们一起上疏,仁宗没听取;再上疏,仁宗才罢了张尧佐的宣徽使和景灵宫使。

而另一本宋人笔记《铁围山丛谈》,则记载了另一则逸事。这本书的作者蔡绦是蔡京的小儿子。蔡京嘛,历史名人,四朝宰相,四起四落,既是著名的奸相,也是著名的书法家。蔡绦出生在这样的家庭,笔下素材自然极其丰富。他在书中写了这样一件事:有一位郑老先生曾经对他说过这么一段话,当年仁宗皇帝在位三十多年,还没儿子。当时还只是个小通判的司马光上书力言,可朝廷并没有怪罪他。后来张尧佐因

---

① 宋.包拯撰,杨国宜校注.包拯集校注.合肥:黄山书社,1999:276.

张贵妃的关系,一天里被仁宗赐了四使头衔,包拯带头力言不妥。他怒目圆睁,激动愤慨,话说得让人不敢听,可仁宗却能容忍他。

这位郑老先生曾因言获罪。他说的话,从另一个角度透露了包拯的另外一面。"包弹"外号的由来也交代得一清二楚。

在众台谏官中,包拯弹劾张尧佐是最有力度的,所以仁宗《实录》只完整记载了司马光和包拯两个人的奏议全文。记载司马光,是因为他是著名史学家,是《资治通鉴》的作者。而在众台谏官中,只选择记载包拯一人的,亦可见包拯弹劾的风采和力度。

仁宗不是没贬过言官,没骂过言官。前面说的那位御史中丞郭劝,就因为说了仁宗几次,仁宗没理睬,他老人家就只好自己辞官了。而何郯,说了多次见仁宗没采纳,索性要求回老家为老母尽孝去。做言官,其实很难。

"包弹"的外号便是在这一时期出现的。只要说人有缺点、有毛病,老百姓便会说"有'包弹'"。由此也可得出结论:包拯的影响力是和"包弹"一词的流行交织在一起。短短数年间,包拯在这个领域做到了极致,成了北宋言官的招牌人物。

包拯做台官,只要朝臣有过错,他必然弹劾,所以人送他一个外号——"包弹"。而"杜撰"呢,它的本义是指言事不合格者。如今"杜撰"的意思是指胡编乱造。"杜撰"一词的由来和北宋一位名叫杜默的诗人有关系。

杜默比包拯小22岁,在太学里读过书,他的老师便是那位死后差点被开棺验尸的石介。杜默是安徽和县人,他离开太学还乡时,石介写了一首《三豪诗》送给他。在这首诗里,他把杜默和欧阳修(永叔)、石延年(曼卿)相提并论:"曼卿豪于诗,社坛高数层。永叔豪于辞,举世绝俦朋。师雄(指杜默)歌亦豪,三人宜同称。"

杜默生前出过一本诗集叫《诗豪集》。但此公写诗只顾豪放,却不讲究押韵,苏东坡等人便讽刺他,说他"杜撰"。

因为写诗不合韵,所以杜默参加科考屡屡失败,但他屡败屡考。每次落榜后他都跑到离家不远的乌江霸王庙里去痛哭。后来好事文人便把它写进戏曲中,这出戏就叫《杜默戏》。杜默这样的人幸亏没当官,如果做官,恐怕也是包拯的弹劾对象。

皇祐二年(1050),包拯还弹过另一位皇亲国戚郭承祐。

郭承祐是太宗第七子舒王的女婿。这人出身也算显赫,他是五代名将郭从义的曾孙。仁宗还是太子时,他是东宫官。这些因素叠加在一起,导致他的傲慢指数越发蹿升。仁宗即位后,他做过阁门副使,管理过翰林司,在此期间,他因偷御酒和金器而被除名一次,但很快又被起用。到包拯弹劾他时,他已是宣徽南院使,"判应天府"。此人性格狡猾,做事骄纵,无视律法,走哪儿都惹出一堆事,老百姓对他痛恨不已。杜衍、钱明逸、欧阳修、余靖等人,都先后弹劾过他。

这人在宣徽南院使任上曾遭到包拯三次弹劾。在包拯的弹劾下,郭承祐被罢知州之权,但包拯认为这还不够,必须把他的南京节度使也拿掉。如果不拿掉,此人还会滋事,危害社会,朝廷的公信力也会大受影响。这个人并无什么功绩,有大罪反而被饶恕,只因他是皇室亲旧,便继续享受荣华富贵,这样的人都不罢免,那还要法律何用?

包拯希望仁宗能够同意他去南京做个详细调查,他根据调查结果写份汇报材料,朝廷根据这份材料再做处理。但包拯的这个建议并没有被采纳,否则他会留下一份详细的调查报告。现在有关包拯的奏议集中,只有两篇弹劾郭承祐的奏疏。而他在第二篇开头是这样说的,"臣等已三次论列郭承祐",说明不止他一个人,还有别的谏官也参与了弹劾郭承祐的行动,但未见仁宗有任何反应。

> 臣等已三次论列郭承祐,乞朝廷据其迹状,重行降黜,至今未奉谕旨,臣等实以为忧。①

对一个优柔寡断、感情用事的皇帝,大臣们也真拿他没办法。而苏

---

①宋.包拯撰,杨国宜校注.包拯集校注.合肥:黄山书社,1999:159.

舜钦的哥哥苏舜元在做转运使时居然还推荐过此人，认为郭承祐有将帅之才。

仁宗对这位亲戚兼少年伙伴，其实是知根知底的。他对辅臣说："此人是庸人一个，苏监司居然说他有将帅之才，简直是笑话。"这个人最后被改"知郑州"，还没上任便暴病而亡。他的谥号为"密"，倒也符合仁宗和他的交情。

弹"二宋"

宋庠、宋祁这对兄弟的事迹,前面已说过不少。"二宋"中,大宋端厚,小宋风流,大宋做到宰相时,小宋还只是翰林学士。"二宋"在文坛和政坛上都很有影响力,资格也比包拯老,还都受过刘筠的影响,但包拯照样弹劾他们。

事情的导火索是开封府的一起案子。

先是开封府审理的一起经济案子,有胡寡妇起诉欠她家钱的人,要求还钱。为了提供证据,她把所有契约、文书一把抱到法庭上来。审理这起案子的是开封府知府刘沆。

刘沆把这些契约文书细细看下来,发现其中还有胡寡妇丈夫生前的交游书。与其交游的都是些知名人士。其中有一位,名叫张彦方。看到这些名士的名字出现在交游书中,刘沆心里不免一惊,但他只受理胡寡妇的经济纠纷问题,并没过问交游之事。

张彦方被抓起来后,三两下便交代了。他说他是张贵妃母亲越国夫人的门客,的确拿过胡家一笔钱。他拿这笔钱,是给胡寡妇的丈夫运作升官事宜,钱全花出去了。

胡氏的丈夫是位七品官。他在七品官的位置上原地踏步多年了,虽然整天和名卿巨公游乐,掏钱买单,在他们身上下了不少本钱,但几

年下来,还是竹篮打水一场空,不免暗暗着急。这时候,他认识了张彦方,知道他是张贵妃母亲越国夫人的门客后,便眼睛一亮。张贵妃此时正是最受宠的时候,看看张尧佐,短短几年间便从七品官跳到二三品官,这给所有想升官的人指明了一条捷径。胡氏的丈夫便把一大笔钱慷慨地给了张彦方,让他去运作。当然,也可能是张彦方用三寸不烂之舌游说了胡氏的丈夫。

张彦方拿了钱后并没有帮胡氏的丈夫升官。他只是伪造了一份敕书。

连皇帝的敕书都敢伪造,这厮胆子不是一般的大,而是太大了。这也使得这起案子的性质立刻有了一百八十度的转变,从经济纠纷上升为政治案件。伪造皇帝敕书是重罪、死罪。

开封知府刘沆,说起来也是位了不起的人物。他是1030年王拱辰科的榜眼,后来官至参政、宰相。此公性格刚正,做事果断,有担当,敢作为,能力和口碑都相当不错。他比包拯大4岁,却比包拯晚一科才考中进士,那一年他已36岁。他此前什么都好,唯一的"污点"就是在这起案件中耍了一点滑头,这不像他平时的做派。

话说这么一位了不起的人物,在朝会上向皇帝汇报时,只说张彦方论罪该死,却不敢提及张贵妃母亲一个字。而宰相宋庠看到这起案子涉及张贵妃,竟也不追究,悄悄放过。

后来经调查发现,在张彦方的社交圈中,还有小宋的儿子,他们常厮混在一起。宋祁的儿子是第一次进入黑名单,刘知府和宋宰相对此都打了马虎眼。

审讯结束后,中书指令刑部派员介入。刑部派的人物是刑部员外郎杜枢。杜枢到开封府后一调查,便对外扬言他已拿到充足证据,将驳回开封府的一审结果。

宋宰相得知杜员外郎居然要翻案,气得先发制人,枪口转过来,指责杜枢行事草率、说话荒唐,意图贬他出京。

小谏官贾黯见此情形,感觉不对,便勇敢地站出来为杜枢说话,他说杜枢并没有罪,他是奉中书旨令去开封府复核案子的。他有什么罪呢?但杜枢最后还是被宋宰相拿下了,顶替他上阵的是谏官吴奎。吴奎也是一条汉子,他一出马,很快便找到了证据。

这个时候,这起案子已经有了大反转,这让台官们高度兴奋。很快,他们要采取行动了。这次打头的仍然是包拯,依次是吴奎、陈旭三人联署,这次他们要弹劾宋宰相了。

这一天是二月二十二日。他们弹劾宋庠的理由只有一条:作为一名宰相,宋庠不称职、不尽责。

因为牵连权贵子弟,所以仁宗便召刘沆来问。刘沆回答:"胡氏的丈夫是位七品官,而张彦方举进士,曾经参加过廷试,他虽然结交权贵,与公卿子弟交游,但这并不害人啊。我多年在外,并不认识这些人。"仁宗听了,觉得他说的不无道理。

但谏官们并不这样认为。他们觉得一位翰林学士放纵自己的儿子跟这样的人交游,是有问题的。而身为宰相,宋庠在这件事上的态度和作为也是有问题的。何况多年来,宋庠在执政大臣的高位上也并没有什么值得称道的作为。

第一道奏疏递交上去后,宋祁被贬"知亳州"。因他是史馆修撰,正在修《唐书》,所以仁宗特命他到亳州后继续修《唐书》。而宋庠呢,看到宋祁已经受了处分,台谏官们又在弹劾他,他心中不无惊慌,立即写了一篇文章给仁宗,除为自己辩解外,还请求引退。以退为进,这是他的策略。但是,仁宗还没同意他引退,宋庠又忍耐不住出来上班了。

见台、官谏官联合上疏后,仁宗只是把小宋贬出京城去修《唐书》,包拯便再次上疏,这次目标只有一个——弹宋庠。

包拯说,二月二十二日三谏官联合弹劾宋庠,只是因为宋庠出任执政大臣前后已七年,却碌碌无为,毫无建树。而且搞笑的是,他为自己辩解时还说台谏官们的议论暗合他的想法,这不是天大的笑话吗?如果说宋庠的想法和天下人的议论是一样的,那肯定是骗人的鬼话。而他明着请求引退,回家只待了几天,皇帝还没批示,他又出来上班

了,可见这个人对宰相的位置有多么看重。

包拯认为,对执政大臣,不能拿普通官员的标准来要求。宰相必须优秀,不能平庸。身为执政大臣,"与国同体,不能尽心竭节,卓然树立"就是有过,理当罢相——这就是包拯的观点。

清心为治本
大宋名臣 包拯

第十章 为何七求外任

为何七求外任

皇祐三年(1051),有两位宰相先后被罢免,一位是宋庠,三月份他因被包拯等人弹劾而被罢相;十月份,文彦博亦因谏官弹劾丢了相位。这两件事,都涉及张贵妃。

张贵妃的父亲张尧封,早年曾做过文彦博父亲的门客,他和文彦博又都拜过孙复先生为师,算是同门师兄弟。传说文彦博"知益州(今四川成都)"时,托人带过蜀地特产"金奇锦"给张贵妃。这"金奇锦"色彩华丽、做工细腻,女人没有不喜欢的。这件事到底是不是真的呢?有人说其实是文彦博的夫人送的,文彦博本人并不知情。还有传言,文彦博升宰相也是因为有后宫的帮忙。宋人书中有各种记载,但真相如何却不得而知。

事情的爆发还是由张尧佐的一项任命引起的。

头一年冬,张尧佐一天之中被戴上四顶"高帽",对此台官多次弹劾,甚至不惜强留朝臣不让其下朝,这激怒了宋仁宗,逼得张尧佐主动请辞宣徽使、景灵宫史。次年八月,张尧佐又被任命为"宣徽南院使、判河阳"。

诏命一下来,群臣立刻哗然——他们形容此为"物议沸腾",谏官们又开始了弹劾行动。御史中丞王举正首先上疏。包拯、陈旭、吴奎三位谏官紧接着也联合上疏,要求仁宗追回宣徽南院使这项任命。他们的理由很充足——"名器之大者,尽可缘恩私,无求而不获,必快己欲。"①意思是这么高贵的爵位随便就给,还有王法吗?

殿中侍御史唐介是位特别有个性的人物。之前在台官们联合弹劾张尧佐的行动中,他和包拯表现突出。这一次,他怒目圆睁,弹劾强劲。仁宗便对他说,张尧佐的这次任命,是中书草拟的诏书,意思是,唐介应该去问执政。当时的执政就是文彦博。

唐介退下来后,请全体台谏官和他一起上殿,结果,他们被拦下了;他一气之下,请求贬官,这项请求亦被扣留。他怒火中烧,开始弹劾文宰相。

次日文彦博即被罢相,唐介亦被逐出京城。

司马光的恩师庞籍,这时被诏命以枢密使的身份临时兼任宰相。这个阶段,宋朝二府里,庞籍一人身兼两职,肯定是过渡。没多久,仁宗便又诏命参政高若讷以本官充枢密使。枢密副使梁适,则被调整为参政。知制诰王尧臣出任枢密副使。二府换了一班人马,又开始正常运转了。

话说文彦博一被罢相,吴奎受牵连也被贬出京。

包拯看到皇上对他亲密的战友来这么一出,心里一凉。他非常想留住吴奎,就像当年庆历新政时,谏官听说仁宗要放逐欧阳修,便纷纷上疏请求留下欧阳修一样。不管有没有用,包拯准备先写了再说——《请留吴奎依旧供职》。

包拯这一道疏上去后,你猜仁宗怎么说?——"介昨言奎、拯皆阴结文彦博,今观此奏,则非诬也。"②

意思是,唐介昨天说吴奎、包拯和文彦博结为朋党,互为表里,今天我看到这篇疏文,就坐实了唐介所说并非诬告。

---

①宋.包拯撰.杨国宜校注.包拯集校注.合肥:黄山书社,1999:176-177.
②孔繁敏编.包拯年谱.合肥:黄山书社,1986:77.

包拯请求留用吴奎，反而成了他们结为"朋党"的证据。包拯真是哑巴吃黄连——有苦说不出。

吴奎、包拯和文彦博原本便是同年，彼此价值观相同，平时很默契，看起来的确像是"互为表里"——如果把这说成是"朋党"，那确实难以辩驳。就像当年的范仲淹、富弼、欧阳修被人指责为"朋党"一样，"朋党"这种罪名是很难洗清的。这次包拯碰到的问题，也是范仲淹、欧阳修当年碰到过的。庆历新政那一班人，当年全部被放逐出京，范仲淹到死都没能回来。

包拯知道仁宗已经在怀疑他们了，文彦博和吴奎已被贬出京，那他也只有自请出京这一条路可走。回到谏院，他便开始写"求外任"一疏。

没想到这道疏递上去后没有反应。包拯只有再写，递上去，仍然没有反应。那只有继续要求外任……包拯总共写过七篇。

包拯前后七次请求外任，是破天荒的行为。因为内心的惶恐，不安全感非常强烈，所以他才一而再，再而三地陈请，却未蒙仁宗采纳，他依旧在谏院供职。

包拯"知谏院"的两年时间内，没有哪一起事件会刺激他到必须反复自请离京的地步，唯一的原因只有皇祐三年（1051）十月文彦博和吴奎被贬出京，唐介弹劾他们信有"朋党"之疑；为免仁宗猜疑，包拯当然只有自请外放。

在这期间，仁宗曾让中书带话给包拯，意思是你安心留下来，不必外任。这说明仁宗还是信任包拯的。但包拯内心仍然"进退忧惶"——既忧虑又惶恐，这么一种复杂心理，让他无法安心留在谏官的位置上。何况那个时期的包拯，不断地弹劾贪官和污吏，早已不需要刷存在感。因为唐介被放逐岭南，百官相送，有人还送诗，这也给了包拯很大的刺激——他作为一个忠心耿耿的臣子，为国家尽良知，为皇上尽忠心，外不结交朝臣，内修身养性苛求自我，从不吃别人一顿饭，拿别人一根针，难道还要他剖心，才能自证清白吗？

在无数个辗转难眠的夜晚，包拯很怀念当年在端州做一个地方官

的感觉：走访地方乡贤，听取百姓心声，办学校，惩治贪官，清理冤案，兴办农桑，讲学……做地方官多好啊。他就想去江浙一带，哪怕只是去做一个小小的州官。

可是仁宗没同意，让他继续留在京城做谏官。可见，他对包拯还是信任的。

这一年，包拯家里有了喜事。

儿子包繶娶了19岁的贵族女子崔氏，新媳妇让包拯夫妇非常满意。她不光形象好，还举止端庄、安静贤淑，并且知书达礼，是个可以打一百分的媳妇，全家上下对她都非常满意。

亲家母吕氏，是老宰相吕蒙正的后人。这吕相国，是包拯从小敬重的人物。包吕两家，多少也有些交往。吕家原本在安徽寿县，因为吕蒙正考上状元而开始发迹，到了吕夷简，已是两代帝王宰相之家。吕蒙正有七个儿子，大家族枝繁叶茂，子孙众多，吕氏的家只能算普通贵族。至于新媳妇是谁介绍的，亲家公又是干什么的，史上并无记载。崔氏嫁过来时，她的母亲还在，父亲可能已去世。

包家很和睦，邻居们甚至听不到他们家有什么吵闹的声音。院子里种的花草，还有各式蔬菜，都是家人自己打理，从不请用人。因为亲戚不多，所以他们家门前也很安静。除包拯外，几乎看不到有什么官员进进出出。

包拯一早出门，很晚才回到家，换上素服，吃点素食，和家人在餐桌上聊会儿天，问问儿子的功课，睡觉前读几页书，烦恼便被风吹走。

一家人相亲相爱，是包拯觉得最幸福的一件事。

第十章 为何七求外任

藏书家的学士帽

皇祐三年(1051)秋,包拯和吴奎联手弹劾过一个名叫李淑的文人。这个李淑,虽然现在的人大多已不知道他,但在北宋时期,论起藏书家,他是高挂在榜单上的人物:他家藏书近三万册,仅次于名列榜首的宋绶。

李淑,号邯郸,比包拯小3岁。他前半生运气特别好,可以说是"在对的时间里遇到了对的人"。不妨看看他的早年经历。

李淑出身于一个官宦家庭,父亲李若谷官至参政。李若谷是徐州人,进士出身,少时父亲便去世,后游学洛阳。大概因为自己的穷苦出身,所以李若谷从小便对李淑要求很严格。在父亲的教导下,李淑很小就显露出文学才华。在李淑12岁时,他父亲正在亳州任通判,突然有一天,真宗皇帝来到亳州。

亳州在安徽的北边,靠近河南,在当时地理位置并不好,既荒凉又偏僻。当时的首都在北方的开封,那么皇帝去这个地方做什么呢?

说起来很好笑,宋朝几个皇帝中,最有"神仙缘"的是真宗。真宗当时有点走火入魔,他当了人间的皇帝还不过瘾,还想当天上的神仙。1008年,他先是去泰山朝拜了天帝及各路小神仙,三年后又跑到河中汾阴,拜了大地母亲。1014年,他又在大臣的蛊惑下跑到亳州,朝拜道教始祖李耳。李耳就是老子,道家学派创始人,一生只留下区区五千字的《道德经》,却成为中国历史上最伟大的思想家之一。东方三大圣人中,他排在首位。连美国的《纽约时报》评选世界十大作家,他也曾高居榜首。他是周朝人,是位史官,思想非常开放,主张"无为而治"。亳州的涡阳有座天静宫,是北宋时假造的"李母感星之所"。

却说真宗千里迢迢,兴冲冲地跑到亳州来朝拜老子,作为亳州通判的李若谷自然全程陪同。和皇帝熟悉之后,趁真宗心情好时,他便让儿子李淑献上文章。这个父亲蛮有心机的吧。不过他对机会把握得是真好。真宗看了看这小孩子的文章,觉得小小少年很有才气,又考了考他的诗赋,也很不错,便赐他"童子出身";又给他搞了一个简单的专场考试,通过后,便任命他为"校书郎",使他成了有俸禄可拿的人。李淑经历之传奇堪比杨亿和晏殊,都是年纪轻轻便出了大名。

如果不是真宗跑到亳州地界来朝拜李耳,那么李淑再会写文章,恐怕也得过科举关。科举考试竞争激烈,层层刷人,能不能一举成功还不一定。所以说他的运气不是一点点好,而是太好了。

因为不必走正常的应试教育,所以李淑便可以把大量精力用来钻研学问。19岁时,又一个好机会落在他的身上。

那年朝廷要招馆阁人员,经大臣寇准推荐,李淑经过考试被录用,做上了"馆阁校勘"。这是无数士子梦寐以求的好岗位,他却轻轻松松就拿到了。以后他的大半生涯都在馆阁里修书,和书本打交道,后来一步步升到"知制诰"。

那么李淑成为藏书家,又有什么特殊机缘呢?这是研究者非常好奇的一件事。他不像宋绶家,几代藏书传承有序,有着一条十分清晰的传承脉络。李淑家的藏书却不一样,始自父亲这是肯定的,但他父亲并不以藏书著名,他们家祖上很穷,更不会有什么书,所以他家的三万册藏书,绝大多数是在他个人手里完成的,他自称致力于藏书三十年。这三十年中,他在书的搜访上下了很大功夫,这和他的工作有关,但在馆阁工作过的人未必就是大藏书家,所以还跟他本人无比热爱搜书事业

有关。应该说,李淑是一位极品书痴。

在某种意义上,藏书家都是大怪咖,他们眼中只盯着各类书,越古怪越稀罕的珍品他们越喜欢;因为过分痴迷于一件事情,他们的精神会有些恍惚,也因此,常会闹出笑话。

话说长年为皇家编纂的李淑,本身负有搜书职责,他因搜访到不少好书而成为当时最著名的目录学家。

李淑藏书这么多,学问这么厉害,他一生中最想做的就是翰林学士和侍读学士。有一天这两顶高帽子终于向他飞来,却没在他头上停留多久,就被包拯和吴奎给"弹"飞了。

李淑被赐"翰林学士,兼端明殿学士、侍读学士",是皇祐三年(1051)秋天的事。这几顶高帽子,通常只授予学问专精、声望很高的大师级人物,李淑的专业水准两位谏官并无疑义,他们是在道德层面提出了质疑。

他们说李淑这个人心术不正,他曾经向朝廷打报告要求回家侍养父亲,可没多久,他又出来做官。当时朝廷上下对他议论很多。现在他母亲快80岁了,家里又没别的儿子,他不在家好好侍养母亲,却非要出来做官,这说得过去吗?再说,他以前写诗,对本朝各位祖宗有过讽刺,曾被人弹劾过。这样有污点的人,圣上应该罢免其翰林学士,让他外放或干脆回家侍养父母。

两位谏官上疏后,李淑的学士帽应声而落。两位谏官认为这还不够,又继续上疏,他们认为"李淑父子荷国厚恩,荣幸俱极",却敢"私怀怨望,讥切祖宗",这样的人心术不纯正,不能留他在朝廷做侍读学士。

在宋朝,对大学士的道德要求是比较严苛的,因为他们是学界领袖,所以"德才兼备"是基本要求:有高龄父母在堂,必须辞掉官职,回家侍养。当年包拯就是这么做的。反观李淑,老母亲已80岁了,他还在做官。他完全可以在家里做学问嘛,边做学问边孝敬老母亲,这才是他应该做的。

李淑被贬后,便主动提出来要回家养老,过一阵,他又请求出来做官。这便在朝廷里引起非议。包拯讽刺李淑:无致养之乐,有谋身之端。

清心为治本 大宋名臣 包拯

196

一通珍贵信简

皇祐四年(1052)三月,包拯在知谏院做满两周年时,一纸诏书终于在千呼万唤中飞来了,但内容并不是包拯一再恳求的江浙州官,而是"龙图阁直学士、河北都转运使"。

河北这个地方远非江浙可比,既是边疆,又是重灾区,转运使这个职位看起来很好,做起来却累死人,还经常吃力不讨好。

包拯对河北非常熟悉,以前奉命去过几次,这次去后不久他就向朝廷发回一道奏疏,要求分流河北路沿边部队兵马。他的建议是,除留下一部分防守外,其余部分可往河南诸州分流,以减轻军粮负担。因为那些地方,军粮容易筹,而且河南诸州离边疆不是很远,真遇到紧急情况,不到半月就可抵达前线。这类建议包拯以前也提过,可都得不到朝廷同意。这次亦是如此。

很明显,这个建议会有人跳出来反对,会说边疆守军怎么能全减呢!包拯说,那是他们不了解情况,因为沿边还有十八万的民兵,他们如果训练有素,战时完全可以派上大用场。

这里必须介绍一下,大宋时期也是有民兵的,这些民兵平时务农,农闲时开始训练,战时即可做防守之用。训练通常三个月,训练期间,官方会提供粮食补助。这些民兵粗犷彪悍,又熟悉当地情况,而且他们的自身命运是跟边防安危捆在一起的，所以他们也乐意去做民兵。就战斗力而言，他们打起仗来甚至超过那些正规士兵。现在的问题是，因官方补助经常不到位，所以训练常常是走过场。包拯为此算了一笔账，得出的结论是：供养十八万民兵的费用，只相当于河北路屯兵一个月的口粮钱。

可这份报告递上去后，朝廷还是没同意。包拯便再次上疏，并且要求"罢公用回易"。

什么叫"公用回易"呢？在宋朝，官吏除正常的俸禄外，还有一块叫公用钱，公用钱是根据官员等级按年月支取，可以自行支配的；相当于我们现在的办公经费。对沿边政府，朝廷还破例网开一面，允许他们拿这笔公用钱去和商人做交易，盈利部分，可以弥补地方财政不足。这就有点自贸区的感觉。

有权力的政府一旦获准可以和商人争利益，那商人和老百姓肯定是争不过他们的。他们一旦介入，那里的经济会被搞得一团糟，强行买卖、鱼肉百姓、抢占有利资源，官员为所欲为、中饱私囊、侵占民间利益的事都会发生。

包拯到了当地，老百姓和商人纷纷向他告状，说他们被这种公用回易搞惨了。包拯便向朝廷提出，应该禁止沿边州县的公用回易。政府应该退出与民争利。包拯的这个观点很有现代感吧？兵马分屯之事没获准，可这道疏上去后，禁止公用钱交易这件事，却得到了执行。

这个时候，韩琦正在"知定州"任上。有一天，包拯突然收到韩知州的来信。这封信的具体内容，包拯生前并没提过。但这封信却被一百多年后的周必大看到了。此信辗转到他手中，已过了多道人手，此时包韩两公俱已成为历史人物，而北宋也已成为历史。江山几度风云，人已去，信还在，周必大睹此感慨良多，便在此信旁边题字纪念：

> 右魏忠献王与包孝肃公帖。王庆历八年知定州，在镇五载。孝肃皇祐四年方自谏院出为河北都转运使，当是此时也。

稻子细事,省费重农,委曲尚尔;则凡兴利除害,实惠及民者,固应不遗余力。挝鼓立祠,岂使然哉！淳熙八年。①

淳熙八年(1181年),周必大56岁,他在此前一年官拜参政,位居执政大臣高位。魏忠献王是指韩琦,他在宋徽宗时被追封为"魏郡王"。周必大判断此信是包拯做河北都转运使时韩琦写给他的,说的内容关乎农业,和俩人身份倒是极其吻合。

有人便说,《宋史》上不是说包拯"不作私书"的吗？怎么还会有这样一封私信存在呢？

包拯这个人,一向很少给人写私信,到现在,也没有更多的私信被发现。这封信的偶然发现并不能证明什么。因为这在理论上算不得"私信"。一个是河北都转运使,一个是定州知州,他们俩此时的关系是工作关系,谈"稻子细事"之类,也不是什么私事,纯属工作问题。再说这封信是韩琦寄给包拯的,只是包拯的回信没有被发现,但按常理推测,包拯应该给韩琦回了信。

至于韩琦写给包拯的信,怎么会让一百多年后的周必大看到？这封信难道是从包拯后人手里流出来的吗？这个可能性不能说没有。包拯去世几十年后,随着金兵南侵,北宋沦陷,北方豪门士族纷纷南逃。包拯老家合肥曾遭遇金兵的三次洗劫,包拯墓也在这一期间被盗贼多次光顾,合肥城里的包拯后人纷纷逃离合肥,包拯的书信文献之类流落到民间也是有可能的。如果是从包家流出来的,那么也可以推断——这封信在包拯生前一直被保存在包家人手里。

当然也有一种可能,就是韩琦自己留了信底。韩琦著有《安阳集》五十卷。这封信应该会被收进他的文集中。从韩家流出来的可能性也不能排除。但如果是信底,那和真信还是有区别的。

韩琦20岁那年考中进士,考的还是位列第二名的榜眼,但他的身

①孔繁敏编.包拯年谱.合肥:黄山书社,1986:85.

世实在有点惨。他父亲"知泉州"时，和一位婢女生下了他。在韩琦年仅3岁时，亲生父母便都去世，他是由兄长抚养成人的。青少年时期，韩琦的内心是非常孤独的，他的生活比从小失去父亲的欧阳修和范仲淹还惨淡，毕竟他们还有母亲在。这样的成长环境，逼得韩琦从小就很自立。他话少，读书很疯狂，学问做得好。韩琦年少出名，性格刚直，内心强大，看问题常能一针见血。他和包拯虽然联系不多，但在同年中都是耿直之人，包拯是老大哥，他是小弟，年龄相差9岁；但他起步比包拯高，庆历年间就已做上执政大臣。

韩琦在庆历新政后被贬出朝，先是"知扬州"，庆历八年（1048）"知定州"并兼安抚使。他到定州后大刀阔斧整顿定州军队，日夜操练将士，使得定州军"精劲冠河朔"。包拯去河北后，按工作惯例，他的第一个大动作，就是把河北路全部跑一遍，听取各方声音。他去了定州，也必定会向韩琦讨教，因为韩琦在边疆前线待过多年，直接统兵打过仗。他的经历和经验，对没有统兵经验的包拯来说弥足珍贵。他们之间会有书信往来也很正常。

这封信能够被周必大收藏是一件幸事。周必大不但收藏了，还给它题了跋，收进他的文集中。这就具有文献价值了。如果不是周必大，这封信也就消失了。

周必大和欧阳修是庐陵（今江西吉安）老乡。周必大曾在老家给三位著名的老乡盖过"三忠堂"，其中一位便是欧阳修。周必大26岁登进士第，32岁举博学宏词科，是南宋文坛一位著名人物，官至吏部尚书、枢密使。此君还是一位书法家。由周必大亲自题写并收藏的这封信，现在当然早已不见，但周必大的题跋内容却流传了下来，包拯和韩琦之间的交往便有了实证。由这封信推测，两公关系还是相当不错的。

在包拯的奏疏中，有一道和韩琦有关，"请罢里正只差衙前"，写于韩琦"知并州"时；此时包拯家里出现重大变故。因独子去世，包拯被调回老家"知庐州"。老年失子，心情之苦闷可想而知，但当他看到韩琦上疏要求罢各路里正后，他也上疏，呼应韩琦。在他俩呼吁之后，至和二年(1055)四月,朝廷终于出台规定,"罢诸路里正衙前"。

　　当时各差遣都是官家无偿征用老百姓。其中第一等户充衙前,如没有第一等户,就由中等户顶上。这些人家其实并没有多少钱,有一百贯的人家很稀有。在县衙里做衙正,一点报酬都没有,这还不算什么,关键是,要他们去乡下催税赋,一个县每年的经济指标要靠他们来完成。如果催不上来,得由他们代缴;缴不上来,还要被抓进监狱。这往往造成他们倾家荡产,甚至还会逼出人命来。所以韩琦要求停止执行此项制度,有一等户让一等户去做,无一等户则轮流做衙前。这样就分解了压力。包拯做转运使时见多了这种悲惨事件,他当然赞成韩琦的观点,便也上疏,强烈要求朝廷能够采纳韩琦的建议。

　　这一道上疏是有价值的。本来摇摆不定的仁宗及各位宰相,见到包拯上疏后,终于下定决心"罢诸路里正衙前"。这是包拯和韩琦为民做出的又一贡献,也是他们拳拳爱民之心的表现。历史不会遗忘他们。

第十章　为何七求外任

在河北遇见张田

包拯的家庭生活,在他54岁时,似已到达人生的一个巅峰;他的一个儿子、一双女儿都已拥有美满婚姻,一个儿媳妇、两个女婿个个都是名门士族嘉子弟。儿子荫仕做官,去了潭州(今湖南长沙)做通判。粉嘟嘟的小孙子文辅已出生,会笑了,很萌。老妻在家安静地读读佛经,侍弄花草……此时的生活让人心满意足。

包拯一个人去了河北。他没有任何吟诗作赋的习惯,因为满脑子都是工作,忙不过来,河北问题又是如此复杂,报告打上去后,通常都没有下文。别的同道碰到这样的窘状,干脆就做自己喜欢做的事好了。这个年龄完全可以致力于艺术创作。可包拯不一样,他的使命感总是特别强。

朝廷的决定常常让人捉摸不透。任命包拯做河北都转运使不过区区三个月,工作才开始走上正轨,朝廷又做了调整。皇祐四年(1052)七月五日,包拯被诏命为"徙高阳关路都部署、安抚使、知瀛州"[1]。接替他担任都河北转运使的,是他的谏官同道陈旭。

不管怎么说,三个月就调整一名官员,这个速度有点像过山车,实在仓促了一点。

---

[1] 孔繁敏编.包拯年谱.合肥:黄山书社,1986:85.

包拯为何会被调整？我们找不到任何资料。不过，不管做什么工作，包拯都会愉快地上任。这是由他的精神特质所决定的。

高阳关路与辽国相邻，是军事重镇，辖十一州。辖境相当于现在的天津市、河北容城以南、白洋淀、武邑、南宫、清河以东和山东武城、无棣两县，地域广大，情况复杂。瀛州就是现在的河北河间县。

包拯在河北做边帅时遇到了张田。张田时任广信军通判，他对边事很有研究，著有《边说》七章，这让包拯非常兴奋。张田是澶渊人，真宗时期著名的"澶渊之盟"便是在这里签订的，这是北宋历史上最耻辱的条约。此盟约一签，北宋从此开启了向辽国的进贡史。张田那时候还没有出生，他是宋神宗熙宁（1068—1077）初年去世的，时年54岁，以此反推，他很可能是1014年出生的，也就是说，他是"澶渊之盟"签订十年后出生的。

出生在这样一个特殊的地方，耳濡目染，张田对边事的看法自然有别于他人。他考中进士后曾做过应天府的司录官。皇祐二年（1050）七月下旬，欧阳修从颍州调到应天府做知府兼南京留守司事，在应天府任上只有一年半，却推荐了几个人，其中一个便是司录官张田，可见欧阳修很欣赏张田。因为欧阳修的推荐，所以张田去广信军做了通判。

包拯读完张田的《边说》七章后，非常欣赏，便以细楷书认真抄写一份，向仁宗上疏，要求皇上也来读一读张田的文章，仁宗看过后还转赠给两府大臣，讨论一下张田提出来的建议是否可行。

在包拯的奏疏史上，这样去推荐一个人也是史无前例的。可见，张田的《边说》七章的确让他很震撼。只可惜，《边说》七章没有流传下来。那么，这份上疏可有结果呢？这次仁宗不但看了，还让朝廷给张田颁发了一张大奖状，"赐信安军通判殿中丞张田敕"，这在信安军营一下子引发轰动。皇帝敕奖，实出张田意料。

包拯和张田，这只是第一次交集，却给彼此都留下很深刻的印象。

第十章 为何七求外任

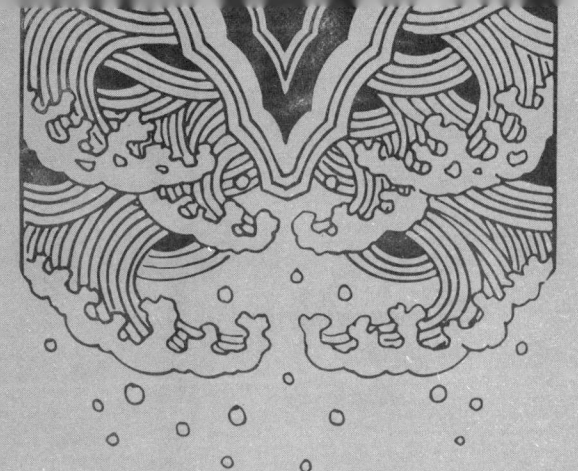

第十一章

学习范仲淹

回庐州做父母官

包拯是在心情非常糟糕的时候回庐州做父母官的。因儿子突然去世,所以包拯上疏朝廷,请求给他调整一下工作,最好调到老家,以便处理家务事宜。

这样的请求非常合乎情理,朝廷这次一反常态,以最快的速度处理,先是派遣他"知扬州"。去扬州,只是过渡一下,等到庐州知府一空出来,便马上派遣他"知庐州",这是皇祐五年(1053)的事。

朝廷这种非正常调动,算是对包拯的一个最大的安慰。他离开东京时,为他送行的人不少,有他做台官时的同僚,还有那些留在京城里的老同年,更多的则是他的那些邻居;平时交往虽然不多,但他们都非常敬重这一家,看到他们搬家,全部自发前来帮忙,这让包拯夫妇非常感动。

好在包拯在京城做官数年,也没积攒下什么家当,更没添置什么产业,无非一些日用品而已。有些东西他就分送给左右邻居了,也让他们感动不已。

老年丧子对包拯的打击是毁灭性的。从此,家里几乎听不到笑声。只有天真的小文辅,还能给家里带来一点欢乐。

这一年,包拯头发全白了。他原本笑容难见,这一下,笑容几乎从他脸上彻底消失了。

熟悉他的人见到他,都能发现他在迅速变老,眼睛里的神采不复依旧。一般人也不敢和他多打招呼。自从丧子后,包家门口更添了清冷气息。只有两个女儿经常带孩子回家来安慰老父母;而年轻守寡的崔氏,背地里经常哭泣,但面对公婆时,仍然强撑着做事。

把家从东京搬到扬州去,又在短短数月间搬到合肥来,辗转上千里,搬家的忙碌也多少缓解了一点包拯内心的痛苦。初丧子那段时间,他几乎无法让自己静下来,因为一静下来、闲下来,儿子包繶的身影就会在眼前晃动,包拯就忍不住想哭,但他又不能哭,他一哭老妻董氏就会哭个不停。男人必须坚强,投入工作,是最好的安慰剂。

离开瀛州后,包拯仍然关注高阳关路那么多欠债问题。看到朝廷又要进行三年一次的南郊大典了,大典之后通常都会有大赦,他在"知庐州"任内,给朝廷写了一道疏,"请放高阳一路欠负"。

这份报告打上去后,这些债务统统被解除。这是包拯在离开后给高阳关路十一州民众送上的一份大礼。那些逃亡的人终于可以放心回家过安稳的小日子了。

包拯回到老家后办的第一件私事,是让儿子入土为安。儿子安息的地点是包拯亲自挑选的,这也是他为自己及子孙们规划的地下家园。和他父母的并不在一块,和祖墓也有些距离,地点是合肥东郊大兴。这个地方,离日夜奔腾的南淝河并不远。后来李鸿章也选在离包拯墓约一里处安息。这两位堪称合肥历史上最有名气的人物,似乎也有了某种联结。

二十世纪七十年代挖掘包拯墓时发现,包拯大儿子的墓并无墓志铭,可能因为去世时年纪还轻,没为国家做什么贡献,所以包拯没给他立墓志,这也可以看出包拯对家人的要求。

安葬包繶时,亲友们也都自发地赶来了,这让包拯非常感动。亲友们有的生活还可以,但也有人过得很艰难,甚至孩子上不起学,包拯就让夫人多给他们一点资助。

包拯也去合肥郊区看了看已安息在地下多年的父母,在他们的墓

第十一章　学习范仲淹

前一个人坐了半天，也不知在想什么心事。董氏也不去打扰包拯，烧完香就先回家了。包拯后来又去恩师刘筠先生墓前坐一坐，给他的墓烧烧香，除除草，顺便向老师汇报一下他这几年来的情况。下山后他去刘府看了看。刘筠养子全家看到包拯先生来了，欢天喜地，一定要留他在家里吃一顿饭。包拯说，他只是来看看，饭就免了，他顺便往藏书阁里探了探头。那里是他非常熟悉的地方，当年和刘筠先生经常在这里探讨学问，如今斯人已去，让他感慨不已。他在老师像前深深拜了三拜，叮嘱刘筠家里人，一定要保管好刘筠留下来的遗物。

刘筠家院子里的一丛竹子还精神抖擞，甚至越发美了，这让包拯走了一小会儿神，他感觉先生和师母还在这院子里呢。

包拯做庐州知府的时间不满两年，留下一口井、一篇墓志和几个故事。

井是真实的，就在包拯的母校庐州府学内，那里刚刚建起孔庙，有孔子像。包拯的办公场所庐州府，就在庐州府学对面，几步就能走到。包拯一有时间便来府学看望师生，和他们交谈，偶尔也给他们上上课。

前任在庐州府学建了孔庙，那包拯就给母校打一口井。这口井又被称为包拯井，寿命长达千年。直到几十年前，出于建设的需要，这口井才消失。想想都遗憾！但历史上这口井滋养过万千学子，这是包拯实干精神的又一体现。

和两位前任不一样，包拯是合肥本地人，他做知府本是小菜一碟；可有些亲戚穷怕了，看到来了一位亲戚做知府，便耀武扬威起来。其中有一位包拯的堂舅舅，暗地里干了欺负人的事情，被人告上官府。他以为外甥做知府，肯定会保护他。可包拯是什么人呢？他是个非常讲原则的人。不是不讲私情，私下里亲戚有什么难处找上他，他没有不帮忙的。他每月的一点俸禄，就像撒葱花一样，回到老家来，东撒一点、西撒一点，到月底时就变成"月光族"。包拯的家居用品和衣物全都是旧的。有人上门来，惊叹道："这哪像大官人的家呀？"包拯一家穿戴一如平民，吃喝也如平民，唯有书多，算是和平民的不同。

亲戚犯法找上门，包拯也一如常态。有下属给他使劲递眼色，包拯脸一拉："公事公办，没什么私情好讲。"

　　这位堂舅舅被传唤到庭。包拯公开审讯，原告、人证、物证俱在，处理起来三两下搞定。按照法律，堂舅舅得接受杖刑。堂舅舅一看事情这么严重，赶紧跪下来请求原谅，并诚恳表示他愿意拿出钱来赔偿。一般情况下，有经济赔偿和认罪态度也就算了，可包拯不一样，法律怎么定的，他就怎么依法执行。这位舅舅被当堂打了几十大板，从此，他牢牢记住了这个教训，不敢再做什么违法勾当了。

　　这一下，轰动了全合肥城，传说新来的庐州知府只认理不认亲。所有想给他添麻烦的亲朋故旧，从此消失不见。包拯家的大门自此清静下来。

第十一章　学习范仲淹

学习范仲淹

转眼到了1054年,这一年正月京师大寒,冻死很多人,很快传染病又流行开来。

仁宗让太医进药方,药方里有一味药叫犀牛角,这是一味很昂贵的中药。内侍李舜卿便跟皇上说,这味药应该留给皇上自己使用。仁宗一听火了,大吼:"朕用好的,那老百姓就应该用贱的了?!"他当即下令,把这味药立即研碎,加进药里,分送给病人。

这一年,仁宗十分心碎——张贵妃居然一病不起,去世了。他下令按皇后规格为贵妃治丧,又怕台官会弹劾,便先不声张,做了再说。王拱辰在这件事上帮了皇帝不少忙。

贵妃去世,京城禁止娱乐一个月以纪念她。皇上自己则辍朝七日。朝臣们生怕皇上身体吃不消,还一起去宫里看望并安慰了他。

没想到,贵妃死后不久,仁宗的老岳母越国夫人也病倒了,并很快去世。仁宗为之辍朝三日,接着宣布改元"至和"。这是1054年三月份的事。

这一年的庐州,也流年不利,大旱不已。人们怎么祈祷也没用,老天就是不肯降雨,粮食颗粒无收。老百姓多半都没什么积蓄,没饭吃了只好四处流浪,街上流民便多了起来,饿死人的事快要发生了。包拯要求官仓放粮救济百姓,还动员大户们拿出粮食,帮穷人一把。但这样也还不够。他想起几年前范仲淹"知杭州"时的一个做法,便把这个做法立即用于庐州救荒,果然很快见效。

四年前江浙大旱,饥荒流行,饿死人的事出现了。范仲淹时任杭州知府,除常规做法外,他还想出一个办法来:他宣布将杭州斗米价格从120贯提到180贯,而且派人沿江到处张贴小广告。商人得知消息后,纷纷运粮到杭州来卖,杭州城的粮食骤然多了起来,饿死人的事情便不再发生,杭州米价也随之降了下来。

范仲淹的这一做法被包拯活学活用。庐州大旱时,他也来提高米价,并让人到处张贴小广告,这样一来,各地粮食纷涌进来,庐州老百姓不但再无饥饿之忧,庐州粮价也降至正常水平。

包拯为官很善于学习别人的长处,这是其中最经典的一例。这在《能改斋漫录·卷二》中"增谷价"条下有明确记载。此书系南宋人吴曾所作。这本书里保存了不少极珍贵的北宋史料。

第十一章 学习范仲淹

降官知池州

至和二年（1055），包拯先被官升一级，复在年底被降官"知小郡"。这是一个非常有意思的事件，值得说一说。

包拯迁刑部郎中，这本身不稀奇，北宋官员迁官机会实在不少，熬年资也能迁官，碰到朝廷大事件也能迁官。而这次包拯是和龙图阁直学士赵师民一起迁官的。

和包拯一起迁官的赵师民，9岁就能写文章，50岁后去京师，被一干名人推荐做了国子监直讲，是蛮有学问的一个人。他多次请求到地方任职，后来到地方去做太守，成绩斐然。这俩人当时都是兵部员外郎，一起官迁刑部郎中，所以这迁官诏书也就一并打包处理了。

起草诏书的是知制诰刘敞。此公学识渊博，上知天文，下知地理，精于占卜、医术、老庄之类，欧阳修说他无所不通。庆历六年（1046），他本来是殿试第一名，但因为那一科的编排官王尧臣是他表哥（他母亲是王尧臣的姑姑），宋仁宗为避嫌，便把贾黯取第一，把他调整为第二名。他弟弟刘攽亦为同科进士，俩人都非常有才气，后人把他们称为"北宋二刘"，完全可以媲美宋庠、宋祁的"二宋"。

刘敞将他起草的这份诏书在他的文集中保存了下来。他评价包拯,用了这样的语言,"拯识清气劲,直而不挠,凛乎有岁寒之操"①。后来这句话被很多人拿来评价包拯。

可这位"识清气劲"的包拯却在至和二年(1055)十二月,突然接到一纸通知,因"坐失保任",他被降为兵部员外郎、"知池州"。池州就在庐州不远处,和庐州比邻,算是一个小郡,管辖地盘要比庐州小。由大郡改小郡,是一种降级处理。

"坐失保任"又是怎么回事呢?当年包拯在陕西转运使任内,曾推荐过凤翔监税、柳州军事判官卢士安出任陕西边防军职。卢士安到职后发现边防城堡年久失修,已破败不堪,便进行修筑加固,这本是他的职责所在,无可指责,却有人攻击他修城堡容易引起西夏"浮想联翩",生怕会有外交麻烦。朝廷那时候的宰相也是个稀里糊涂的人,就把他革职,还追究到保人包拯身上,这真是怪事一桩。

包拯自出仕以来一直在升官,一生中被降级也就只此一次。说起来并没什么不光彩,因为这样的事情在宋朝是司空见惯的。官员的起起落落是常态,只升不降反而不正常。比如张尧佐被越级提拔,后被台官弹劾,这就很不正常。只要做事超越常规,就没有不被批评指责的。就像庆历新政中范仲淹自从宰相被贬后,一直到死都在地方做官。他死的时候仁宗觉醒了,为之嗟叹不已,下葬时范仲淹穷得连新衣都没有一件,还是友人集资为他举办的丧礼,而仁宗也破天荒地亲自为其书写墓碑碑文。到徽宗宣和年间,朝廷特别下令,要求凡建有范仲淹祠的地方,官员每年都要按时祭祀范仲淹。范仲淹的伟大,越到后来越被认可。可仁宗当年却痛失了这位伟大人物。

包拯的同僚同年,几乎都有过降官经历。连最著名的文彦博也是起落如家常便饭。他在至和二年(1055)六月重新回到京师出任宰相,同时被任命为宰相的还有富弼。两位才俊一起被拜相,使朝廷风气为之一变,士大夫们无不高兴,都说这次选对了宰相,仁宗自己亦不无得意。

---

①宋.包拯撰,杨国宜校注.包拯集校注.合肥:黄山书社,1999:302.

话说包拯到池州上任这一年,时值大旱,城中的几条河流全干涸了,老百姓为争水,常打得头破血流。怎么解决全城居民饮用水的问题?包拯思来想去,还是要设法打井。这方面他有经验。但在哪里打,是有讲究的。他每天在城里到处逛,看似漫步,其实是在观察地表。一天,他散步时无意中发现府周一处墙角,地表潮湿,便眼前一亮,当即让人在此地挖井,挖到数尺深后,果然挖出了水。

这口井打好后,他怕池州人又为抢水打架,就派四个衙役轮流看着,维持好取水秩序。没想到,其中三个衙役居然开始卖水收银,弄得老百姓怨声载道。包拯知道后气愤极了,便勒令他们每人再打一口井以示惩罚。这三个贪心的衙役只好在这口井的旁边再打井,三口井打完后,四口井连成一个正方形,全城老百姓的饮水问题就此解决。

奇怪的是,四口井中,第一口井里的水的水位始终要比其他井的高一点,井水也甜一点。现在这四口井还在,被后人称为"包拯井"。

包拯在池州期间,还破了一起案子。《嘉靖池州府志》记载:

包拯……出守本州。辨浮江尸与瘗僧冤,时称神明。为治严而不刻,所至缩靡费以利民。明年,复其官。民多德之,立祠祀焉。①

这段话是说包拯在池州任内判了起浮江尸案,被人称为神明。他做知府时治理政务虽严格却不苛刻,缩减各种费用以让利百姓,这让老百姓交口称赞,所以他离开后,老百姓感念其德,为他建祠纪念。

一个官员只在一个地方待了九个月就走了,老百姓却要为他建祠纪念,这是不多见的。

现在安徽的贵池、青阳、东至都是当时的池州领地。话说江边有座古庙,庙里有位老和尚,有一天他发现江上漂下来一具尸体,便想办法

———————————
①孔繁敏编.包拯年谱.合肥:黄山书社,1986:90.

把尸体打捞上岸,然后就地埋葬,并给她诵经超度。可没想到这件事却被人告上池州府,说是老和尚图财害命,老和尚便被带走关了起来。这时包拯走马上任,他先去监狱里看了看老和尚,问了问情形,又去庙里走了一趟,问了几个人,心里便有数了;然后他开庭,把举报者叫来审问。

"和尚谋财害命时,你在现场吗?"

"我是听人说的。"

包拯两眼直盯着举报者。那人约五十岁,衣着破烂,脸枯瘦,一看就是生活得十分艰难的底层农民。他回答问题时甚至不敢抬头,不敢看包拯的眼神,回答的声音也发虚。

"告和尚谋财害命,只是听说?你胆子也真够大啊!是你谋财害命吧?!"包拯板子一拍,那人尿都被吓出来了,站起来就想跑,然后撂下一句话:"钱,我也不要了。"

衙役们上前把他揪了回来,他跪下来交代说,他并没看到死尸,也没看到和尚埋尸过程,只是听人说到府衙举报会有奖励,便借此举报,至于和尚是不是谋财害命他哪里知道?这时候他声音变大了,敢直接抬头看包知府了,最后,他斗胆提了一个问题:"和尚为什么不报案,要埋尸体呢?难道没有问题?"

碰到这样的案件,包拯简直哭笑不得。举报者只是想冒领一笔举报费用就胡乱报案,真是穷疯了。这也引起包拯的思考:池州老百姓看来日子都不好过啊!

包拯后来做了一番调查:池州老百姓的确生活很艰难,苛捐杂税重,又碰到干旱,饥荒中逃亡的人有许多,有的干脆避到深山里,地也不种了,去山上开荒,甚至出家做和尚,反正让官府找不到就行。知道这种情形后,包拯在池州知府任内,就在减免税赋、紧缩开支上做起了文章。而原先担任"免费服务生"的各种欠债户,包拯也给他们吃了一颗安心丸,说政府会想办法解决他们的问题。

这样一来,池州慢慢恢复了生气。而一旦有了生气,江南婉约而秀美的诗意便流淌出来。

两首诗的发现

老百姓的日子安稳下来后,包拯终于得一闲空去铜陵义耆士桥(今安徽铜陵市钟鸣镇)看望隐士陈翥先生。

陈翥比包拯大17岁,当时已70多岁。此公是位"励志哥",早年闭门苦读,是著名的"闭户先生",专门在外面盖一间房子苦读,家人不得打扰,几乎要头悬梁锥刺股;可到40岁时他还没取得功名,身体也读出了毛病,便放弃科考,转而研究起学问来。

陈隐士60岁时,拿出数亩地,种上数百株桐树。他把桐树作为观察和研究的对象,还到处走访专家,非要研究出个名堂来不可。皇祐年间(1049—1053),陈隐士70来岁时,终于写出了《桐谱》,虽只区区一万六千字,但此公也因此跻身中国古代科学家行列。这是世界上第一本关于桐树的学术专著。此公不仅研究桐树,还对天文、地理、占卜、医术等都有研究。他边研究边著述,是位学者型作家,有著作26部182卷,算是中国历史上一位杰出的科学家和科学史家。

这么一位有治学精神的隐士,一旦做出学问来,便会让人刮目相看。他出名后,便不断有人推荐他出来做官,但他此时对做官什么的已完全无感,以致朝廷多次征召他去做官,他都拒绝。包拯在京师做台官时便知道他,还曾赠诗一首赞美他:

不听天子宣,幽栖碧涧前。
钟鸣花寺近,肱枕石狮眠。
禅有远公偈,辞能靖节篇。
一竿堪系鼎,千古见心传。①

包拯做上了池州知府,当然很想拜访一下这位老先生。陈翥老人看到知府来看望他,非常兴奋。他带着包拯去看他的桐树和竹园,一路上侃侃而谈。包拯对他的生活欣慕之余,也希望老先生能够出来,为社会做点事。包拯回去以后便向朝廷举荐陈翥,但诏书下达时,仍被先生婉辞,包拯感佩之余再次写诗相赠:

奉敕江东历五松,义安高节仰陈公。
赤心特为开贤路,丹诏难回不仕风。
乐守齑盐忘鬓白,笑谈金帛近尘红。
无拘无束清闲客,赢得芳声处处同。②

包拯的诗传世的很稀少。除那首生硬的明志诗外,这两首诗的发现有点石破天惊的感觉,让人对包拯的文学才华刮目相看。包拯其实也是位诗人,只是他自己不宣传,也没留下诗集。于是世人都以为包拯并无文学才华。

这两首诗是几十年前,在铜陵《五松陈氏宗谱》中发现的,这让包拯的研究者们极其兴奋。原来,包拯在铮铮铁骨之下还有这么一种文人心性。其实包拯本文人一个,只是被误解了。

① 程如峰.包公传.合肥:黄山书社,1999:139.
② 程如峰.包公传.合肥:黄山书社,1999:139.

一封私信

话说南宋人周必大,他先在一封韩琦写给包拯的信上题过跋,后在江西临川梁世昌处,又看到他收藏的一封包拯的亲笔信,是寄给一位同年的。这让他有点兴奋——敢情包拯身上还有很多谜团等待被发现啊!他随即在信的边上题跋留念:

> 右包孝肃公自帅乡郡,坐失保任,降知池州,与同年手贴一通……今观此帖,亦非绝物离人者也……嘉泰壬戌八月,平园老叟周某书而归之临川梁世昌光远。①

这段题跋见于周必大文集《益公题跋》中。嘉泰壬戌,是公元1202年。而他在韩琦致包拯的书信中题跋是淳熙八年(1181)的事,早于这通信时间二十一年。

韩琦致包拯信,周必大在题跋里并没说明信从何处得来,不说明来源,那就很可能是他自己的个人收藏。如果这么去分析,那么也可以说,韩琦致包拯和包拯致某同年这两封信,流出渠道是不一样的。

---

① 宋.包拯撰,杨国宜校注.包拯集校注.合肥:黄山书社,1999:307.

包拯致某同年的信,很可能是从那位同年的后人手里流出来的。国破山河碎,经过金兵多次洗劫,北宋的高门巨族纷纷南逃,在那种情形下,什么样的怪事都会发生。周必大在时隔二十一年的光阴里,有幸先后看到这两封信,并为之题跋且十分有幸流传下来,这是非常难得的一件事。

至于包拯这封信到底写给哪位同年,为何周必大语焉不详,却要说出"今观此帖,亦非绝物离人者也"这番话来,那么唯一的指向,就是包拯这封信是写给时任宰相文彦博的。而文彦博也的确在他"知池州"时回了他一首诗:

> 名高阙里二三子,
> 学继台城百六公,
> 别后愈知琨气大,
> 可能持久在江东?

这首诗的意思是,像你这么有大才的人,怎么可能在江东待很久呢?做宰相的这么说,背后的潜台词一看就明白。而周必大的理解是,像包拯这样的人,以刚正而名播天下,《宋史》上说他"不作私书",可他怎么还有私信存在?

这其实是一种误解。包拯私信很少,那要看跟谁比。跟他的那些著名同僚欧阳修、晏殊、"二宋"、富弼等人比,包拯算是很少写书信的人。但作为官员,尤其是地方官员,他肯定还要写书信,只是不多而已,不代表他不写。包拯只是很少为自己的事给人写私信。

包拯这一封信,写给时任宰相文彦博,既是工作汇报,也是祝贺老同学复出,合情合理,十分正常。而文彦博写诗回赠,又是何等的风雅。

包拯的这一封信居然流传出来,被人收藏,又给一百年后的周必大看到,从文彦博后人手中流传出来的可能性很大,但也有可能是从包拯后人手中流传出来的。为什么这么说呢?因为文彦博在包拯去世

第十一章 学习范仲淹

二十多年后还健在,并把小女儿嫁给包拯的小儿子做媳妇,那么老先生很有可能把包拯写给他的这封信找出来,把原信送给包拯后人做纪念。

因为包拯的后人,有一部分也是文彦博的后人,所以这封信交给他们保管,非常合乎情理。后来金兵打过来了,包拯后人纷纷逃离庐州城,逃难过程中,信件没有被带出来或丢失,也是完全有可能的。

第十二章 皇上诡异的疾病

被起用的背后

  公元1056年,是仁宗至和三年,亦是嘉祐元年。这一年元月,仁宗病了,而且病得有点诡异,举止出现了异常,语言一度错乱。用我们现在的话说,他有点疯了。

  这病搁谁身上都会让人觉得很好奇,一直好好的仁宗怎么会突然让人觉得精神上出了问题?难道是爱妃的去世给他的打击太大,让他留下后遗症,还是始终生不出儿子,他郁闷得发疯了?这些可能都是病因。

  这一年元月,天降大雪,仁宗在宫廷里光着脚祈祷。他从小便喜欢光脚,可这种雪天也光脚祈祷,便是和自己过不去了。次日上朝时,百官就列,皇上站起来时突感眩晕,然后人就站不住了,左右赶紧上去扶他坐下。有人在他人中掐了一把,他的口角流出点白沫。人清醒一点,左右便赶紧把他送回宫中休息。

  这一年仁宗虚岁47岁,是标准的中年大叔了。

  第二天朝廷安排宴请辽国使者,皇帝本人要出席。文彦博便去请示,没想到仁宗见到他,脱口而出一句"不乐焉",意思是他心里不快乐,不想见使臣。这让文彦博十分吃惊,不知如何应对才好。但仁宗最后还是出席了宴会,并勉强撑到结束。

  再过一日,使臣来辞别,看使臣进到庭院里来,仁宗一改平时温文尔雅的做派，说他不想见使臣，语言荒唐而且毫无逻辑。这让宰相们惶恐不已，赶紧派人把他送回宫中。

又过一日，仁宗光着脚从宫中大呼小叫着跑出来，说"皇后和张茂则要谋逆"，他胡言乱语的样子看起来像个疯子。这位被冤枉的张茂则是宫中内侍，皇帝平时不喜欢他。他听到仁宗这么一叫，吓傻了，他是个老实人，为自证清白只好上吊自杀，幸亏被救了下来。

远在池州的包拯，听说仁宗生病后心急如焚。他听说中药石菖蒲治疗神志方面的疾患有特效，而池州出产的石菖蒲疗效又特别好，便赶紧找药工挖了药材，晒干后精挑细选，寄了一盒给仁宗。不久后，仁宗康复。他也是个很有人情味的皇帝，对包拯千里送药的行为深为感动，便吩咐欧阳修起草一份诏书褒奖包拯。

外放多年的欧阳修，在至和元年（1054）五月回到京师。这一年八月，他被任命为《新唐书》的刊修官，九月被任命为翰林学士兼史馆修撰。

包拯何时进奉石菖蒲，仁宗又是何时褒奖他的，这在包拯奏议集中都没留下蛛丝马迹，幸亏欧阳修的文集中保存了此道诏书，而且诏书下注明，是八月十日起草的。上面有这么一段话：

> 汝识远言忠，身外心内，乃因时物，来效贡仪，深体诚勤，益增叹尚。①

由此推测，包拯进奉石菖蒲应该在六七月间，甚至可能更早一点。因为石菖蒲最好的采摘时间是八月。

包拯的忠心，仁宗是知道的。而仁宗回赠给包拯的大礼包，不只是一份感谢诏书。在此前六天，即八月四日，他让朝廷降诏，包拯由"知池州"徙"知江宁"，复任刑部郎中。包拯在降官九个月后终于恢复了原级别的官职。

第十二章 皇上诡异的疾病

---

① 孔繁敏编.包拯年谱.合肥：黄山书社，1986：94.

但包拯官复原职,只是因为送了石菖蒲吗?倒也没有那么简单。如果给皇上送东西,皇上就给官,那么朝臣会纷纷效仿。所以包拯官复原职还有更深层次的原因。

七月六日,欧阳修曾经上过一道疏——《再论水灾状》,提到四位大臣都是难得之士,却都得不到重用。这四位没得到重用的大臣之一便是包拯,他说包拯"清节美行,著自贫贱,谠言正论,闻于朝廷,自列侍从,良多补益"①,这样一位大臣,如果朝廷只因其一点小小的过错就弃用他,让他闲在小郡,实在可惜。

说起来,欧阳修和包拯之间并无私交,他能主动上疏仁宗,建议起用包拯,和包拯送石菖蒲并无半点关系。

欧阳修的这道疏,是起用包拯的前奏。而包拯最后被起用,还和台官吴中复的奏章有关。

有"铁御史"之称的吴中复,在至和元年(1054)被贬到池州,当过三个月的小知州。他在山中建了一座亭子纪念杜牧。话说此公离开池州后不久,便被选拔到御史台任职,而包拯则继他之后来到了池州。这年七月二十二日,吴中复的哥哥吴畿复也来到池州,登齐山。陪同他的正是知州包拯。

来客中,还有一位名叫王绰的先生,他是琅琊人。琅琊王氏是古代中国著名的门阀士族。王羲之、王献之就是这个古老家族的代表人物。这位王绰也是位诗人,他的名字曾不止一次在包拯弹劾酷吏王逵的奏章中出现。此君当年和王鼎、杨纮号称"江东三虎",是庆历新政时被范仲淹派遣出去的干部,他当时是江南东路转运判官,处理案件作风泼辣,得罪太多人,最终因被弹劾而被贬。包拯多次呼吁要起用他们。皇祐三年(1051)包拯再度上疏《请录用杨纮等》,要求仁宗起用"江东三虎",杨纮、王绰这才被一一擢官。王绰复出后出任江西路提点刑狱,嘉祐二年(1057)迁官湖北转运使。这次他和吴畿复一起来到池州,可能

---

① 孔繁敏编.包拯年谱.合肥:黄山书社,1986:91.

是从江西路离任赴京途中路过池州,在这种情形下见到他们,包拯亦喜出望外。他和王绰多年不见,甚至从来没见过面也是有可能的,但包拯一次又一次上疏为他们鸣不平,王绰是知道的,他特意绕到池州来向包拯表示感谢。至于吴畿复,他在地方做官,和包拯未曾见过,但他对包拯欣赏已久。

这一行人,在七月二十二日这一天一同爬齐山,其乐融融。在齐山寄隐岩,包拯应邀写下"齐山"两个大字,落款:至和丙申岁七月二十二日,庐江包拯希仁、富水吴畿复照邻、琅琊王绰德师,同游齐山寄隐岩。①

话说吴畿复离开池州后数天,他弟弟吴中复便上疏朝廷要求起用包拯、唐介。八月四日,朝廷便有诏书下来。

包拯陪吴畿复、王绰上山,是七月二十二日的事,几天后抵达京城,吴畿复可能就住在弟弟吴中复家,吴畿复自然要讲到他和包拯见面的情形;而王绰对包拯的赞美,及他个人的观察和感受,也会一并说给吴中复听。吴中复是个热血男儿,他早就知道包拯其人,在哥哥说了包拯的故事后,便马上上疏,要求朝廷起用包拯和唐介。

这个推断可能非常接近事情的真相。

①孔繁敏编.包拯年谱.合肥:黄山书社,1986:90.

江宁小故事

1056年8月,包拯被任命为江宁知府,但他走马上任是一个月后的事,这一年的12月他又去开封上任,所以他在江宁任上只有区区一百多天。这么短的时间里,要干出点名堂似乎也不可能。所以包拯"知江宁"和"知扬州"一样,在历史上并未留下什么重要事迹。

但知江宁的那份诰词,却被包拯的某支后人一直当宝贝般收藏着。这期间金兵三次劫掠合肥,包拯的很多后人散的散,许多物品也丢的丢。三百年后,这份诰词突然冒了出来,还有一位名人为其题词;这位名人又是位著名的文学家、史学家,他的文集收录了这部作品,这才让一千年后的我们知道这件事情。

这位名人便是大名鼎鼎的宋濂。拿诰词请他题词的是包拯十五世孙包宗礼。包宗礼的生平现在已考证不出来;而宋濂是元末明初的著名人物,他是浙江浦江人,被明太祖朱元璋誉为"开国文臣之首",曾为太子朱标讲经。洪武二年(1369),宋濂奉命主修《元史》。八年后,68岁的宋先生辞官归乡,回到金华浦江。包拯的这位十五世孙,很可能就住在他家附近,这个时候文人中就数宋先生名气最大,包宗礼就把诰词以古锦装裱后,拿给宋濂欣赏,并请他题词。

金兵入侵后,包氏后人中有一支在南宋后迁到了浙江,这位包宗礼就是其中的一位后人。

包拯一生迁官二十七次,每迁一次官,朝廷都有诰词,却只有这份诰词被保存下来,这和宋濂题跋有关。可见包宗礼也是一个很有眼光的人。可惜,这份诰词最终消失不见,但宋濂的题跋内容,却有幸被保留了下来。

> 右包孝肃公诰词一通,其十五世宗礼所藏。宗礼以古锦装潢成卷,请濂为之题识。濂不敢让,因疏其事而归之。……惟公居家孝友,立朝刚正,清风峻节,百世师法,有不待区区末学之所褒赞,姑以旧闻疏之如右,文质直而无润饰,庶使世之读者咸悉其谛焉……①

在这段话里,宋濂说到题跋的缘起。他说包宗礼拿精裱后的家传诰词让他题跋,他不敢不题。包拯的风范已有公论,立朝刚正,清风峻节,足以为百世师法,这已经不需要他来评价了,所以他的题词也就简朴自然,不加任何润饰,这样方便读者一窥其真面目。

在这份诰词里还出现包拯同年吴奎的名字。他当时已经回到中央,出任知制诰。他是这份诰词的起草者之一。此外,起草者还有韩绛,他也是知制诰。而吕夷简的三公子吕公著,当时是司封员外郎,负责朝廷封爵之事。诰词里还提到宰相。而时任宰相正是文彦博和富弼。这份诰词,信息量极大。

包拯知江宁的时间太短,既无佳话也无故事留下来,这也正常。没料到1978年在江西鄱阳县,考古人员在清理一座宋墓时,出土一方墓志铭,墓志铭保存完好,共有2850字。从墓志来看,这位墓主名叫熊本,是北宋晚期的一位名人,也是个写文章高手,连皇帝都知道他文章写得好,想让他做知制诰。而他和包拯,在江宁期间居然有过一次交往。这真是个让人意想不到的发现。

熊本祖籍江西南昌,后来祖上迁徙到鄱阳定居。他比包拯小28

---

① 孔繁敏编.包拯年谱.合肥:黄山书社,1986:93.

岁,包拯在江宁做太守时,他只是建康军的一个节度推官,分管军中司法审判这一块。这个人21岁就考中进士,天赋很高,做过各种地方官,后来也曾出任南昌知府和杭州知府,为"龙图阁待制"。熊本66岁时在老家去世,他的坟墓就在鄱阳一中校址所在地的不远处。

墓志的作者是北宋英宗治平二年(1065)那一科的状元彭汝砺。彭状元比熊本小15岁,虽是状元,却一生起落数次。此人颇有气节,也是一位著名谏官。他和熊本是鄱阳老乡,彼此相互欣赏且心意相通。他比熊本晚四年去世。而录取他为状元的那一科大考官,正是富弼的女婿、状元冯京。

1037年,范仲淹被贬"知饶州(今江西鄱阳)"。范仲淹看到12岁的熊本写的文章后,惊叹不已。范仲淹对熊本非常欣赏,给他很多鼓励。这成为熊本一生中难忘的事件之一。

熊本21岁考中进士后,首任官职是抚州军事判官。老吏们看他年纪轻,便想欺负他,没想到他做事非常简洁干脆,处理案件水平也很高,老吏们一下子就被他镇住了,从此"噤若寒蝉,不敢出声",可见熊本为官风格和包拯颇有相像之处。他听说大名鼎鼎的包拯到江宁做知府,便特意赶来拜访。

都说包拯轻易不开笑脸,是一位很严肃的人物,但当他听说建康军节度推官熊本来了,居然一反常态,"倒屣以迎"。因为这之前,包拯已听说过熊本,都说他年纪很轻却很有才气,办案效率很高。见到这么一位大才子光临江宁府,包拯非常高兴,连官靴都没穿好,就跑出来迎接。可见,包拯这时候脸上不光有笑容,还笑得无比灿烂。这让31岁的熊本印象非常深刻。[1]

俩人谈什么,墓志中并无记载,但包大人"倒屣以迎",却刷新了我们对包拯的认识。

这件事也是熊本一生中非常难忘的事。他生前曾和彭状元说起过,可见和包拯的这次谈话对他影响很深。而彭状元只描述"倒屣以迎"这个小细节就够了,这就是写文章高手。

---

[1]程如峰.包公传.合肥:黄山书社,1999:146.

第十三章

治理天府第一人

老大难的开封府

包拯"知开封"是他一生中的大事件之一。他"知庐州""知池州""知江宁",做过转运使,做过边帅,做过谏官,已经积攒下足够大的政治资本和名气,但还没到人人皆知的地步——也就是说,包拯最终在历史上留下芳名,和他做开封府尹这段经历是有关系的。

说起来,包拯"知开封"时间并不长,也就区区15个月时间,对他个人来说,只是工作上的一小段生涯,为何就有这么大的名气呢?历史上知开封的名臣何其多,难道他们都不如包拯吗?

先声明一下,目前市面上关于包龙图在开封府的故事特别多,那些电视剧、戏剧、公案、小说,林林总总,都说到很多案子,包拯一生中审的案也的确在开封的最多。东京毕竟是首都,人口庞大,当时是北宋第一大都市。北宋名将柴宗庆曾经这样说开封,"曾观大海难为水,除去梁园(即开封)总是村",后一句的意思是除却梁园,别的地方都可以叫作农村。东京之繁华可想而知。它也是当时外国人来往最多、经贸交流最充分的城市;当然,更是北宋的政治中心,无数权贵居住于此,皇宫是这座城市的中心所在地。全国货物大半汇集于此。这里的消费指数也最高,奢侈品之多,更是天下少见。每天这里会上演多少故事呢?想一想也都知道。可见,在首都做官,看起来很风光,工作压力其实很大。老百姓和商人犯法好处理,但权贵们犯法,就不是那么好处理了,他们身份尊贵、背景复杂,牵一发而动全身。

包拯后任欧阳修出任开封知府时,在不满两个月的时间里就碰到过十起权贵犯法案件,对权贵们倚仗权势、为非作歹,他深恶痛绝。包拯到底碰到多少案子无法考证,但能够被历史记录下来并为人所津津乐道的案子其实并不多。所以,现在流传的很多包拯案,几乎都是文人编排出来的。但下面叙述到的几起案件,则全部取材于宋人文字。至于那些编排的故事,本书一概不说。

开封府号称天府。一般而言,做过开封知府的,便能够跻身中央做更高一层领导。也因此,宋国的宰相多半都从三司使、翰林学士、开封府尹、御史中丞这四类人中去选拔,所以这四类人又被称为"四人头"。包拯做过开封府尹后,做的正是御史中丞,后来做到三司使,最后做到枢密副使,也正符合这么一个规律。

朝廷任命开封府尹是特别慎重的,以前多由亲王或有威望的重臣担任。仁宗的几位先辈中,除宋太祖外,宋太宗、宋真宗在做皇帝之前,都曾做过开封府尹,所以后来的大臣"知开封府",要在前面加一个"权"字,叫"权知开封府",以表示不敢和前面的几位亲王相提并论。北宋名相毕士安、寇准、范仲淹等人都做过开封府尹。在北宋一百多年的历史中,担任过开封府尹的官员多达一百八十人,任职时间平均一年都不到,有的人恐怕只点个卯就去了下一站,像寇准和范仲淹,"知开封"只有几个月时间,更换太频繁,时间太短暂;还有很多人只把开封府尹当跳板,并没有认真做事,所以包拯就成了历史上那个认真去治理宋朝首都的人。

包拯的不少前任开封府尹其实都很厉害,但在京都治理上,却没人达到包拯的水平。比如著名的范仲淹,他在管理开封时仍把精力集中在改造国家制度上。当时的宰相是吕夷简,他派范仲淹执掌开封府,就是想借此消耗掉他的大把精力,使他不再有余力议论国家制度;可范知府偏偏和他对着干,一边做着开封府尹,一边在每天的朝会上慷慨陈词的仍然是国家层面的顶层设计问题,把吕宰相气疯了,只好打发他去做地方官。

仁宗后期,每天朝会奏事改为四班制,地点就在垂拱殿。四班的奏事秩序是:宰相、枢密使、三司、开封府。奏事时间也有硬性规定,因为常有人一汇报便超出时间,所以必须把时间规定死,别人才有时间。四班奏事结束后,如还有时间,才轮到别的部门和大臣。当仁宗生病时,奏事减为一班——只有宰相是每天必须去汇报的。

垂拱殿的早朝,规定要在辰时(7点到9点)结束。①朝会结束后皇帝才去吃早饭。早饭吃好后,他换一套衣服,再到偏殿去听其他部门的大臣汇报工作。一个早上大家的时间都非常紧张。尤其是每天要去朝会做报告的开封府尹,可能四点钟就要起来了,简单吃一点,然后骑马去上班。那时候天都还黑着,得提个灯笼,汇报完后,回到开封府还要处理一大堆事情,有时间的话,还要去各处巡视,以便及时发现问题,处理问题。

开封号称全国最难治理的城市,毕竟是首都嘛。据说开封府每月办公用秃的毛笔就有一箱子;官印由于用得多、磨损快,所以每年都要更换。也因此,开封府印和别处不同,印文要刻得特别粗、深,以耐磨损。这也折射出大都市公文处理之繁杂。当然,最难处理的并不是这些,而是皇亲国戚的为非作歹。

话说欧阳修继包拯之后接掌开封府时,他完全不想接这个位置,主要是因为包拯干得太好了,在百姓中威望之高,史无前例。前任府尹做得这么好,他很难接。另外,他身体的确不好,在《辞开封府札子》中,他这样说自己,"臣久患目疾,年齿渐衰,昏暗愈甚。又自今年春末,忽得风眩"。眼病加中风,再加上他在修《唐书》,精力的确跟不上。"臣素以文辞专学,治民临政,既非所长,加以早衰多病,精力不强"。写文章是他的专长,但做政务官则非其所长,欧阳修对自己的优缺点知道得

---

① 周佳.北宋中央日常政务运行研究.北京:中华书局,2015:109-110.

一清二楚,所以坚决要求辞去这个职务。富弼和韩琦当时是宰相,他俩坚决不同意,欧阳修只好勉强上任。其实论年龄,他比包拯还小9岁呢。

欧阳修上任后一改包拯的做法,为政讲究宽简,也取得了效果。前任府尹以威名震动京都,后任以宽简为主。七百年后,有人在开封府衙东西两侧各立一座碑,一边写着"包严",一边写着"欧宽"。但"欧宽"是建立在"包严"基础上的,所以两者也不矛盾。

第十三章 治理天府第一人

治理天府第一人

清心为治本

大宋名臣 包拯

开封府旧制中有一条规定：凡是前来告状打官司的人，先要把状子递交给门牌司收转。这门牌司，有点像现在的门卫室或者保安室。老吏们在那里坐着，状子得先交给他们。

既然有中间环节，便可能有人从中捣鬼。那些老吏在官府里已待了多年，他们就是靠经营中间环节来赚取费用的。这种"经营模式"有点黑暗，现在得叫"潜规则"，有些人可能遭遇过，无非是暗示别人要送礼什么的，送银子当然更好。如果不送，那就干等着。什么时候将状子往上送，那得看老吏们的心情。有句话很有名，叫"衙门口朝南开，有理无钱莫进来"，说的就是这些故意刁难人的老吏。

包拯一上任，老吏们就给了他一个下马威，故意刁难他。且看南宋人徐度写的《却扫篇》中一段记载：

> 包孝肃公之尹京也，初视事，吏抱文书以伺者盈庭。公徐命阖府门，令吏坐阶下，枚数之，以次进，取所持案牍遍阅之。既阅，即遣出数十人，后或杂积年旧牍其间，诘问辞穷，盖公数有严明之声。吏用此以试，且困公。公悉峻治之，无所贷。自是吏莫敢弄以事，文书益简矣。天府虽称浩穰，然事之所以繁者，

亦多吏所为。本朝称治天府以孝肃为最者,得省之要故也。①

这个故事里说,包拯一做府尹,那些老吏就都抱着公文过来,人站满一屋,等着新府尹处理政务。这个阵势也只有在开封府里才能见到。只见包拯不慌不忙,先让人把大门关上,然后让老吏们坐在外面的台阶上,排好次序,一个个进来。进来一个,包拯就把他抱着的公文逐件看过,一一处理,然后打发出去,再进一个。转眼间,几个人手中抱着的公文全部处理完毕。这个速度有点让老吏们吃不准:难道包拯是神仙?居然还有他们搞不定的长官?

后面有人索性抱过来一堆陈年旧牍,让包拯去处理,想进一步挑战包拯的智商。包拯每看一件,便两眼一挑,责问他们:"为什么不及时处理?原因在哪里?是谁的责任?"老吏答不出来,就只能等着挨骂和受处分了。老吏本想借此刁难包拯,没想到却暴露了自己。

其实那些公文,很多都是因为老吏们想在里面做文章,故意弄出来的。治理政务哪里需要那么多的公文?从此,老吏们再也不敢糊弄包拯了,公文也变得越来越少。治理开封最好的,整个宋朝公推包拯为第一人,其中一个原因就是他把"公文游戏"给治好了。在他任上,公文是最少的。这是真正意义上的公文革命。

除此之外,包拯的一大政务革命是直接撤销了门牌司,消除告状壁垒,让告状者直接进来和他本人面对面。老吏们便不再有操作空间。这在开封府的历史上,是从未有过的。

新府尹的这个作为,很快成为特大新闻,传遍了京城。包大人在东京迅速走红,成为路人议论的人物。老百姓看到他很亲切,直接叫他"包待制",或者干脆就叫"老包"。包拯真正成了家喻户晓的人物。

包拯"知开封",留下的故事和佳话也是最多的。很多文人都写过他,但论真实度,排在第一位的,首推吴奎写的墓志铭。他们俩既是同

---
① 宋.包拯撰,杨国宜校注.包拯集校注.合肥:黄山书社,1999:295.

年又是同僚还是朋友,论文字的含金量和真实性,谁比得过?

在包拯"权知开封府"这段文字里,吴奎以极简练的语言叙述了几个小故事。第一个故事是说一起案子。因墓志铭经过上千年风雨侵蚀,很多文字已模糊不清,所以括号里面的内容系包拯研究者程如峰先生所添加。这是他根据资料和上下文意思而做出的推测。

> 有讼贵臣遁物货久不偿者,公批状,俾亟还。贵臣负(势,拒不偿,公当即传贵臣至庭,与讼者)置对,贵臣窘甚,立偿之。①

这起案子是说包拯有一天接到一起状子,是告一位官员的。这位官员级别不低,是位贵臣。有人告他拿了东西不归还,已经拖欠很久。包拯便在状子上批文,让他赶紧归还。贵臣自恃有权有势有背景,便对包拯的批文采取爱理不理的态度,直接忽略,却没想到,包拯马上派人把他传唤到庭,让他和原告在法庭上当面对质。这个人毕竟是有身份的人,这一招把他给治住了,他也不辩解了,赶紧乖乖把东西还给人家——脸面比钱要紧。

另一起案子,吴奎是这样记录的:

> 中人有构亭榭盗跨惠民河堰表识者,会(有)诏书废堙便河堰庐舍,完复旧坊,中人自言地契如此。公命(出地契一一审验,有伪增步数者,掘土)丈余,得河堰表识,即毁撤,中人皆服,遂坐(夺)官。②

惠民河是东京城内的一条大河。那一年京都发大水,是因为不少富贵

---

① 宋.包拯撰,杨国宜校注.包拯集校注.合肥:黄山书社,1999:277.
② 宋.包拯撰,杨国宜校注.包拯集校注.合肥:黄山书社,1999:277.

人家多置园子在河边,岁月既久,淤积增多,河流埋塞,河床变窄。朝廷下令,要求开封府清理河边违章建筑。包拯据此对惠民河进行了一次大检查。检查中发现,有的人家盖的园子明显是故意扩张,包拯便让他们拆除,恢复旧貌。有一位官员就说,他有地契,原来就是这个面积。包拯就让他拿出地契来,对照地契,包拯走了几步便发现园子的面积已明显增大,便让人挖地,挖下去三米多深时,河道界石露出来了,那位官员这才无话可说,多出来的部分自然得拆除。那位官员的行径已经触犯了法律,包拯毫不留情地处分了他,此人因此被夺官。

这样的事情包拯碰到的肯定不只一件两件。但因为这位官员成了"反面教材",别人自然老实了,纷纷自行拆除,河边面貌恢复如初。

由这两个例子,可见包拯的办案风格。不需要公文,只要抓住典型狠狠处理,别的人自然会吸取教训。这两个典型人物都是官员。官员犯法一样处理,别人还能怎么说?

还有一个例子更奇葩。

> 尝有二人饮酒,一能,一不能饮。能饮者袖有金数两,恐其醉而遗也,纳诸不能饮者。(能饮者醒而索之,不能饮者拒之)曰:"无之。"金主讼之。诘问,不服。公密遣吏持牒为匿金者自通取诸其家。家人谓事觉,即付金于吏。俄而吏持金至,匿金者大惊,乃伏。①

两个朋友在一起喝酒,一个能喝,一个不能喝。能喝的那位袖子里藏着金子,他怕自己喝多了会丢掉,便让不会喝酒的那位帮他保管。没想到那位朋友见到金子而生贪心,就把金子带回家私藏起来。第二天,那人酒醒后去讨金子,却讨不回来,朋友声称金子并没给他。这个人虽然喝了酒,但喝酒前做的事他记得一清二楚,知道被这位朋友坑了,俩

---

① 宋.包拯撰,杨国宜校注.包拯集校注.合肥:黄山书社,1999:277.

人吵来吵去也吵不出名堂来,只好起诉。包拯便把不会喝酒的人叫来,他仍然咬着牙说没有拿金子。反正没有人证物证,包大人拿他有什么办法呢?他决计死扛着。

包拯只好使出另外一招。他先把人扣着,让公差带着公文去那个人家里,说被告已供认,金子就藏在家里,让家人交出来。家人真的以为他自己交代了,便把金子拿出来交给公差。不一会儿,公差拿着金子回到官府,呈上大堂,那个人一看傻眼了,只好服罪。

吴奎说的这三起案子,可以说明包拯的办案特点:机智、灵活,以事实说话,不畏权贵。

南宋人曾敏行的《独醒杂志》中记载有不少宋人逸事,关涉人物复杂多样,多以趣味取胜。作者在包拯去世五十年后才出生。他20岁时因身体有毛病,便无心科举,从此在家专心读书做学问。据说此公博览群书,读书无所不涉,他的资料来源,有听闻的也有从旧书中扒出来的。南宋距北宋时间不长,虽是本朝往事,但毕竟也有一大段时间距离,如果是听闻而来,笔下文字难免会有些失真。下面说的这个包拯的故事,流传很广,说到包拯的另一面,姑且照录:

> 包孝肃公尹京,人莫敢犯者。一日,闾巷火作,救焚方急,有无赖子相约乘变调公亟走,声嗻于前曰:"取水于甜水巷耶,于苦水巷耶?"公勿省,亟命斩之,由是人益畏其服。[①]

这个故事说包拯治理开封非常严明,没人敢故意闹事去撞枪口,但有人偏要迎着枪口上。一天,闾巷失火,包拯正赶去指挥灭火,却有几个无赖约好要戏弄包拯,有人故意拖着长调说:"是到甜水巷取水呢,还是到苦水巷取水?"

包拯一听,马上明白过来,危急关头,这几个混子是在故意捣乱,

[①]宋.包拯撰,杨国宜校注.包拯集校注.合肥:黄山书社,1999:295-296.

他当即让人把他们抓起来,而且毫不犹豫立马斩首。这一下,所有人都害怕了。

那时候的东京已有消防队和瞭望楼,并有消防员昼夜值班。全市共有三千四百位士兵充作消防队员。东京内城被划分为十四个消防区,外城八个。在消防区内,每隔四百五十米,会设置一个消防站。消防站里也有灭火设备,但比较原始,靠人工取水灭火为主。这在《东京梦华录》中有详细记载:"每遇有遗火去处,则有军马奔报、军厢主、马步军、殿前三衙、开封府、各领军级扑灭,不劳百姓。"这应该算是比较专业的配置了。

包拯做事一向认真,被戏弄过不止这一次。只是这一次杀了人,东京城里恐怕都在疯传这个消息,以至几十年后还有人记得。到底有没有杀人呢?真相谁也不知道了。反正吴奎没有记录。

司马光在《涑水记闻》一书中说到包拯,有这么一段文字:

> 知开封府。为人刚严,不可干以私。京师为之语曰:"关节不到,有阎罗包老。"吏民畏服,远近称之……拯为长吏,僚佐有所关白,喜面折辱人;然其所言若中于理,亦幡然从之。刚而不愎,亦人所难也。①

司马光说包拯"知开封府""为人刚严",不接受任何关说,所以京师流行一句话,说"关节不到,有阎罗包老"。包老做事让所有人都畏服,远近都称赞他。他作为首都长官,部下如果找他关说,他会当面批评,让人下不了台。但如果说得有道理,他也会幡然从之。司马光说,一位官员能够做到这一点,已是极难得的品质。

司马光在三司工作时,做过包拯的属官,所以他对包拯非常了解,做出的评价也是非常精准的。

---

① 孔繁敏编.包拯年谱.合肥:黄山书社,1986:95.

吕夷简的四公子吕公孺,此时也在开封府做推官。《宋史·吕夷简附子公孺传》中便说到这么一件事。一个农民挑着柴火进城来卖,结果被人抢劫,农民要抢回他的柴火,却被抢劫者打伤。这个抢劫犯被抓获后,包拯决定施以笞刑(用竹或木板打犯人的背部、臀部或腿部),笞刑是比较轻微的一种处罚;吕公孺觉得这个处罚力度还不够,他说这人"盗而伤主,法不止笞"。包拯听他这么一说,觉得有道理,便加大了惩罚力度,并且表扬了吕公孺。

包拯属官中,有一位名叫侍其玮的。他原来在阳武军做主簿。这个人有性格也有才华,包拯很赏识他,便把他调过来做右军巡判官。有一次碰到一起案子,是个亡命卒抢了人家的金子,论罪当"弃市";弃市就是在大庭广众之下执行死刑,以便让公众吸取教训。刑具都已备好,可侍其玮在执行前仔细复查了案子,怀疑是起冤案,便向包拯提出来,说这个案子有疑点,最好不要急着杀人。包拯便叫停。侍其玮后来查出真相,证明这位囚犯是被冤枉的,最后被无罪释放。可见包拯还是很谦虚的一个人。下属真能提出问题来,他会认真听取。

另一位属下,名叫王尚恭。他在开封下面的阳武县做县令,包拯和他打过交道,知道他审案水平很高,对他非常欣赏。只要阳武县的案子被送过来复审,包拯就说:"既然王县令已经审过了,何用再审?"便放下不再审。这是1936年在洛阳陈庄出土的王尚恭墓志中记载的。墓志作者是范仲淹的儿子范纯仁。可见,这应该是一件真实的事。

千年包范见留题

宋书《吕氏童蒙训》上,记载了一则和包拯有关的故事。这则故事说,都说世上"没好人",可包拯在开封做府尹时,便遇到过两位好人。

某天,有位老百姓来开封府,求包大人帮他一个忙。他说当年有人寄一百两白金给他,现在那人死掉了。他想把这一百两白金还给那人的儿子,可那人的儿子不肯接受。他希望包拯能够把那人的儿子叫过来,他要当面交还。包拯便召其子,可那人说:"我父亲生前并没说过他曾送百两白金给人,既然没说过,我当然就不能接受。"

俩人一个要给,一个不要,在大堂上推来推去。包拯在旁边看着不无感触,说了一句话:"那些说世上没好人的人,看到这一幕,应该感到惭愧吧?"

这本书的作者是吕公著的曾孙吕本中,书中以他们吕家祖宗三代人即曾祖父吕公著、祖父吕希哲、父亲吕好问为主线,凡和他家三位祖宗有关联的人物、事件及言论都被囊括其中。这则故事算是呼应"没好人"这句话的。

包拯在开封任上,还上过一道疏——《请开封府司录左右军巡官属不得请谒并追赃事》。

这和前面说的"关说"一事有关。包拯最反感官员自恃手中有权,

便拿来做违法勾当。开封府的各级官员,都会碰到这类事情。包拯天天板着面孔去骂下属,他心里并不痛快。如果能从制度上解决问题,才是最好的。

在这道疏里,包拯说他八月十七日上殿时,进了一份札子,是关于开封府司录、左右军巡院刑禁之事的;因为他们的工作繁重,每天找他们关说的人又特别多,让他们无心工作,天天忙于各种应酬,所以希望朝廷能出台相关制度,严格制止吃请行为。比如针对死刑重犯,非公事,官员不得接受请谒,以避免冤案发生;凡涉经济案件追查赃物,都要有健全的登记制度,什么样的物品,从哪里追到的,多少数量,都必须一一登记在案,免得被人钻空子。过去把赃物收缴上来后,私分或偷拿的总有不少。

举凡公安、司法、检察人员,不得接受吃请,接受关说;而追查赃物,则每个环节都要有记录,流程要有,还要健全。包拯的这个观点非常现代。

宋亡后,南宋遗民周密寓居杭州城,以著书寄愤自娱,《癸辛杂识》是其最著名的一本书。在这本书的别集《汴梁杂事》里,记载了这么一段文字:

> 旧开封府有府尹题名,起建隆元年(答)居润,继而晋王、荆王而下皆在焉。独包孝肃公姓名为人所指,指痕甚深。①

周密出生时,北宋已沦陷于金人之手,东京也不复称东京而改称汴梁,南宋亦已于1279年亡于元人之手。周密生前并没有去过开封城。他说开封府门口有一块碑,北宋所有知府的名字都刻在碑上面,只有包拯名字这一处,因经常有人指指点点,所以留下一道很深的指痕,名字被磨损。他说的这块大石碑,现藏于开封市博物馆。石碑有两米多

---

① 孔繁敏编.包拯年谱.合肥:黄山书社,1986:96.

高,近一米宽;上面写着六个篆字"开封府题名记",自宋太祖开始的每一任开封府尹的名字都在上面。这一块碑,当年就立在开封府衙大门口,路人常站在那里指指点点,一看到包拯这个名字,便会情不自禁拿手指上去点一下。估计是指给别人看的。可见,包拯这个人在老百姓中的威望有多高。

和周密同时期的一位文学家王恽,是位诗人、书法家,他在元世祖忽必烈的手里做过监察御史。元代首都就设在北京。有一天,王恽来到故国都城开封,不免感慨万千。他也是南宋遗民,只是他出来做官了,但他非常正直,做御史时曾弹劾过很多人。话说他来参观开封府衙时,看了看那块碑,用手去摸了摸,还在府衙里面住过一宿。那一夜他浮想联翩,早上起来赋诗一首:

> 拂拭残碑览德辉,
> 千年包范见留题。
> 惊鸟绕匝中庭柏,
> 犹畏霜威不敢栖。①

这里说的包范,是指包拯和范仲淹。那么多府尹,他诗中只提到这两位人物,可想而知,他心里是多么敬重他们。

早上起来,他小心地用手去摸一摸残碑,看着阳光照在碑体上,包拯和范仲淹留下来的千年德迹隐约可见,连院子里的鸟儿都只是在柏树上绕着飞,却不敢落下来栖息——它们也怕严霜啊。

①宋.包拯撰,杨国宜校注.包拯集校注.合肥:黄山书社,1999:317.

私生活逸事

"知开封"时,包拯一家就住在开封府的后院里。如果是别的官,是不太可能住在官府里的。但开封府尹很特殊,每天工作量很大,事情很多,住在府院里可以随时处理各种应急事件。何况包拯是从江宁直接来京城做开封府尹的,他也没时间去租房子。

包拯"知开封"的这一年,他已 59 岁。虽然他在工作上非常投入,业绩也很抢眼,可他家这一年状况并不好。他唯一的小孙子夭折了。这个可怜的孩子两岁没有了爸爸,他是全家人的希望,从妈妈到爷爷奶奶无一不疼他、爱他。可这孩子只活到 5 岁,便一病不起。

看着媳妇这么年轻便守寡,现在孩子又没有了,包拯夫妇便托人告诉她,如果她想改嫁,他们会接受并且支持。可没料到崔氏当即哭着跑过来,说她誓死不嫁,她要留在包家一辈子,要为他们养老送终……包拯夫妇自是感动不已。

眼看着包家要断子绝孙了,包拯的夫人董氏急了,她虽然很痛苦,但得撑起精神打理一切。尤其是包家后代的事,只有她来操心了。有亲戚建议,给包拯娶个小妾吧,也给包家留个后。

董氏便偷偷安排侍女孙氏去服侍包拯。在宋朝,只要条件许可,男人有三妻四妾很正常。

这一年,在失去儿子和孙子后,包拯被夫人安排了一个小妾孙氏。

说起来,孙氏甚至连妾都算不上,吴奎所写的墓志铭上没提到这个人物,但《宋史本传》记载:"拯尝出其媵,在父母家生子,崔密抚其母,使谨视之。"①这个人物,在董氏墓志中也没提到。但崔氏墓志中却有这么一句话:"孝肃晚得幼子绶,其母出,节妇慈养之如己之。"②崔氏的墓志出自张田的手笔。前面说过,张田是包拯在做边帅时认识的,包拯还推荐他的《边说》七章给仁宗,由此结下缘分。包拯在做三司使时提拔了他,虽然他干的时间不长。他在包拯去世后"知庐州",帮着董氏刻印《包拯奏议集》。他后来不光写了崔氏墓志,还向朝廷上疏请求表彰崔氏为"节妇",崔氏这才得到诰命。包绶长大后,张田还把女儿嫁给了包绶,和包拯成为儿女亲家。张田说自己是包拯的门生;严格说来,包拯只是张田的赏识者和提携者,但张田为包拯做的事,甚至比门生还要多。不过,这都是后来的事了。

五年后包拯去世时,小儿子包绶只有5岁。但奇怪的是,包拯在孙氏怀孕后就急急地把她打发回娘家了。包拯60岁那一年,曾上疏仁宗要赶紧立太子,这个时候他对仁宗说的是"臣行年六十,且无子",这是嘉祐三年(1058)六月份的事。如果这个时候包绶还没有出生,那便很好理解;倘若出生了,包拯还被蒙在鼓里,便有点难理解。因为这么大一件喜事,董氏和崔氏不可能不告知包拯。由此推测,包绶很可能是在秋冬天出生的。以此倒推,孙氏怀孕,应该是嘉祐二年(1057)也就是包拯当上开封府尹这一年秋冬天的事。

这位孙氏是开封人,她在包家并没待多久,就被包拯打发走了。但所有包拯的后代,也都是这位孙氏的后代。

因为孙氏是开封人氏,而她恰恰是在包拯"知开封"那一年怀上包绶的,由此可知,董氏肯定起了很大作用。董氏为延续包家香火花费不

---

① 宋.包拯撰,杨国宜校注.包拯集校注.合肥:黄山书社,1999:273.
② 宋.包拯撰,杨国宜校注.包拯集校注.合肥:黄山书社,1999:282.

少精力，包拯不可能不体谅她，但他最终出于自我要求，又打发孙氏回了娘家；而孙氏，在怀上孩子后，第一时间便告诉了董氏，董氏肯定高兴不已，便经常安排媳妇崔氏去看望她。孩子生下来后，崔氏甚至经常跑去照料他们。

　　崔氏丧子后内心很空虚，她也需要用孩子来疗伤。后来，这个孩子再大一点，包拯干脆就让崔氏将他带回包家抚养，崔氏作为长嫂，便成了包绶事实上的养母。这恐怕也是包拯夫妇所乐见的一件事。至于孙氏，大概会经常来看一看包绶。但包拯去世后，他们一家搬离了东京城，孩子也跟着回到合肥，孙氏想看孩子就不太可能了。崔氏在包绶长大后，为他找到亲生母亲孙氏，并安排他们母子团聚。孙氏后来一直和儿子住在一起，这就是崔氏的伟大之处。孙氏去世后，包绶把她安葬在父亲的身边，虽然只是一个无名小墓而已，但对孙氏而言，已是最大的安慰。

　　对包拯而言，小家伙包绶的出生，是他晚年最幸福的一件事。

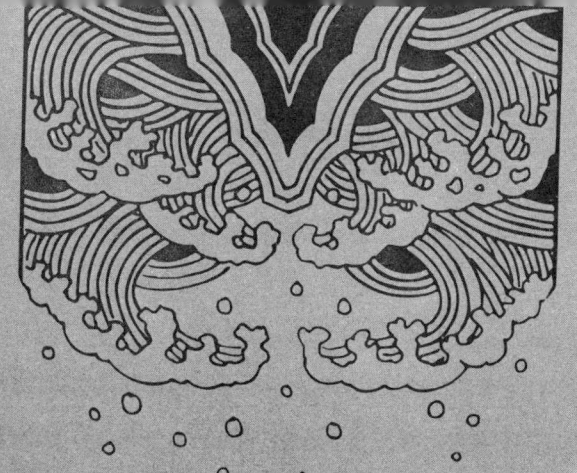

第十四章 欧阳修为何弹包拯

太子啊太子

自从仁宗在嘉祐元年(1056)得过一次重病后,在太子问题上,朝臣们便开始急红了眼。从那时候开始,隔三岔五总有人劝仁宗要赶紧立太子。

说多了,仁宗便烦。难道仁宗自己不操心吗?连精神都操心得出了问题,还要他怎么着?宋人笔记《画墁录》中记载了一则故事,说张康节(即张祐)在嘉祐年间做了御史中丞,他说话很直,向皇帝言事时喜欢直面问题。有一次,言事毕,仁宗说:"卿孤寒,谁的话都要管,活得太操心了。"张大人便向皇帝深深拜了一拜,然后认真地说:"臣不孤寒,陛下才孤寒。"仁宗不解:"为什么这么说?"张大人答:"臣内有妻子儿女,外有亲戚,而陛下呢,只有陛下自己和皇后两个人而已,这难道不是真正的孤寒吗?"

仁宗回宫,曹皇后看他脸色很难看,便问怎么回事。他便把张康节的一番话说给皇后听。皇后听了眼泪唰地下来了,而仁宗自己说着说着亦流了眼泪。别人无后只关系到他自己,但一个皇帝没有儿子,就是天大的事了。

到仁宗晚年时,每到他父亲真宗忌日那天,朝臣们都能听到仁宗在放声大哭。那声音让人听了觉得毛骨悚然。一个大男人为后代问题那么悲痛,也是天可怜见。据说仁宗还偷偷暗示过当宰相的晏殊帮他问问算命先生。晏殊是和仁宗一起长大的小伙伴啊,就算皇上不示意,他也会主动帮忙的。当然,他找的不是算命先生,而是一个通灵的人。那人算了仁宗的生辰后说,此人命中无子,但这话,晏殊根本不敢跟仁宗说。

话说包拯60岁时,终于又一次进入中央高层,出任御史中丞,掌管宪台,做上了言官第一人,就是张康节那个角色。他是张康节的后任,这是嘉祐三年(1058)六月份的事。

包拯执掌台官后上的第一道疏,便是《请建太子》,这又是仁宗不喜欢的事,而且之前已有很多大臣提及此事。

问题是,随着仁宗年龄越来越大,生病的次数也越来越多,这件事情就是大宋迫在眉睫的一件大事啊。包拯既然担任了言官领导,他就有责任必须提及,何况,对这件事情,包拯本人也的确非常担心。

包拯认为,太子是天下之根本。立谁不立谁另当别论,但不立太子,是对国家的不负责任。万一有朝一日皇帝一命呜呼,朝廷岂不乱了套?

仁宗听了包拯说的要立太子的一番话后,反问包拯:"卿想立谁?"

包拯一听这话不对头啊,敢情仁宗是在怀疑他?他便把球踢了过去,说:"陛下问臣要立谁,这是怀疑我。我都60岁了还没有儿子,也不希求有什么后福,说这些,还不都是为陛下、为国家着想吗?"

一听说包拯60岁了还没有儿子,仁宗马上露出喜色,心想自己现在49岁,还有能力创造后代,便转而安抚包拯说:"这件事,爱卿放心吧,容朕从容思考。"

第十四章 欧阳修为何弹包拯

两弹三司使

包拯是在嘉祐三年（1058）六月份接掌宪台的，而欧阳修继他之后出任开封府尹。欧阳修真心不想去做这个官，请辞多次却不被批准，只好硬着头皮上任。

包拯在执掌宪台期间，留下来的奏议并不多，和他前一阶段做谏官时相比，数量明显减少。

以包拯的脾气和工作精神，他的奏疏不会在数量上有大的减少，事实证明也的确如此。唯一的解释是，张田和包拯夫人董氏在编辑《包拯奏议集》时抽掉了部分篇章，以免引起当事人的不满。这些被抽掉的弹章中，便有弹张方平和宋祁的。包拯当年弹张方平火力很猛，他先把张方平的三司使弹掉，后又把继任宋祁的三司使弹掉。两个三司使都被他弹掉后，朝廷诏命他出任三司使。结果，包拯并不回避而是真去上任了，这让欧阳修极度不满。欧阳修的意思是，你把别人都弹掉了，自己却去上任了，这怎么说也不合适吧？这时候，欧阳修站出来弹劾包拯。

欧阳修的这篇弹劾文章有幸流传了下来。依据这篇弹章，再结合别的资料，我们才约略知道了这一事件的发酵过程及前前后后的事情真相。

张方平被弹和一起案子有关。

这一年年初,有一位刘老太太到开封府状告侄子刘保衡,说他把刘家产业都给贱卖了。她要求停止这笔交易,追回她的房产。开封府开始派人进行调查。这一调查,不得了,把三司使张方平给牵连了进来。

刘保衡开了酒场,却倒欠官府上百万钱,因为卖酒是要交税的,很可能他卖了酒,拿钱做了别的用途,比如赌博什么的,致使税钱一直欠着,三司便不断派人催他交钱。无奈之下,刘保衡只好变卖家产。卖房子的钱直接就让官府给拿走了。刘老太太知道后当然气得要命。因为那房子是低价卖掉的,而买她房产的人,正是三司使张方平。包拯因此弹劾说,作为一个三司使,乘机低价买其监管下的富民邸舍,这是绝对不可以的。这样的人不能做三司使。

包拯说的有没有道理呢?理由当然很充分。张方平显然在这件事上是有问题的。欧阳修没办法为他辩解。

张方平是北宋政坛常青树。他是"三苏"家的恩人。当年苏洵未出仕时,拿着书稿先找到他,然后经他推荐给欧阳修;后来他对苏东坡亦有提携之功,所以苏家一直视他为恩公。他为官期间曾先后上过二十七道奏状,向朝廷推荐三四十人,著名的有"三苏"父子、曾公亮、宋祁、孙复、李大临等人。

在历史上,张方平也因东坡的文字而留名。元丰二年(1079)六月,苏东坡被政敌打击进了御史台监狱,很多人都离他远远的,不敢出手相救;而此时,他的保护神曹太后已经去世,73岁的张方平出手相救为他抗争,这让苏东坡没齿难忘。

可张方平一生纵有大智慧,却也有不少毛病。他在三司使位置上以低价买进刘老太太的房子,而刘保衡又是在三司的催逼下贱卖产业的,这中间是否有猫腻暂且不说,但肯定是违规的,当时弹劾他的台官也不止包拯一人。

而在刘保衡的供词中,还牵出一个人物来——当朝宰相富弼的女婿冯京。此时冯京正在集贤院供职,他就住在刘保衡的隔壁,常常会从刘保衡那里借东西。刘保衡当然也愿意和他交往,因为冯京是状元,岳

父又是当朝宰相,像刘保衡这样的混混,当然愿意结交权贵。

冯京是个美男子,平时为人处事极其洒脱。这次刘保衡被他姑姑起诉后,他三下五除二,将实情全部吐了出来。冯京知道这件事要牵连到自己,赶紧上疏做自我批评并请求贬官外放。于是,他被外放"知庐州"。

张方平的三司使被罢后,接任三司使的恰恰是晏殊喜欢的大诗人宋祁。宋祁好不容易回到京都来做了三司使,可还没等他走马上任,便有台官开始弹劾他。

一开始,弹劾宋祁的是谏官吴及。吴及说宋祁在"知定州"时纵容人"贷公使钱数千缗","知益州"时生活奢侈无度,这样的人不能做三司使。

吴及上弹章后,包拯也开始跟进,他说宋祁"知益州"时经常参加游宴活动,而且他的哥哥宋庠刚开始做执政,兄弟俩都在中央做执政大臣,不合适。

宋祁的三司使刚上任,官帽就应声而落。三司使位置又空了出来,此时任命谁好呢?仁宗和宰相们反复商量后,决定让包拯来做三司使。

欧阳修为何弹包拯

包拯出任三司使这项任命一出来，就有人不快活了。最不快活的人就是欧阳修。看到包拯连推辞都没有就上任去了，他简直要气炸了：你把别人弹掉了，自己去做三司使，是不是很不厚道？

欧阳修便写了一篇《论包拯除三司使上书》弹劾包拯。欧阳修的核心观点是："言人之过，可以；但逐人之位，不可以。"意思是你把别人赶走了，自己却去坐那个位置，有"蹊田夺牛"之嫌。蹊田夺牛，是指因别人的牛踩踏了自家的田，就抢走别人的牛。

但欧阳修用这个比喻来针对包拯之言行，显然用错了，这不应该是文学家犯下的过错。因为包拯弹劾两位三司使之前，压根没想到朝廷最后会任命他为三司使，他没有预知未来的能力，不能以结果来倒推他的行为；而且结果不是他能操控的，这和张方平低价买别人的房不一样。所以"蹊田夺牛"这个指责的逻辑是不成立的。

包拯当时的弹劾只是职业行为，身为言官不弹劾才不正常。包拯在这里，唯一可能犯下的"错误"是没有请辞。这也是欧阳修指责他的主要理由。哪怕包拯只是象征性地请辞一下，欧阳修都不会那么愤怒。但包拯不是欧阳修，欧阳修做开封府尹时一再请辞，固然是因自身眼睛有毛病，但他不想去做实际的政务才是最大的原因。他在辞掉开封

府尹后,高兴得不得了,在给吴奎的书简中说:"病中闻得解府事,如释笼缚,交朋闻之,应亦为愚喜也。"①他把开封府尹视为"笼缚",便可想见,他是极不愿意去做政务官的。但包拯不然,他乐意做,而且也有能力做,所以诏命他为三司使后,他二话不说就去上任了,这也是他的一贯风格。欧阳修便觉得奇怪:你怎么连辞都不辞一下就上任了呢?好意思吗?

以自己的行为来要求别人,这是不客观公正的。因为每个人的思维方式不一样。

就在这一道疏章中,欧阳修说:"拯性好刚,天姿峭直,然素少学问。"②他觉得包拯不如他有学问,但包拯也是考进一甲的。倘若以文学成就来评判,那包拯是比不上欧阳修;可做官不是比文学成就,而是比实际能力。包拯所到之处,政绩斐然,又有几位官员能如他这般在千年后还让人怀念?欧阳修这样来指责包拯,显然也是出于文学家的自负,自以为天下学问只有文学最大。现在人看了估计都会发笑。

欧阳修不去评价包拯弹劾两位三司使理由是否充足,却在包拯没有请辞上大做文章。这显然也是鸡蛋里挑骨头。理由不成立。

欧阳修上疏弹劾包拯后,包拯有什么反应呢?

他不辩解,只是在家里闭门不出。他在家肯定也反思,但绝不后悔,也不去请辞,除非朝廷收回诏命。等了几天,朝廷并没有免他三司使的消息出来,包拯这才去上班。

到这里,双方的心理似乎都已一目了然,包拯并不认为他有什么过错,而欧阳修的弹劾,仁宗也没有采纳。

现在来看欧阳修的这道疏文,会发现他还是情绪化了,把请辞看得那么重,气度显然小了一点。

对包拯弹劾张方平,司马光在治平四年(1067)十月一日曾上过一

---

① 刘德清,刘菊芳.欧阳修传略.南昌:江西人民出版社,2012:225.
② 丁传靖.宋人轶事汇编:上册.北京:中华书局,2012:303.

份札子,是论张方平的:

> 向者仁宗时,包拯最名公直,与台谏官共言方平奸邪贪猥,事迹颇多。陛下倘欲知方平为贤为不肖,乞尽令检取包拯等言方平奏章,及开封府陈升之两处推勘刘保衡公案,并方平秦州所奏边上事宜状,即知臣所言,非一人之私议也。①

治平四年(1067)已是英宗时代,当事人有的已经去世,比如包拯;有的仍然在位,比如张方平。张方平被免三司使后,回到他的老家南京做了知府;不久,以工部尚书身份统率秦州。当时有谍报人员说西夏要打过来了,张方平便向朝廷奏请出兵。可这事,后来证明纯属子虚乌有,情报有误,让中央虚惊一场。这件事发生后,张方平自觉有愧,便申请回任南京知府。

英宗即位后,张方平升任礼部尚书,后朝廷又诏命他做参政。司马光为此上疏,反对此项任命。他说包拯在仁宗时期以公直出名,这是全社会都公认的,当时包拯曾与台官一起弹劾过张方平,说他为人阴险奸猾、贪得无厌。司马光建议英宗不妨调阅一下当年包拯等人的弹章,如若不够,还可再看一下当年开封府推官陈升审理刘保衡一案的卷宗,便可知其所言不虚。

从这道疏中,便可佐证包拯当年弹张方平理由是非常充足的。而司马光对包拯的评价也是极其公正的。以事实来说话,胜过长篇大论。

---

① 丁传靖.宋人轶事汇编:上册.北京:中华书局,2012:306.

第十五章 三司使的那些事

那些著名属官

包拯做三司使时已经61岁,到退休年纪了,黄毛小儿包绶也已经出生几个月,但包拯此时还没见到他儿子的面。此时在政事堂坐着的两位宰相富弼和韩琦都是他的同年,一个制科出身,一个科考出身,虽都比他小几岁,但他们当时已是很有经验和声望的老宰相了。不过,宰相当久了,受各方利益牵制,难免也会犯各种错误。这时候宋仁宗也已进入暮年,虽然他才50岁,但因为身体时不时要出状况,他的脑子也常会犯糊涂,能让宰相们去做决策的事,他有时都懒得去动脑子。所以,这时候宰相权力之大,也是空前的。

先看看包大人管理下的三司,有多少个部门吧。

三司,顾名思义,共有三大摊。一计量,二盐铁,三户部。计量应该是统计部门。盐铁呢,不光是盐和铁,军工、商税、茶叶、铁矿等都包括在内。户部算民政这一块。如果按现在的国务院部门行政划分来说,北宋时的三司包括现在的国家税务总局、财政部、地质矿产部、农业农村部、林业部、民政部、国家计划委员会、中国人民银行等部门,相当于国家的计划和经济中心。

包拯曾经做过户部判官和副使,对三司工作已经非常熟悉。当时的户部副使吴中复,便是做御史时上疏要求起复包拯的那一位吴先生，他成了包拯的副手。

此时志向远大的王安石正在三司做度支判官。度支判官并不是去审案，而是做度支副使的主要助手，相当于我们现在的部长助理。这之前，王安石一直在地方做官。他做地方官时便喜欢给宰相们写信，提建议，说想法，以显摆才气。

王安石做三司度支判官不久，便上疏富宰相，一方面说他不擅长新职务，另一方面又表达对宰相的崇敬，希望富宰相能满足他的小小私愿，还让他去做地方官。

他一来就和宰相攀上关系，还给皇帝上言事书，说他的各种革新政治的观点。这样一个有想法、有见识、有大才的属下，包拯会不会赏识他？应该会赏识。包拯也是爱才华的。

而一心想做史官的司马光此时又在做什么呢？他在三司底下的二级机构"度支勾院"做判官。度支勾院是审核各地上报三司的钱粮百物、出纳账籍的。勾院判官为其主官。一天到晚和数字打交道，当然也非司马光之所爱，但他还是非常尽职尽责。

《邵氏见闻录》记载，司马光曾经跟人说，以前他与王介甫（王安石）同为群牧司的判官，包拯当时是三司使，以清严著称。一天，群牧司里牡丹盛开，包拯拿出酒来请大家喝酒赏牡丹，包拯举着酒杯劝大家喝酒，司马光虽然不喜欢喝酒，可也勉强喝了，但介甫却终席不饮。包拯也勉强不了他。所以司马光说他知道这个人性格倔。

包拯请他们喝酒赏牡丹，很可能是在他做三司使后不久的事。也就是说，是在嘉祐四年（1059）五月牡丹花开的季节。

包拯做三司使时，属官并不少，那么多部门、那么多部门领导，但绝大多数他都不满意，只有少数几位，比如司马光、王安石、吴中复是他欣赏的。所以他特意摆酒请他们，除了赏牡丹外，也借此听听他们的高见，王安石虽然不肯喝酒，但应该贡献了不少金点子。包拯当时已在着手研究"榷茶"问题。北宋的榷茶法规定茶叶只能由政府专卖，民间不准买卖，这种方法问题太多，以前包拯也呼吁过几次改革，要求允许

第十五章 三司使的那些事

通商。在包拯做三司使前一个月,榷茶法正式废除,开始允许有限的民间资本进来;王安石虽不是这方面的主导人物,但他写下《议茶法》一文,显示他对经济改革的高度关注。在这方面,他和包拯应该是有共同语言的。

直人张田

嘉祐四年(1059)五月,包拯推荐张田来三司做度支判官,但张田的这项任命却在宰相富弼那里遇到了阻挠。

张田知道后,便上书富宰相。他不说客套话,直接点出富宰相的五大过失。

碰到这样敢直接挑战宰相权威的人,富弼当然会不高兴,但因为张田说得也有道理,如果他再不同意,张田很有可能会不依不饶,所以他只能不再阻挠此项任命,张田才得以出任三司度支判官,和王安石做了同事。他的诰敕上写的是"权发遣度支判官、太常博士",说明当时张田的官阶还不高,属于低阶高配。

王安石和张田是截然不同的做派:一个态度谦卑,希望常常出入于富宰相的门下,得些教诲和指导;一个是火暴脾气,直接批评宰相。直言虽使他获得进京的通行证,但他在京城能走多远?不用想也知道——张田在三司做官不到半年,便被赶出京城。

张田因被台官弹劾而被贬外放,"知蕲州(今湖南蕲州)"。张田到底做了什么事情惹恼了台官?

张田因即将到来的十月祭祖大典后的封赏一事,曾五次向朝廷,说郊赏并非自古以来就有,建议今年的郊赏要做调整,不能再普天同

赏。军赏或许取消不了，但自执政以下要减少赏赐额度和范围。就因为这个建议，他得罪了一大批朝臣。

每次朝廷在南郊举行祭天、祭祖大礼后，皇帝都有赏赐。这种赏赐差不多等于是免费发礼包，只不过给每人的礼包大小不一样。在军队中，军费未必有保证，但赏赐每次都会有，额度依入伍时间、兵种、驻地而各有不同；这种赏赐从北宋开始一直持续到南宋，从未停止过。而现在，突然出现一个资历很浅、刚被破格提拔到三司来工作的人，反复上疏要求减少赐赏范围和数量，尤其是自执政以下都要减少；却没提出要减少宗室、宦官这一块的赏赐，显然打击目标太精准了，打击的都是吃公务员饭的人。他还五次上疏，似乎不达目的决不罢休，所以台官必须出来弹劾这个臭小子。

张田因此被逐，此后再也没有在京城做过官。他其实是背黑锅的，为什么这么说呢？因为他的出发点是为国家财政节约开支，非为他个人。如果为他个人，那他就不应该犯傻去反对这个"大礼包"，毕竟他也有份啊！

郊赉遍及全国大小官员和每个士兵，对国家财政来说，是一笔巨大的开支。

那时候的宋国，财政已十分困难。张田去三司做度支判官后，对这一块的情形很了解。每年的开支和收入的大数据都在他这里，他为即将到来的郊赉忧心忡忡。因为筹集费用也是他的事。能不能减少或干脆取消赏赐呢？如果说军人这一块的赏赐必须确保，那么本身收入很高的高级干部这一块能不能先减少？这并不影响他们的生活啊。他这个观点应该和包拯、王安石都事先沟通过，包拯和王安石是支持他的，所以他才一而再，再而三地上疏，却没想到，他成了第一个牺牲者，做了"炮灰"。

后来张田在广州知府任上，当时的广州还没有外城，"民悉野处"，一点都市的样子都没有，张田做知府时开始修建东城，环城七里，只二十天便完工，这个速度堪称奇迹。城墙建成后，东南角微有塌陷，张田便过去视察，结果因突发疾病死在路上，时年54岁。广州那个地方天气炎热,又加上疲劳,张田就这么"因公殉职"了。

张田的脾气和包拯一样,自负清高,眼光狠毒,下面人要想糊弄他很难,他会当面指责,让人下不了台。但他为官非常清廉。有一个故事是《宋史》上记载的,说他妹妹嫁给马军帅王凯,王凯想在广州做生意,"欲售珠犀于广",却在张田那里碰了一鼻子灰。张知府说:"南海出产好东西不少,但身为市舶使,不能自己下手捞钱,与民争利。"他妹夫王凯估计当时做的官是"市舶使",差不多是商业局局长的角色,他就想自己也来做点生意,但张田制止了他。

文人在家里总喜欢搞个斋、设个堂,显得有格调、有情怀,张田家中也设有堂,可他的堂与众不同,名叫"钦贤堂",挂的都是什么画呢?说来让人意想不到——他挂的是清官像。每晚睡前,张田都要在清官像前拜一拜,点一炷香,这相当于每天给自己进行廉政文化教育啊!张田思想境界之高,可见一斑。

张田在包拯去世三年后,居然来到包拯家乡做父母官,这使他有机会和包拯家人频繁接触,进而完成董氏的委托,帮助编印《包拯奏议集》;他向朝廷上疏,建议表彰崔氏。最后他又为包拯夫人写墓志铭,并在包绶成年后,把爱女嫁给包绶。

如果没有张田,或者张田不到合肥来,那么《包拯奏议集》会问世吗?难说。包拯历史上的美名还有没有这么大呢?也难说。

因为编辑《包拯奏议集》,所以张田才有机会细细阅读包拯留下来的所有文字,他对包拯的了解越深入,写出来的文字也就越感人。他原本便崇拜清官,而在读过包拯所有文字后,他就认为自己是包拯精神的最好传承者,从此,他干脆称自己为包拯"门生"。其实他在包拯手下做属官也才区区四个月,而这四个月中,包拯还碰到过不少麻烦事。包拯出面保护了一批属官不被问责,可能这其中就有王安石和张田。因为正是他们分管的这一块工作出了点问题,划拨军费没有及时到位,导致下面士卒闹事。也因为保护他们,包拯自己直接"挨了一刀",暴露在枪口下,成为被弹劾的目标。这应该是继欧阳修后,在不到半年时间内,包拯遭到的第二次弹劾。他一生中仅有的两次被弹劾,全部集中在这一阶段。包拯成为风口浪尖上的人物。而张田则是此次事件的目击者和当事人之一,甚至还做了"炮灰"。

张田死后,遗有著作《畎贤集》。苏东坡曾经读过他的这本书,对他评价很高,认为张田是位真正意义上的清官,完全可以和他推崇的古廉吏齐名。这是一个恰如其分的评价。

对恩师包拯,张田在《包拯奏议集》序跋中说,先朝任台官的人很多,他们当台官没三四年就被火速提到皇帝侍从官的位置,有的人被提拔是有异议的,但只有包拯的提拔,群臣是没有任何异议的。为什么呢?因为包拯当年一举甲科,拜八品京官,出任县令;当时一同中第的人中,没有一个不数星星数日月等着升官的,只有包拯与众不同,他回家守孝十年,天底下有第二人吗?十年后他出来做事,尽职尽忠,"其心亦无他,止知忠于君而为得也。"① 他人或才不胜任,或望不压人,还争这个、想那个,牢骚满腹;只有包拯,内心纯朴,一心做事,他的不断被提拔,且能善始善终,是仁宗朝的奇迹。天下还有第二个人吗?

张田写恩师包拯,其实也是写自己。

---

① 丁传靖.宋人轶事汇编:上册.北京:中华书局,2012:329.

三司使的那些事

嘉祐四年(1059)九月,朝廷举行三年一次的南郊大典。次月,继大赦之后,赏赐文武百官的活动如期举行,多数官员都拿到了皇家赏赐的厚薄不一的"礼包"。只有强烈反对赍赐的张田,在郁郁寡欢中收拾行李离开京城。身后的欢乐,已和他无关。

离京前,包拯请张田喝酒。那时还有菊花可赏,陪同者有吴中复等人,包拯只一杯接一杯地喝酒,嘱咐张田到地方后给他写封信报平安,别的并不多说。反倒是张田有说有笑,还在安慰包拯呢!

61岁的包拯,在政坛的腥风血雨中,早已见多了起起落落。半年多的三司使生涯让他筋疲力尽,光是筹备封赏的资金就让他煞费苦心。何况他的思想是富民强国,尽量减少不必要的开支,把老百姓的各种不合理的税务降到最低点,这一思想在他刚上任时的《请罢天下科率》这道疏中表达得足够清楚。包拯认为,一切没有名目的苛捐杂税都要罢免,地方官吏不能动不动就从老百姓头上刮油水。"皮之不存,毛将焉附",老百姓才是国家之根本。

包拯的思想,就是民本思想,很有现代性。"民者,国之本也。"老百姓一天到晚生活在恐惧中,就怕官吏上门催交税赋,而且税赋名目之多、随意性之强,让人完全没有安全感,所以包拯提出要"渐绝无名之

率",要精心挑选德才皆备的地方干部,还提出今后军队需要的所有物资,都要在三司预先计划、安排。在出产地,要设场、设市采购,就算不是紧迫的物资,也应预做调查和安排,不能有任何随意性。包拯的这一思想比无计划、随意征收进步了很多。降低税赋,设场采购,在他做三司使时得到了实行,算是包拯做财政主官时做出的一大贡献。

这次文武百官赏封加恩,宋庠被封莒国公,文彦博被封潞国公,那么包拯呢?他被加封"轻车都尉"。

这一年四月,包拯被命和吕居简、吴中复一起详定均税。前几年宋朝开垦的农田虽然在数量上有了大幅增加,但每年岁入不但没有增加,反而减少了。秘书丞高本也在奔赴各路的工作队中,他上疏说田税不可平均征收,因为各地农田不一样,有肥有瘦,有的只长草不长粮,所以不能均田赋。最后只有几个郡均税,便不了了之了。

七月,包拯上疏说,京西地带闲田多,而唐州所辖四县十之八九原来都是荒田,朝廷就算减免掉所有税赋,老百姓也依然流亡在外,不肯回来。知州赵尚宽经过实地调查研究,发现了西汉时期的陂堰遗址,便动用士卒,疏通三处湖泊、一处沟渠,引水灌溉,把一片荒原改造成了万顷良田,原先逃亡的人员现在陆续都回来了,还吸引湖南、河北万余人过来。包拯便上疏朝廷请求留用赵尚宽,并建议给他升迁。仁宗闻而嘉之,留他再任,并赐金给他。在仁宗和包拯都去世后,赵尚宽还留在唐州做知州。他在唐州为官五年,调走的时候,当地老百姓纷纷感谢他,并给他建像立祠,王安石、苏轼也写诗赞美他。此人后来官至司农卿。

这位赵官员,是包拯做三司使时首先发现的人物。这个人的确有本事,从一介书生很快变身农业问题专家,仅仅三年就使当地变了大模样。包拯是在听了部吏介绍后,对他产生很大兴趣的,又专门去唐州做了实地调查,调查结果让他很兴奋;而赵尚宽也因包拯的推荐而有了大名,这成为他一生中辉煌的记忆。

此外,还有一件事也是包拯在三司使任内做的。这在《宋史·刘挚传》中有记载:

刘挚,嘉祐中擢甲科,历冀州南宫令。县比不得人,俗化凋敝,其赋甚重,输绢匹折税钱五百,绵两折钱三十,民多破产。挚援例旁郡,条请裁以中价。转运使怒,将劾之。挚固请曰:"独一州六邑被此苦,决非法意,但朝廷不知耳。"遂告于朝。三司使包拯奏从其议,自是绢为钱千三百,绵七十有六,民欢呼至泣下。①

刘挚是个热血男儿,见不得老百姓破产、流泪。他是1030年出生的,10岁时父母双亡,30岁时考中进士甲科,后出任冀州(今河北衡水冀州区)南宫令。这是嘉祐四年(1059)的事。刘挚去的这个县税赋很重,市景凋敝荒凉,一匹绢只折钱五百,一两棉折钱三十,老百姓苦不堪言。刘挚做县令后对老百姓的遭遇非常同情,要求转运使能比照旁郡下调税赋,调高折钱比重,可转运使非常生气,扬言要弹劾他。刘挚再三请求,转运使仍然不听,刘挚只好上疏朝廷。包拯看到他的疏章后,坚决支持他,并为他呼吁。

由于三司使包拯的鼎力支持,朝廷很快同意刘挚所提意见,调高了折钱比重,一匹绢折钱由五百改为一千三,一两棉折钱由三十改为七十六,比原来涨了一倍还不止。老百姓知道后,"欢呼至泣下"。这一幕场景着实令人感动。

刘挚后来官至御史中丞。他一生正直敢言,颇具包拯风范。

这一年十一月,包拯上疏《请录范祥》。范祥是盐法改革家,而包拯则是范祥盐法改革的扛旗者,十年来一直为他呼吁。这一年范祥去世,包拯上疏朝廷要求照顾范祥的子孙,以嘉奖他多年来的贡献。

范祥之孙范景因这道疏而被补官"郊社斋郎"。这是目前所能查到的包拯晚年的最后一道疏文。

① 宋.包拯撰,杨国宜校注.包拯集校注.合肥:黄山书社,1999:297.

画下了终止符

包拯被除命枢密副使,是嘉祐六年(1061)四月二十七日的事。这是他最后一个官职。

这之前,他的很多著名同年早已做上了参政和枢密副使,在他之后的人比如欧阳修也已做上了枢副;而包拯声望之高,早已够资格做枢副。所以头一年,京师便有谚语传出来:"拨队为参政,成群作枢副。亏他包省主,闷杀宋尚书。"

谚语也是民意的一种体现啊,仁宗心里明镜一般。第二年,谚语中说及的两位老哥都有迁升,包拯做了枢副,宋祁进了翰林,算是对民意的一个回应。

宋人笔记《东轩笔录》记载:

> 嘉祐中,禁林诸公皆入两府,是时包孝肃公拯为三司使,宋景文公祁守郑州。二公风力名次最著人望,而不见用。①

这段话摆明是为两位先生喊不平。

---

① 孔繁敏编.包拯年谱.合肥:黄山书社,1986:110.

包拯这时候已63岁,小儿子包绶已被接到家中,包拯一有空闲便亲自教育。他被任命为枢密副使时,吸取了上次被欧阳修弹劾的教训,也象征性地请辞一番,结果未被允许。

包拯做枢副时,枢密院里已有两位老同僚待在那里,就是欧阳修、赵槩,他们在一年前便做上了枢副。此时宋仁宗的执政团队里以老人居多。因为这时候的他也只喜欢与老人打交道。

这一时期的二府执政团队,基本上都是奔五十岁的人了,还有的都奔六十岁了。他们多数都是包拯同年,一小部分是欧阳修同年。他们之间打打闹闹一辈子,也算相亲相爱。政坛事如急风暴雨,来时汹涌,一阵风后便被刮走,没什么解不开的结。对包拯而言更是如此。他一生弹劾过无数人,可心里并无一个仇人长驻不走。弹劾过他的欧阳修和胡宿,他们再次见到时甚至就在一间办公室里议事,也没什么嘛。胡宿比包拯迟一点来做枢副。

这一年闰八月,参政孙抃和枢副欧阳修、赵槩、包拯四人一起进官一等。欧阳修这次由枢副被调整为参政。因为四人是被同时进官的,所以他们也一起上表请辞。这回,进的官真被辞掉了。包拯辞掉的是礼部侍郎。这顶帽子在他去世后,又被送了回来。

此时,52岁的宋仁宗在朝会时经常面无表情,缄默不语。枢密使们每日奏事,他通常只以点头示意,很少说话。司马光此时已是谏官,太子问题悬而未决,仁宗身体也不好,朝臣们急也不得,恨也不得;十年来,年年都有人上疏、面奏,可仁宗就是不做决定。后宫这两年间虽然又陆续生出三个孩子来,可都是女儿。最小的十三女,只活了两个月就夭折了。

话说包拯做上枢副后不久,董氏也因他迁官而被封为"永康郡夫人"。

董氏被封后,要进宫向皇后表示感谢,这是旧时规矩。可进宫穿什么服装呢?说出来让人大跌眼镜。董氏不化妆、不打扮,就穿着平时穿的衣服进了宫。曹皇后看到这么一个朴素的老年妇女进宫来,左看右

第十五章 三司使的那些事

看,上看下看,觉得她怎么也不像枢密副使的夫人。别的夫人进宫,都是穿金戴银、花枝招展的,再不济也得穿一件像样的衣服嘛;可董氏就像一个平民,穿的还是旧衣服,料子也不好。曹皇后当即赐命服给董氏,让她赶紧换上。

有人说,是因为包拯没提醒,所以董氏就穿着旧衣服进了宫。但这个说法也有问题。

按说,这种大事摊在董氏身上,也是人生第一回,作为从不高调抛头露面的女人,她当然会请教一下包拯,怎么进宫,穿什么衣服,怎么说话,行什么礼节等。女人心思缜密,又是名门闺秀,董氏不可能不懂这个道理,她肯定也想做件新衣服,穿得像样一点进宫。可包拯应该是说:"做什么做啊?来不及了。就从家里衣服中找一件好一点的穿上就行了。"董氏的家居衣服中还真没有一件像样的,但她也就落落大方地穿了出去。

仁宗知道后,万分感慨,他说:"包拯果真廉洁啊,家风就是不一样。"仁宗自己也是喜欢穿旧衣服的人,他虽然贵为皇帝,可私下衣着和床上被褥都是旧的。

嘉祐七年(1062)二月二十五,包拯的最后一个生日到了。不知为何,这时候的仁宗开始特别念旧,他主动派人送生日礼物给包拯,还让翰林学士王珪起草诏书《赐枢密副使包拯生日礼物诏》。

这个时候,老同年吴奎也来到了枢密院,和包拯重新做了同事。四位枢副中有两位同年吴奎和赵槩,还有胡宿,再加上枢密使曾公亮,枢密院里人才济济。在包拯最后一年的枢密副使生涯中,有这么多才气很高的大臣聚在一起做同僚,着实是一件幸福的事。

这个阶段,看不出包拯单独上过什么疏,提过什么建议。估计他最快乐的事是待在家里,和小儿聊聊天,教他认认字,顺便写写毛笔字、整理整理奏议集。

没有资料证明他这时候身体不好,但老花眼之类是可以想见的。那时候还没发明老花镜,所以老年人一到晚上也干不了什么事,写不

了什么大文章;只有如早起的鸟儿,早早起来,早早出门。

五月十三日,包拯"方视事,疾作,以归"。这应该发生在早上。包拯起来很早,四五点就出门了,疾病发作时,很可能是在七八点,那正是心脑血管疾病高发的时间段。那时候包拯可能已有高血压,但宋朝还没发明血压计及降压药,所以没办法提前预防。

64岁的老人,说倒就倒了。朝廷马上派人把他送回家,吴奎应该是目击者,在旁边跑前跑后,甚至有可能跟着护送病人回家。董氏看着包拯一早出去又被送回来,眼泪唰地流下来了。包家小儿啼哭,惊吓不已。顶梁柱倒了,一门悽惶。

仁宗知道后,第一时间派御医过来医治病人,还送来好药。可那时医疗条件究竟有限,除了口服中药,也没什么好办法,病人躺在家里,十二天后终告不治。

病重时,包拯还有意识。他强撑身体写了张条子,算是遗书,也是家训:

> 后世子孙仕宦有犯赃滥者,不得放归本家;亡殁之后,不得葬于大茔之中。不从吾志,非吾子孙。仰珙刊石,竖于堂屋东壁,以诏后世。①

这个伟大的灵魂累了、倦了,他要休息去了。可小儿包绶却啼哭着不让他走。他听到了,长长的叹息声留在空中,传到崔氏耳朵里。

崔氏跪下来,她让公公放心,她一定会带好这个小儿,教育好他。后来她果然实践了诺言。小儿不负父亲所望,长大后成了一个有担当、有作为、清白一生,如父亲一样的好男儿。

---

① 宋.包拯撰,杨国宜校注.包拯集校注.合肥:黄山书社,1999:263.